畠中 恵

アコギなのかリッパなのか 佐倉聖の事件簿

実業之日本社

実業之日本社文庫

目次・章扉デザイン／成見 紀子
章扉イラスト／ミキ ワカコ

アコギなのかリッパなのか　佐倉聖の事件簿――目次

Contents

開会
政治家事務所の一日

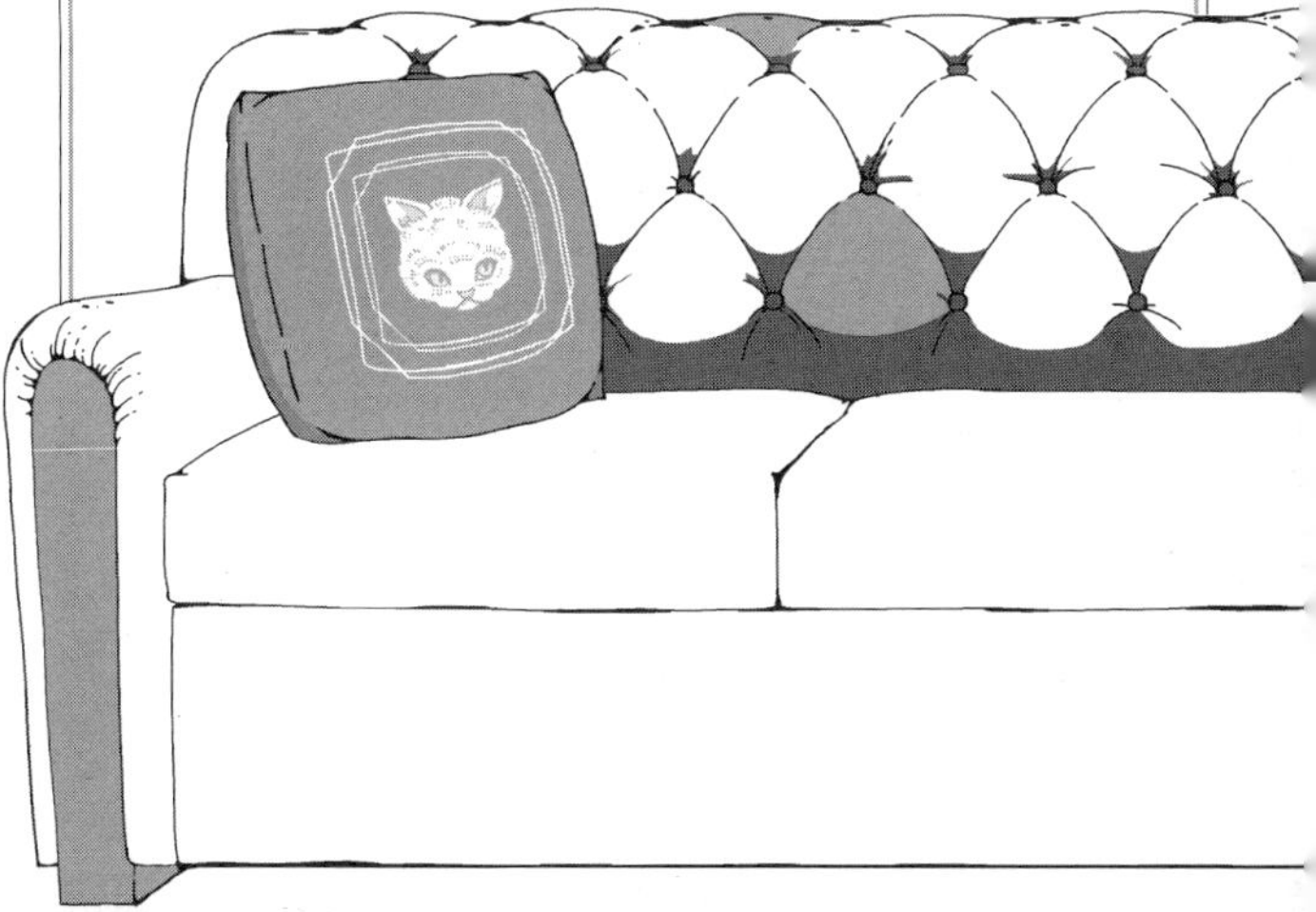

金がない。

人手が足りない。

笑顔が少ない。

「それで本当に次の選挙、当選するつもりでいるの？」

佐倉聖《さくらせい》は今、次期都議会議員選挙に立候補予定者、小原和博《おばらかずひろ》の事務所へ手伝いに来ている。当の候補に向かい、歯に衣《きぬ》着せぬ正直な意見をぶつけると、深い深いため息が返ってきた。

「もしかしたら……いや現実を考えてみると、次回立候補するのは、早すぎるか……」

小原は三十代、長年大物議員の秘書を務めてきた人物だ。政治の現場で多くを見聞きし、既に自ら実践する準備は、たっぷりと出来ているはずの人物であった。

なのに小原ときたら、まだ立候補すらしていないこの時期に、早くも泣き言を漏らしている。聖は黙って手元にあった書類を丸めると、そいつで小原の頭を引っぱたいた。思い切りだ。

「選挙は気力、体力、時の運！　ほれ、頑張って！」

選挙を行う費用や、議員達の給料、政務調査費等の経費が税金から出ていることを考えれば、これはいささか暴言かもしれない。本来政治家には、もっと高尚な理念、志等があってしかるべきであろう。

しかし候補にこの『気力、体力、時の運』すらなかったら、お話しにならないではないか。

「俺が今日来るボランティア方の面倒をみるから、小原さんは『朝立ち』の原稿を書いて」

とにかく急がなければならない現実問題に直面させる。

「そうか、じゃあそっちはよろしく」

小原はそう言って机に向かった。これでは誰がこの事務所の主か、分かったものではないが、元々議員や議員候補というものは、己の事務所に張り付いていてはまずい存在なのだ。候補に雑用をさせていては、選挙に勝てない。

「議員候補は、効率よく使わなきゃ」

聖はしゃあしゃあとそう言った。しかし、

「本人を目の前にして、この言葉はないよ」

などと言う声は、事務所のどこからも上がらない。小原の小さなため息を無視して、政治家の事務所を支える事務方の面々が、今日の予定を話し合い始めていた。

都議会議員選挙の半年前、事実上の選挙戦は始まってゆくときであった。

小原の事務所には、今日何人ものボランティアが集まってきていた。選挙戦のために、小原の師匠筋にあたる元政治家が集め、寄越してくれたのだ。

政治に興味のあるボランティア達ですら知らない人も多いのだが、国会議員以外の政治家には公設の秘書はいない。つまり秘書を雇った場合、給料は議員本人が出すということになっている。勿論《もちろん》事務所を構える資金は自前だ。

そのように、政治家が政治を行うには諸事金がかかる。政党などに入っていれば、様々な援助が出はするが、政治活動資金が余って仕方がない議員は、多くはない。ましてや始めて選挙に打って出る新人候補ともなれば、余程金回りの良い別業を営んででもいない限り、財布の中身は厳しい。大分……そうとう厳しい。

よって、手弁当で働いてくれるボランティアは大歓迎であった。

どういうわけか昨今、本物の政治家と会ってみたい、政治の場で働いてみたい、就職するのではないが、政治家の事務所と関わりたいという奇特な人達が、少し増えてきていた。誠にありがたい話だと、聖は思う。

もっともそうして来てくれたボランティアの人達は、政治や選挙に対しては素人《しろうと》だから、諸事分からないことばかり。事務所の方でも、皆が早急に役立つようになって欲しいと、指導を行う。そうでなければ、きたる選挙に勝ち抜けない。

新人の多い小原の事務所では、そのために師匠の事務所からわざわざ出張してきてもらった若い男がいた。それが先程小原の頭をひっぱたいた佐倉聖で、小原の顔なじみだ。まだ二十歳を幾つも出ていなかったが、本人の意志とは関係なく、小原の師匠でもある大物議員にあちこちの選挙に送り込まれ、経験を重ねてきていた。

　聖はボランティア達に自己紹介をすると、ひょいと頭を下げ笑った。集まった皆にも挨拶《あいさつ》をしてもらう。それから自分と違わない年頃のボランティア達に、まずある質問をした。

「えー、突然だけど、皆さん政治家はどんなことをしていると思ってますか」

　昨今政治家と一般の人達との繋《つな》がりが、どうも薄いように思える。だからこれは、確認しておきたいことであった。中の一人から、まず答えが返ってきた。

「国会、もしくは議会で会議に出席している人、というイメージです」

「確かにそうですね」

「法律や条例を決めてる人、かな」

「議会が開かれているときは、そういう仕事もやっているはずです」

「選挙中は、選挙活動を展開している」

「そういう時期は選挙演説や広報車を見ることがあるから、政治家を身近に感じやすいですね」

　聖はにこっと笑って言った。大変親しみやすく、信頼出来る優しい笑い方だ。これは日々、ボランティア達がよく見るようになる笑い方であった。思わずといった感じで、釣られて笑みを浮かべるボランティアも何人かいた。聖が話を続ける。

「選挙に関わる人の中には、時々法律を器用に忘れる人がいて、警察のお世話になりニュースが流れますが、まあ、それは例外として」

では今皆が答えた以外の時間、つまりテレビの中継や選挙で、多くの人達の目に触れている時間を除いたとき、政治家は実際何をしているのか。

「想像してませんかぁ？　政治家は時代劇のように、何やら表では言えぬ話をしているんじゃないかって」

「えーっ、露骨に言えば、今様越後屋《えちごや》から小判ならぬ賄賂《わいろ》を受け取って、よっしゃよっしゃと言っているイメージがあります」

手を挙げ発言した学生風の男性から、正直な感想が出てきて、事務所内に笑い声がした。

「料亭で家賃一月分もするような料理を食べて、談合している感じ」

「当選したときは、支持者に頭を下げてる。後は先生、先生と呼ばれて、ふんぞり返っていそうだ」

（うんうん、そう思うよなぁ）

聖は思わず大きな声で笑いだしそうになるのを、ぐっと堪《こら》える。ちらりと事務所の主、小原をみたら、あっちも顔を背けて笑っていた。

だが。

だが、だが、だがしかし。

「皆の考えが真実かどうかは、実際に政治家の行動を見てみないと分からないでしょう」

想像で物事を断定しても、始まらない。

「政治家のご飯が、料亭のフルコースか、コンビニのサンドイッチか、皆の役に立っているのかいないのか。せっかくこうして政治の世界を覗《のぞ》く機会を得たんだから、その目で確認していって欲しい」

これは政治家の事務所で仕事をしている聖の、心からの声だ。するとボランティアの中の男子学生から、さっそく聖に質問が飛んだ。

「佐倉さんでしたっけ、俺の方からも聞いておきたいことがあるんです。議員さんが心得るべきものって、何だと思っていますか？」

大上段に構えた感じの質問であった。政治家の事務所ならではの問いでもあった。それはまた、聖を試しているようでもある。議員候補事務所にボランティアに来たはいいが、いきなりこんなに若い者に指示され、へこへこするのは嫌だと、口調が物語っている。

聖はそれに対して、きちっと正攻法で答えた。とにかく最初は。

「皆の暮らしの向上かな。都議会議員だったら、都民の」

そう言ってから直《す》ぐに、聖はにやっと笑う。

「でも実際活動していくときに、心しておかなきゃならないのは、もう少し具体的なことだわな」

まず選挙民達が何を考え、求めているのはどんなことなのかを知ること。とにかく、知らなければ始まらないのだ。

「しかも教えて下さいじゃあなくて、こちらから知るようにすることだ。自分で動く、聞く。ここ、重要ね」

そういう行動を取れるかどうかが、有権者の印象を分ける。人のために動いてくれる政治家と思ってもらえたら、政治家自身の将来も変わる。やりたい政治活動を行える。それを頼り、喜んでくれる人もいるだろう。

そう語ると、聖に向けてくるボランティア達の顔つきが、ちょっと変わった。おやこいつ、本当に素人じゃないんだと、そう目が語っている。

（やれやれ）

とにかく、まずは集まったボランティア達の気持ちを摑《つか》むのに成功したらしい。聖はまた、にこりと笑った。

しかし先程言った〝こちらから知る、動く、聞く〟というのは、何も政治家にだけ向けられた言葉ではなかった。この事務所を運営しているのは、議員一人ではないのだから。

　要するにボランティアにも、ここの一員として自主的に機転を働かせ、動いてくれることを期待しての言葉なわけだ。だが聖の発言を生真面目《きまじめ》にメモしている者がいる。

(うーん、大丈夫かな。自分はどうするべきか、考えてるかな。ただ書いているだけじゃないといいんだけど)

　いささか心細い。

　しかし今までに、そういう積極性が身に付いていないのなら、これから会得《えとく》すればいいだけの話であった。それはこの事務所にとっても、ボランティアに来てくれた本人のためにも、嬉《うれ》しいことに違いない。

「それではとりあえず仕事で、知っておいて欲しいことを、ざっと言います」

　聖は用意しておいた紙の束を、手に取った。さっき小原を引っぱたいた品であった。


　聖が中学生の時、家から大型スーパーに行く道の途中、蕎麦《そば》屋の隣に、ある政治家の小さな事務所があった。窓の外から中を見ると、大概何人かいて働いていた。選挙期間中ではなくとも、そうであった。

　小さなポスターが貼《は》られた政治家事務所内の人々は、どこかへ電話を掛け、相手が目の前にいないというのに、受話器に向かって頭を下げていた。

（あれが……政治の世界？）

そのとき聖は、不思議に思ったのだ。一見聖のような庶民とは無縁そうな世界であった。いや徹底して縁がないなら、いっそ疑問や興味すら湧《わ》かなかったのかもしれない。だが事務所は直ぐ側《そば》にある。政治は縁遠いようで、余りに身近にあった。

（不可思議な世界だなぁ）

それが、そのときの正直な聖の感想であった。

聖はごく普通の家に生まれ、両親は早くに離婚し、間違っても裕福でない。庶民の暮らし一直線で大きくなった。伯父に引き取られて育ったせいか、中学のときには教師が持て余す存在となり、益々《ますます》立派な暮らし、経歴とは縁がなくなっていった。

しかしそんな聖ですら、日本で暮らしている限り、政治家と触れあう機会がないわけではない。誰でもそうだろう。何年かに一度選挙になると、候補となった政治家が、どこからか町に湧き出してくるからだ。今回の、都議選のように。

その選挙も、衆議院、参議院、都議会、県議会、区議会、村議会等、色々ある。その度にある期間は、商店街の八百屋の隣に、臨時の選挙用の事務所が出来ちゃったりする。

（不可思議だ。政治って、ちょっと面白そうかも）

そんな風に感じたこともあった。

だが中学生の聖は、すぐにこの考えに首を振った。この世の中には、古来から真に有用で真実を表した言い伝えがある。

大概、正しい。

いわく、触らぬ神に祟《たた》りなし。

いわく、好奇心は猫をも殺す。

というわけで、このありがたいご教訓を肝に銘じ、興味を感じたものの、中学生の聖はその事務所に近寄らなかった。今でも正しい選択だったと思っている。

政治家の事務所内などというものは、一般人にとって、摩訶《まか》不思議な未踏査地域なのだから。

（なのに俺は今、その事務所中にいる。全く何でこんな、訳の分からない世界に、首を突っ込んじゃったのかねぇ）

中学生の頃の方が思慮深かったのかもしれない。聖は出てきたため息を、上手に嚙《か》み殺した。周りにいるボランティア達には、そんな情けない姿は見せられない。ボランティアは手弁当だ。ちっとは有意義だと思ってもらわないと、先々来てくれる人がいなくなる。

聖はボランティア達を部屋の隅に集めプリントを配ると、活動内容の説明をした。

「勿論これ全部をやるわけじゃありません。中の幾つかに、関わってもらいます」

ボランティアは選挙が始めての人が多いので、聖達は気を使い、ゆっくりと説明する。それか
「まず議員候補の行動計画を作り、事務所のやるべき準備が何かを把握する。それから各自の受け持ちを決め、配置」

これは事務所のベテランが受け持つ仕事だ。
「規程に添ったビラを作り、配る、貼る。選挙カーで回る。立ち会い演説会の手筈《てはず》を整え、原稿を用意し、その合間をぬって、会計等、事務所の雑用をこなす。先生の送り迎え。電話。ボランティアスタッフの手配。旗やお揃《そろ》いのお仕着せの用意。食事の手配」

更に刻々ずれる候補のタイムスケジュールの調整。選挙応援に来て下さった方のための、準備、打ち合わせ、駐車スペースの確保。個人演説会。握手。インターネットへの書き込み。尽きることのない泉のごとく、次から次へと、大小様々な仕事は湧いて出てくる。
「うへえっ」

目の前の者達から、真に心情溢《あふ》れる反応があった。それに対し聖は更に仕事を付け足した。
「選挙当日には、開票状況を知るため、テレビを事務所に持ち込んだり、食べ物や飲み物の確保もしなくてはならない。他に投票所へ行くよう、お願いの電話。幕と花の用意」

あと当選したときの達磨《だるま》まで、準備を怠ると、間の抜けたことになる。更に選挙の後には、選挙で尽力して下さった人達へ、お礼を言って回ることになるので、その名簿の用意。本当に議員事務所の仕事は、底なしかと思えるほど多い。

「雑用、多いですねえ。楽な世界じゃないなあ」

ボランティア達は驚き半分、後半分は呆《あき》れた様子で、配ってもらったプリントを見ている。

（正直な意見だな）

同感であった。聖は深く頷《うなず》く。

なのに政治家を目指し人は集まるのだ。熱く未来を語る者が後を絶たない。己を語る。志を同じくする者と語る。私を知らせ、人を知り、熱く粘っこく、どこまでも邁進《まいしん》する。その熱が人達を捕らえて離さない。

商店街の端っこにある小さくて余りにも平凡な事務所から、町が、都が、日本が語られ、法によって、本当に現実が変えられてゆくかもしれないのだ。

（政治っていうのは危ない危険地帯、一旦《いったん》足を踏み入れたら、抜け出すことの難しい未踏査地域だよなあ）

これだけ数多《あまた》の人達が、新たに政治の世界に踏み込んでくるのだから、そうなのだろう。若さを、成熟した者を、人を引きつけて飲み込んで離さない、蟻《あり》地獄のごとき魅力が政治にはあるのかもしれない。

金だけ儲《もう》けたいのなら、ＩＴ関連会社を起業した方が、大金持ちになるチャンスは多そうだ。権力が欲しい？　政治家を目指すだけで、威張れるわけではない。そんなこと、誰でも分かっていそうであった。それでもやってくる人はいる。

「怖いねえ。でもまあ……俺はそこまで搦《から》め捕られちゃいないか。ただの事務員だし」

それはちょっとだけ、心休まる事実であった。聖は大物と言われる元政治家の事務所に勤めているのだが、一応事務員として雇われている。だから政治家でもその卵でもない。

では秘書やボランティア達と、どれだけ違う仕事をしているのかと言われたら、返事に困るところではあるが……。

（とにかく今は半年後の小原さん当選を目指し、頑張らなきゃ）

選挙が公示されたら、聖も小原のために選挙カーに乗るだろう。マイクを握って、聖自身が候補者への投票を呼びかけたりする予定だ。ちなみに女が話せばウグイスと言われる。男の場合は、カラスと言われていた。

このことを聖は、政治家の事務所に入るまで知らなかった。確かに知っているようで、知らないことは多い世界なのであった。

うっかりはまらない方がいいかもしれない。抜けられなくなったら……大変だから。

案件の一

五色の猫

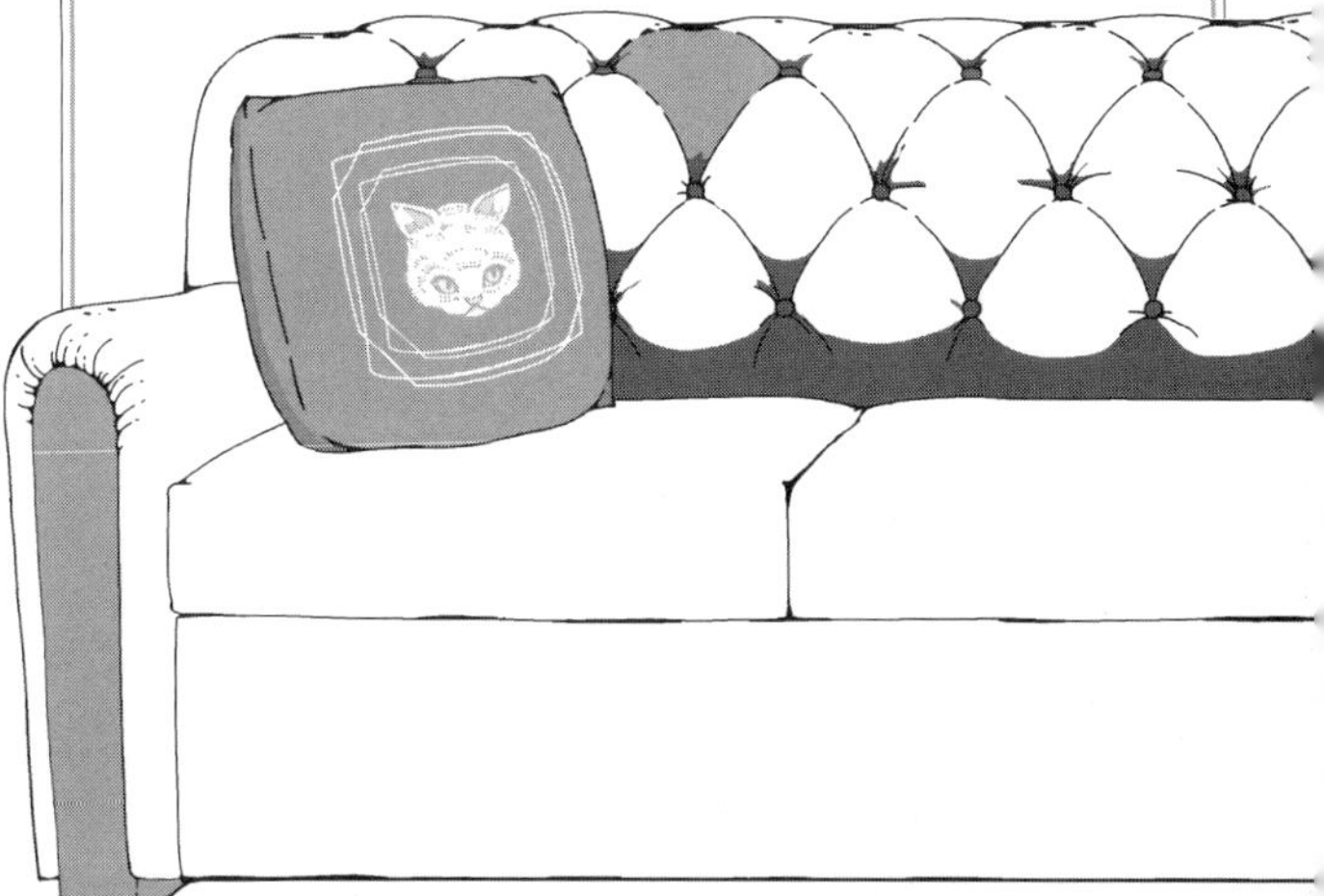

1

ぱんっ、と事務所の奥から、小気味よい音がした。

居間にいた聖が、廊下の方へ視線を向ける。思わず目を凝《こ》らして見つめたくなるような美人が、つんと唇を尖《とが》らせ頰をやや赤らめながら、ドアから出てゆくところであった。聖は何が起こったのかを正確に把握し、タオルを濡《ぬ》らして氷を挟むと、奥の部屋に向かった。

「オヤジ、入るよ」

一応声をかけて、洒落《しゃれ》た和洋折衷式のドアを開ける。突き当たりの大きな寝椅子《ねいす》の上で、大堂剛《だいどうごう》が頰を押さえ横になっていた。

「全く懲《こ》りない色気じじいだな。何回女にひっぱたかれれば、気が済むんだよ」

言いながらタオルを渡すと、大堂はにやっと笑ってから、ロマンスグレイの髪の毛を搔《か》き上げ、頰に当てる。

そのとき、聖は後ろから頭を小突かれた。

「こら事務員！　大堂先生は元国会議員なのだ。そして『風神雷神会《ふうじんらいじんかい》』会長にして、数多《あまた》の議員の後見人でもある。『オヤジ』呼ばわりは止《や》めろと言っただろうが」

「俺の名は佐倉聖だよ。小原さんこそ、何回言えば覚えるんだ」

生真面目《きまじめ》に注意してきたのは、秘書の小原和博だ。軟派なオヤジの秘書でありながら、髪を七三に分けているところが信じられない。しかも黒縁の眼鏡までかけている。おまけに口やかましかった！

「なあ、二人とも今の女を見たか？　ぐっときただろう？」

大堂は二人の言い合いなど意に介しもせず、寝椅子の上で笑っている。精力的な男で、とても六十を超しているとは見えなかった。背が高くて彫りが深く、腹も出ていない。その上実業家であり、資産家でもあった。

もっともそれだけ条件が揃《そろ》っているにもかかわらず、女によく振られる。それは良識と常識が時として、大堂の頭の中で行方不明になるせいかもしれなかった。

「全く、オヤジはそんなんでよく長年、国会議員をやってこれたよなぁ」

聖は大堂の好きな煎茶《せんちゃ》を淹《い》れながら、ため息をついた。

大堂は先年六十になったばかりで議員を辞めた。その決意を発表したとき、仰天した皆に必死で引き留められたほど、人気と金をしこたま持った存在だった。

だが金は死んだ親から引き継いだもの、人気はそれを出し惜しみせずに使ったせいだと、聖は思っている。それだけの話だ。支持者が多かったのは、どう考えてもオヤジが立派だからではない。

例えば大堂がオーナーであるこの『アキラ』だとて、奇妙な場所であった。雑居ビルの最上階にあり、内装は明治風和洋折衷様式で、オヤジの趣味全開のものだ。台所から風呂《ふろ》、寝室、事務室（居間）が二つ、何故《なぜ》かカラオケセットまである。

表面上は大堂が経営するいくつもの会社の関連事務所、となっているが、とてものこと『事務所』には見えない。中身はどう考えても、オヤジが日比谷で遊ぶときの根城だった。

その上もっと胡散《うさん》臭いことに、『アキラ』には大堂の政治家時代からの秘書が、何故だかまだいるし、大堂門下と言われる様々な議員連中が、しょっちゅう顔を出してくる。大堂が若手政治家の勉強会、『風神雷神会』会長を続けているせいだ。確か先程帰った美人も会員で、一応どこぞの県議会議員のはずであった。

「さっきの子は大石梨花《おおいしりか》ちゃんと言うんだがね。別嬪《べっぴん》だよなあ。あれで議会では鉄の女と呼ばれているんだぜ。天晴《あっぱ》れなもんじゃないか」

オヤジは煎茶を飲みながら、嬉《うれ》しそうに言っている。どうやらお気に入りの弟子らしい。だがそれなら、もう少しましな対応をすればいいのに、というのが聖の感想であった。

「ところでだ、その梨花ちゃんが困っているらしくてな。俺は男だから、手助けすると約束したぞ」

大堂にきっぱりとそう言われ、秘書と事務員はそろりと顔を見合わせた。次の瞬間、二人は同時に寝椅子に詰め寄る。

「オヤジ、一体何を約束したんだ？」

「出来ることなんでしょうね。去年みたいに、他の議員を巻き込んでの大騒動はごめんですよ！」

『風神雷神会』にいる大堂の弟子達は、手に余る問題が発生すると、大堂の所に尻《しり》を持ち込んでくるという悪い癖がついている。オヤジがそれを面白がったりするせいだ。

金で片が付くなら、大堂の資産を景気よく減らしてやるだけの話だ。だが門下生らはよく仕込まれていて、資金調達に達者な奴《やつ》らばかりらしく、そういうおねだりは少ない。

その代わりに、時々より始末の悪い話を持ってくる。昨年の一件は他の政治家がらみの問題だったから、聖は手助けしか出来ず、秘書が飛び回るはめになった。その前の問題では秘書と二人で一週間、見知らぬ町のごみ掃除をしたのだ！

「大丈夫だ。今度は他の議員は、関係なしだから」

その言葉に小原は、ほっとした顔になる。だがその直後、大堂はとんでもないことを言い出した。

「実は梨花の有力後援者、羽生《はにゅう》という人の家で、飼っている猫の毛の色が時々変わるんだそうな。家人が気にされているとか」

「猫の色が変わる？　ぶち猫が黒猫にでもなったの？」

　ふざけて言ってみたら、その通りだと返事があった。

「三毛猫がトラ猫になって、それから茶に変わったそうだ」

「……へえ？」

　聖は小原と再び顔を見合わせた。何とも胡散臭い話だ。だがそれだけに、どうにも嫌な予感もする。こんな一見大したことがなさそうで、でも変てこりんな出来事を、どう解決しろというのだろう。

　だが大堂も梨花議員も、この謎《なぞ》を見事解決して、後援者から感謝と更なる支援を取り付けたいらしい。聖は露骨に大きな溜息をついた。こんな妙なお端《はした》仕事は、下《した》っ端《ぱ》の聖の受け持ちに決まっているからだ。

　そこで、大層真っ当な意見を述べてみた。

「オヤジィ、そりゃきっと単に、家に入り込んだ猫を見間違えただけだよ。野良猫《のらねこ》に余所《よそ》の猫。猫は外をうろつくからな」

　全くもって論理的な結論を出したのに、大堂も秘書小原も、これで話が終わりだとは言わない。それどころか大堂は「早めに行ってくれ」と、懐《ふところ》から後援者の住所と名前が書かれた紙を出し、聖に押しつけてきた。

「オヤジってば、そんなに梨花ちゃんを助けたいなら、自分で行けばどう？　引退したんだ、暇だろ？」

「この年寄りに、仕事を押しつけるというのか？　持病の心臓病が悪化するぞ。可哀《かわい》相《そう》だとは思わんのか？」

「持病は肝臓病だって、先月言っていなかったっけ」

すると急に大堂が咳《せ》き込んだ。過ごしやすい季節だというのに、風邪をひいたとのたまう。げほげほやっているのを目の前にしても、聖が渋い顔を続けたら、しゃきっと立ち直って今度は買収を申し出てきた。

「仕方がない。臨時ボーナスを出そう。この仕事はお前向きなんだよ。やってくれよ。それに上手《うま》くやれば、猫の仕事は事務仕事の片手間に出来るさ」

「先生、勤務の一環に、別途の支払いは必要ありませんよ」

第一秘書は、いわゆる『けちんぼ』である。

「まあいいじゃないか、小原。来月には聖の弟、拓《たく》が中学の修学旅行に行くんだよ。新しい鞄《かばん》も必要だし、小遣いも渡したい。二十一歳の保護者は大変なんだ。大目に見てやれ」

「おや、拓君は今年が修学旅行ですか。確か行き先は京都ですよね。じゃあ仕方がないですか。出張代ということで」

「おい俺がいつ、猫の仔守に行くって言ったんだよ」

二人は聖の抗議など聞きもせず、子育て中の聖にボーナスとして幾ら出すか論じ始めた。どちらも聖の家族関係、特に弟のことについて、嫌になるほど詳しいのだ。

拓は腹違いの弟だ。いい年して素行不良で、かつ今は海外をうろついているらしい父親に、突然養育しろと送って寄越された子であった。

聖の両親は早くに離婚している。どちらも全く子育てに向いていなかったらしく、聖には親と暮らした記憶がほとんどない。伯父に引き取られたのだが、お定まりに中学の頃ぐれ、いらぬ苦労をかけた。

だが高校卒業間近にして、聖は非行から卒業した。さすがに歳寄《とし》りになったからだ。いつまでもぐれているのでは、甘えているようで気恥ずかしいからかと、保護司に問われたことがある。その問いには、苦笑するしかなかった。聖の場合は寄りかかる親がいないのに、皆と同じに甘えているようなポーズを取っていること自体が、恥ずかしかったのだ。

その後、何年も目一杯の付き合いをしていた保護司に、大堂の事務所へ連れていかれた。二人がどんな知り合いで、どういう話になっていたのか、未《いま》だに分からない。ただ聖はその事務所『アキラ』で働きながら、慈悲深い元国会議員先生の命令で、学校へ通うようになったのだ。一見驚くほどに並で、落ち着いた毎日となった。

ところが。勤労者謙学生となって数年目のある日、聖のアパートに弟という存在が降ってきたのだ！

まだ十二の拓が一人で電車に乗って、聖の元へ来た。十も歳が違わない聖が二人の生活を支えられたのは、幸運としか言いようがなかった。大堂は仏のような己のおかげだと言っている。『アキラ』に来たことのある拓が、素直に大堂を慕っているらしいことが、聖は何とも面白くない。

(働き者の兄貴の方を、もうちっと尊敬して欲しいもんだ)

今家族は弟しかいない。聖はとにかくちゃんと弟を育てると、心に誓っていた。だから弟の修学旅行が近い今、猫の世話だろうが犬の散歩だろうが、バイトが出来て臨時収入が入るのは大歓迎であった。

しかし、それでもため息は出てくる。

(オヤジが今、日比谷を離れたがらないのは、今月の宝塚公演を、見逃したくないからに決まってる！)

確か贔屓《ひいき》のトップの、引退公演中なのだ。恐ろしいことに大堂は仕事があるにもかかわらず、最近連日宝塚劇場に通い詰めている。ファン倶楽部《クラブ》にも入って、会員番号も持っているのだ。

そのしょうもない宝塚ファンは、もう出張の話は聖が承知したとばかりに、次の仕事を頼んできた。

「聖、猫の仕事は明日からでいいから、今日はこれから十人前ほど、料理を作ってくれないか。公演の後、ファン倶楽部の女の子達と、ここでパーティーをしようって約束したんだ」

　この一言を聞き、聖は大きく唇をひん曲げた。奇妙に豪華な事務所『アキラ』で、料理、掃除、オヤジのおもり、『風神雷神会』の雑用、おまけに風変わりな相談事の処理をするのが、聖の毎日だ。これのどこが『事務員』の仕事だというのだろう。

　男の仕事としても変だと思う。だがこの年齢で、しかも元、極め付きの不良で、大学も途中。家族を養える仕事はなかなかないのだ。

「胡麻《ごま》風味の唐揚げ、フライドポテト、キムチチャーハン、サラダ二種類ってところで、いいよな」

　オヤジはびしっとOKサインを突き出してから、いそいそと宝塚に出かけてゆく。割烹着《かっぽうぎ》を手に取った聖は、『事務員』の仕事をこなすべく、台所に入っていった。

2

　翌日、聖は羽生家の門前に立っていた。

猫の毛色が変わるという羽生家は、大きく裕福そうな家であった。きちんと刈り込んだ生け垣の塀があり、その奥に総二階の一戸建てが見える。横手に蔵まである。聖の住んでいるアパートなど、二つ三つ敷地内に建ちそうであった。

聖は一旦《いったん》門前から離れると、近所でそれとなく羽生家の評判を聞いてみることにした。

こんなとき、聖にはオヤジのまねをして使う奥の手がある。密《ひそ》かに『百万票の笑顔』と呼んでいるものだ。誠実そうな、優しそうな、それでいて頼りになりそうな、とびきりの笑顔を浮かべる技のことであった。

ベテランの政治家たちは、一秒でこの顔を作る。『風神雷神会』の議員らは、全員この技に長《た》けていた。立ち会い演説会などでこの笑顔を浮かべて、ごそっと票を集めるのだ。

この笑みは、平素の生活の中でも有効に使えることを、聖は発見していた。元不良ではあるが、今のアパートで聖は立派なお兄ちゃんで通っている。肝心なのは笑顔の向け方なのだ。アピールだ。聖の場合、政治家のようにはいかず、爽《さわ》やかな笑顔を作るのに三秒ほどかかるが。

この笑みのおかげか、ご近所はあっさりドアを開け、隣人のプライベートを話してくれた。

「羽生さんには、ご長男と娘さんがいらっしゃるわね。お二人はご結婚されて、一旦出ていかれたわ。それからはご主人と夫人の二人暮らしだった」

これは向かいの奥さんからの情報であった。当主の羽生氏は、五年前に亡《な》くなったという。その後羽生未亡人は家政婦と、あの大きな家でひっそり暮らしていたのだ。だが夫人が少し前に体を壊したとき、小さな孫を連れた息子一家と、娘夫婦が同居してきたという。

「今どき、家に三家族が住むだけの広さがあるなんて、凄《すご》いわねえ」

亡くなった羽生氏は会社を経営しており、やり手で裕福だったそうだ。

「けどお子さん方は、お父さんと比べてどうかしらね。羽生の奥さん、以前はご近所によくこぼしていたのよ」

次の話は右隣と、そのまた隣の奥さんから聞いた。

「ご長男、リストラされかねないから、こちらには移れないとおっしゃったそうよ。だから今もご長男だけは元の住所に残って、週末に、こちらへ通ってきているの」

「お孫さんは駿《しゅん》君ていうの。小学二年生。夏休みだから、今はいいでしょうけど、秋になったら転校するのかしらね」

娘婿《むすめむこ》の大川氏については、家を建てる頭金が足りなくて、以前借りにきたらしいという話も出た。今は三世代同居となったから、その用件もなくなったのだろうが。

その次は向かいの家の三件隣、人の集まるごみ捨て場に近い家の、旦那《だんな》さんの話だ。退職したばかりで暇なのだと言った。

「羽生さん宅の家政婦さんは、ずっと大奥さんと一緒にいるから、将来かなりのものを残してもらえると期待していたって話だ。でも、今じゃ望み薄だな。子供達が押しかけてきたんだから」

家政婦は将来介護付きの、老人ケアハウスに住みたいらしい。ああいう施設も金がかかるから、なかなか入れないねと苦笑していた。

だがこうして様々なゴシップは耳にしても、とんと出てこない話題があった。肝心の『猫』のことだ。羽生家の近所四件の住人達は、猫の毛の色が変わる、などという珍しい話を、全く語らなかったのだ。他の場所で毛の色を変え、誰ぞを脅かした猫はいないみたいだ。猫は羽生家の内だけで、変身しているらしい。

（はて、どういうことかな）

だが聖は猫の話は全く口にせず、ご近所の方にそれぞれ、深く頭を下げた。

「お忙しいでしょうに、貴重なお話をありがとうございました」

一度に全《すべ》てを片づけようと無理すると、失敗するというのは、秘書小原の持論だ。確かにそうだと思う。突然の訪問でこれだけの話を聞き出せたなら、まずは上々であった。

それにずっと爽やかに笑い続けていると、顔が引きつって顔面神経痛になりそうだ。そうなる前に用を済ませようと、聖は羽生家へ向かった。

大石梨花議員の紹介状をもらってきていたので、直《す》ぐに家政婦に、居間らしき部屋へ通される。

(ああ、中に入ると一層広く感じるな)

この家に部屋が幾つあるのか、狭いアパート暮らしの聖には見当がつかない。出された紅茶のカップも高級品だ。セキュリティーもしっかりしていそうで、紹介なしで来たら、今でも塀の外に立っていそうな感じがした。

(このきちんとした場所にホラー話なんて……妙にそぐわないな)

今日羽生家に来る前は、寂しい老婦人が家を猫屋敷のようにしていて、そのせいで問題を引き起こしているのかと考えていた。だが屋敷に入っても、まだ猫の姿を見かけない。飼ってはいるのだろうが、部屋は美しく整えられ、どこにも爪《つめ》を立てられた跡はない。どう見てもここは猫屋敷ではなかった。

聖はすっと眉間《みけん》に皺《しわ》を寄せ、臨時ボーナスのことを考えた。拓はブランド品のスニーカーでないからと、文句をいう弟ではない。

(そこそこの品を買うことにして、この問題は引き受けない方が良かったかな)

何となく、事が簡単に済まないような気がしてきたのだ。羽生家は裕福な上、親子の情も深い様子で三世代同居。近所とのいざこざもない。一見、問題を抱えているようには思えない。

（なのに、何らかの問題が起こってるんだよなあ）

余りに揉《も》め事の元が見えなかった。気味が悪いと言った方がいいかもしれない。

「みゃううーっ」

そのとき突然、鳴き声が聞こえた。下から湧《わ》き上がるような声だ。何かがさわりと足に触れる。「ひゃっ」思わずソファから立ち上がった。顔を引きつらせ下を見ると、小さめの猫が足首にじゃれついていた。

「なんだ……お前さん、人なつこいな」

大仰に驚いた自分が恥ずかしくて、思わず苦笑が浮かんだ。

「お前がここの飼い猫かい？」

白地の多い三毛猫で、朱色の首輪を付けている。耳の後ろを撫《な》でてやると「なぁーおぅ」と甘えた声を出した。ふかふかして暖かい。

「拓が猫を飼いたがっているけどなあ」

撫でながらつい、ため息が出た。聖とて本当は好きな方なのだが、アパートはペット不可だった。それに健康保険の使えない動物の飼育は、聖の稼ぎでは贅沢《ぜいたく》なのだ。これから拓には教育費がかかるはずだ。少しでも貯《た》めておかなくてはならない。

そんな家庭の事情に思いを馳《は》せている間に、背後でドアの開く音がした。振り向くと品の良い婦人が部屋に現れていた。羽生真沙子《まさこ》に違いない。慌《あわ》てて立ち上がり頭を下げる。七十近い年齢のはずだが、真沙子は裕福そうでおしゃれな人であった。

「大石梨花議員からのご紹介ですってね。まあ、あの方も本当に細かく気がついて下さって、ありがたいですわあ」

猫などのことで、遠方より来てもらい済まないと、聖にも丁寧に礼を言ってくる。

「ですが何度も変なことがありましたので、気になりましてね」

未亡人は聖と向き合ってソファに座ると、さっそく話を切り出した。それによると、一匹しか飼っていないはずなのに、何度か違う色の猫をこの家で見たという。

「驚きましてね。それに一旦気になると、どんどん心配になってきまして」

「そうですか」

相手は老婦人だ。だから聖も大堂相手のように、見間違いだと切って捨てる言い方はしない。優しく頷《うなず》くと、話を継いだ。

「先程こちらの猫を見かけました。かわいい三毛ですね」

「あら、家《うち》の猫は茶色なんです。孫の駿が、茶々《ちゃちゃ》と名付けております」

「えっ……」

急いで足元を見たが、もう猫はいない。どうやら家に入り込んでいた、余所《よそ》の猫だったらしい。首輪を付けていたから飼い猫なのだろうが。

(オヤジに、猫は外をうろつくと、自分で言ったんじゃないか)

　まさか早々に聖自身が、猫の色変わりを見たわけではあるまい。苦笑していると、目の端を、ひょいと別の猫が歩いていった。部屋の隅を堂々と横切っていくのは、不機嫌そうな顔つきのトラ猫であった。未亡人がその猫を怖がる様子はない。ではこのトラ猫が、羽生家の猫なのだろう。

「ここいらは一戸建てばかりの住宅街ですし、猫が多いのではないですか？　それなら余所の飼い猫が入ってきて、見間違えることがあっても、おかしくないですよ」

「まあ……そうなんですけど」

　喋《しゃべ》っている間に、トラ猫は開いていた窓から庭へ出てゆく。猫を追って横を向いた聖を見て、未亡人は少しばかり首を傾《かし》げていた。

「何を見ておいでですの？」

「あの、猫を……」

「ああ、茶々に会いたいんですか。駿ちゃん、聞こえている？　猫を連れてきてくれない」

　未亡人は大層優しい声で、孫を呼んでいる。可愛《かわい》くて仕方がない感じだ。土曜日のせいか家にいたらしく、直ぐにドアが開いて子供が入ってくる。八つだというが、見知らぬ聖が部屋にいるせいか、少々強《こわ》ばった顔をしていた。

抱いてきた茶々猫は、確かに茶色で大きかった。だがどう見ても、先程の猫ではない。

（ありゃりゃ、さっきのも余所の猫か）

聖が茶々に手を差し出すと、しばし鼻面《はなづら》を動かした後、顔に皺を寄せた。

「ふううう—っ」

「なんだか……茶々は機嫌が悪そうですね」

尻尾《しっぽ》を湯飲み洗いのブラシみたいに逆立てて、こちらを睨《にら》んでいる。子供は聖よりも驚いている様子だった。

「おじさん、動物と相性が悪いの？」

猫のことより、聖は「おじさん」と言われたことに傷ついた。だが小学二年生の子供からみれば、二十歳過ぎなら立派なじじいかもしれない。

「俺は猫好きだよ。さっきもこの部屋に遊びに来ていた、三毛猫と遊んでたんだ。手にその匂《にお》いが残っていて、茶々はそいつを嫌ってるのかな」

だが今し方部屋に入ってきたトラは、聖にふいたりはしなかった。そう言うと、聖は目の前の二人が、変な顔をしているのに気がついた。

「おじさん、他の猫がこの部屋にいたの？」

駿が真剣な口調で聖に問う。横から未亡人が先に口を開いた。

「あら、私はそんな猫、見てませんが……」

「は？」

聖は言葉を失った。では今見た猫は何だったのだ？

(未亡人はトラ猫を見ていないと言い切った)

酷《ひど》く嫌な予感がしてきた。肌が粟立《あわだ》っている。茶々の奴《やつ》、今も俺に向かって唸《うな》っていないか？　あのオヤジが、聖向きの仕事だと言っていたのには、まさか妙な意味があるのではなかろうか。

聖は……聖はホラーが大嫌いなのであった！

中坊のときにはいっぱしにぐれて、ヤクザに悪態をついていたくせして情けないと、オヤジに笑われたことがある。確かにヤクザはすぐに殴るし、下手すりゃ刃物を出してくる。しかし！　暗い中、冷たく濡《ぬ》れた手で、ぺたり……、と頬を触ってきたりはしない。健全なものだ！

嫌だ嫌だと思うと、どうにもそのことに敏感になってしまうらしい。聖は結構よく霊を見る。変な音も聞いたことがある。つまりさっきのも、もしかすると……。

「三毛猫は、朱色の首輪をしていました。トラ猫の方は、不機嫌そうな顔をした奴だったけど」

近所の飼い猫かもしれない。聖は一応確かめてみる。

「そんな猫は存じません。それじゃ、また猫の毛の色が変わったんですか？」

未亡人の間髪入れずの返答に、はっきりと聖と駿の顔が蒼《あお》くなった。茶々が鳴く。

「大変だわ。修一《しゅういち》、加奈《かな》、また気味の悪い猫が出たのよ」

未亡人が大きな声を上げ、誰かを呼んでいる。きっと同居しているという、二人の子供達だろう。駿の父親と長女だ。直ぐに女性が現れ、未亡人と話し出した。息子や他の家人が現れないのは、今家にいないのかもしれない。確か息子の方は、週末だけ帰る単身赴任だと噂《うわさ》を聞いた。

「ほら加奈、大石議員の寄越して下さった佐倉さんも見たのよ。余所の人も、気味の悪い猫を見てるの。分かったでしょう、この家で大変なことが起きているのよ」

「お母さん、分かったから興奮しないで。体に障《さわ》るわ。休まなきゃ」

「本当に分かっているの？　心配しているの？　最近お母さんはお前達が何を考えているか、さっぱり分からないわ。他のみんなはどうしたのよ。どうして直ぐに見に来てくれないの？」

更に声高に喋り続ける未亡人を、娘が奥へと促してゆく。未亡人はずっと猫の毛色のことを訴え続けている。その声を聞きながら、聖はしばし呆然《ぼうぜん》と、羽生家の居間に立ちつくしていた。

3

「オヤジ！　ホラーめいた話だって梨花ちゃん議員から聞いてたんだろ？　なのにわざと俺を、羽生家に送り込んだな」

聖は日比谷の『アキラ』に帰った途端、大堂に大きな声で抗議をした。本当にホラーは嫌いなのだ！

だが今日は、直ぐに抗議の声を止めることになってしまった。何ともタイミングが悪かったのだ。聖の声を聞いた大堂が、居間の机から顔を上げたのだが……般若《はんにゃ》の面みたいな表情をしていた。見れば机の上に、分厚い書類の束が置いてある。どうやら仕事中のようであった。

（うへっ、こりゃまずい）

聖は薄く唇を噛《か》んだ。勿論《もちろん》『アキラ』は関連会社の事務所とされているのだから、ここで大堂が仕事をするのは当たり前のことなのだ。だが大堂当人は自主的に、『アキラ』にいるときは休憩モードと決め込んでいた。

しかしさぼりが過ぎると、時々仕事に追いかけられるはめになる。そういうときは、かけている黒縁眼鏡並に立派でお堅い秘書が、有無を言わさずボスの目の前に書類を突きつける。多分秘書も大堂所有の関連会社の誰かに、せっつかれているに違いなかった。

そしておさぼりが出来なくなった大堂は、嫌がるのを無理矢理シャンプーされた猫のように、物凄《ものすご》く不機嫌になるのだ。触らぬ神に祟《たた》りなし、ということで、普段の聖はこういうとき、大堂には近寄らなかった。小原もちゃっかり黙りこんで、隅の机で自分の事務仕事に没頭しているではないか。

だが聖は今日うっかり、そんな大堂に声をかけてしまったのだ。(げげげっ)しまったと思う間もない。眉間にくっきり皺を刻んだ大堂は書類に目を戻した後、突然聖に向かって色々羽生家のことを聞き始めた。

(まさかオヤジ……俺で仕事の憂《う》さ晴らしをしたりしないだろうね)

不安を感じたまま、一通り今日の報告を済ませる。すると案の定、大堂はきつい突っ込みを入れてきた。

「はあ? 猫のことはホラー話だったっていうのか。ふーん、へえ、ほう、そうか。私が聖をわざと、そういう嫌いな場所に送り込んだだと?」

口調が嫌みったらしいこと、この上ない。いい大人の喋り方ではない。

「猫の幽霊だと? 妖怪《ようかい》か? 猫又かね? 毛の色が変わる猫又なんて、聞いたこともないが。じゃあお前さんがこの件を解決するのは無理だな。いいや世界中の誰だって、猫の幽霊に立ち向かうことはできんだろう」

つまり大石梨花議員は、人の手には負えぬ話を師の大堂の所に持ち込んで、手間をかけさせたことになる。彼女はなかなか優秀な議員であるにもかかわらずだ。

「少なくとも、分からないことがあると直《す》ぐにホラーだ、超常現象だと言い出す事務員よりも、彼女は優秀だ」

そう言い出した大堂に、聖は深くため息をついた。まるで子供が駄々をこねているみたいだと思う。

（やれやれ。ホント、機嫌が悪いや。今日は仕事が多いんだな。それにきっと……宝塚観劇に行けなかったのかも）

聖は状況を改善すべく台所へ向かった。手に負えない怪獣『ワガママゴン』に変身している大堂を、三分でなだめる『お救いマン』に成るべく、羊羹《ようかん》を手に取ったのだ。

自分や秘書の分も合わせて三人分を切り、茶を添えた。それをすいとテーブルに出すまで、ほぼ三分。いつもよりぐっと分厚い一切れを見て、少しばかりボスの機嫌が直った。

（だけど、うーん……これだけじゃ駄目かあ）

大堂が聖の羊羹にまで手を出すのを今回は見逃してから、聖は話し始めた。

「ねえオヤジ、つまり大石議員は今度の話を、超常現象だとは思ってないってこと？」

大堂はこの問いに直ぐには答えず、質問を返してきた。

「ちょいと確かめておくがね。聖、お前さんが実際に見た猫のことだが、本心、どう思った？　本当にホラー猫の可能性はあったのか？　最初に見た猫の毛色が、途中で変わったように見えたか？」

この件は猫にまつわる正真正銘のホラーなのだろうか。ならば、近所から何らかの因縁話が聞こえてきても良さそうだった。例えば亡《な》くなったご主人が猫嫌いで虐《いじ》めていたとか、どこかの変質者がたまたま羽生家近くで、猫を虐待《ぎゃくたい》したとか。動物の葬儀場があったとか。

だが全くそんな話は出てきていない。聖はしばし考え、思い出し……じきに首を振った。

「いや。二匹目の猫を見たとき、最初のと顔立ちや姿が似ていれば、そこで毛色が変わるという話を思いだしたはずだよ。でも……そう最初の猫は、仔猫《こねこ》に近いくらい小さかった。二匹目はふてぶてしく、でかい感じで……」

あれはどう見ても、十歳は越している年季の入った大人の猫であった。毛色の変化くらいで二匹を間違えるはずもないくらい、違う猫だったのだ。

「じゃあ、ホラーという可能性は薄いだろう。猫だって本物の幽霊ならば、聖の前でだけ変身をさぼるとも思えん。きちんと毛色くらい変えるだろうからな」

何だか妙な理由ではあったが、一理あった。

「なるほど、では誰かがわざと、猫の毛色が変わったという法螺《ほら》話を、持ち出したことになりますね」

ここで小原が、茶を手にそう口を出してきた。生真面目《きまじめ》な小原だが、いつもと少々違って、面白がっているように見える。

「誰がだ？　猫の色が変わったって、大した実害はないぞ」

大堂の言葉に、聖は眉間《みけん》に皺《しわ》を寄せた。確かに、もし『アキラ』でこんな件が起こったら、大堂は珍しがって、却《かえ》って喜びかねない。聖がそう言うと、横で小原が笑い出した。すると大堂も、にやりと笑みを浮かべる。

（不機嫌モード解除のサインだ！）

やっとこれで、いつものようにあれこれ言い合うことが出来そうであった。

キーポイントは、猫騒ぎがあまり怖くないということだ。いや実際に出くわせば気味悪いかもしれないが、聞く分には迫力不足だ。だから中途半端《はんぱ》なことに、騒ぎは近所にすら広がっていない。

「知っているのは家族だけ、となると、話を持ち出したのは……家族の一人じゃないかな？」

大堂が頷《うなず》く。面白くなってきた様子だ。

「なるほど、じゃあぐっと絞り込めるな。そもそも猫の変身を見たと言ったのは、誰と誰なんだ、聖」

「ええと、確か……」

聖が直ぐにきちんと思い出さなかったものだから「遅い！」と、復活した大堂からぴしりとした声で言われる。完全復活、元気一杯モードへ突入確認だが、こうなるとうっとうしいのも確かだ。

聖は急いで口にした。

「羽生未亡人は、猫の変身を見たことがあるって言ってた」

必死に記憶を辿《たど》る。

「ええと、孫息子の駿君は、奇妙な猫を見たとは言わなかった」

娘の加奈も見ていないはずだ。

「未亡人が加奈さんに、本当に変な猫がいるって、せっせと説明していたからな」

残りの家族、加奈の夫と長男夫婦は、あの日家にいなかったので分からない。だが猫のことは、羽生家から大石議員に相談されているから、一応家族全員、騒ぎは承知して認めているのではないだろうか？

「さて、そいつはどうかな。慎重に考えてみた方が良い。聖、羊羹もう一切れ切らないか？　甘味を食べると頭が働くぞ。お茶も欲しいが」

言われて聖は、考えごとをしつつ緑茶を淹《い》れかえて出す。ただし羊羹は切らなかった。大堂はもう六十であり、糖尿病が気になる年齢であった。

「ケチな事務員だな」

「オヤジが俺の経済観念を鍛えたせいだろ？」

オヤジへ出す菓子の問題は、妥協の余地なしだ。だが確かに大堂の言うとおり、不在だった家族のことを勝手に推論するのは、無理があるかもしれない。

「うーん、やっぱりもう一度、羽生家へ行って調べてみないと無理ですかね。推論はここまでか」

小原が思わずといった感じで言い出す。途端、大堂が聖から視線を小原に移す。目の前にあった書類を丸めると、ため息と共に小原をはたいた。

「ガキの聖じゃあるまいし、お前がそんなに早く諦《あきら》めてどうする！　その粘り腰のなさが、人に物足りなさを感じさせるんだ。『風神雷神会』メンバーなのに、なかなか立候補の誘いがかからない原因になっているんだぞ！」

小原が赤くなっている。

（こういう反応をするということは、小原さんは、いつか議員バッチを嵌《は》める日を夢見ているのかな）

聖は目を見張った。

大堂が現役政治家だった頃から、実務の多くをこなしているのは秘書の小原だ。そつのない仕事ぶりだから、本当に議員になっても、結構やっていける気がする。（でも、さ）議員としてその仕事に当たるためには、何よりも先に選挙を勝ち抜かなくてはならない。小原の場合、そこに不安があるのだ。

パフォーマンスを人に見せる力。有権者に期待させる魅力。小原はその力がまだ弱い。そこが後援者を摑《つか》みきれない所以《ゆえん》であり、大堂が小原に感じる不安の元でありそうだ。

「パフォーマンス……見せ方……」

その時聖は、ふとその考えに引っかかった。（猫の毛色が変わるということは、大きなパフォーマンスではないか）

それで家族の誰かを驚かせ、影響を及ぼす。そのことがもたらす変化を望んでいる者が、この騒ぎを言い立てた人物だろう。

その言葉に、大堂と小原が話を止めた。聖の方へ向く。大堂はにやっと笑った。

「いい目の付け所だ」

「毛の色が変わると言って……誰が何をするっていうんです？」

小原が言葉に詰まっている。聖は腕組みをした。

「勿論、家族の誰かを、ただ気味悪がらせたいんじゃないと思う」

そのためであれば、猫の変身話くらいでは不足だからだ。何を伝えたかったのか。話を聞いて、何をして欲しかったのか？

何を？　誰に？　どういう風に？

三人でしばし黙り込んでしまった。お茶が冷めてゆく。誰も何も言い出さない。考えが浮かばないのだ。そのとき大堂がじれてきた。手に持ったままの書類で、今度は聖を引っぱたいたのだ。

「ほれ、何か思いつけ！」

「何すんだ、オヤジっ！　そんなことしたって……」

言いかけて聖は顔を上げた。驚いた。思いついたことがあったのだ。オヤジのやり方は許せなかったが、とにかく頭の中に湧《わ》いて出たことを、ソファに座る二人に話し出す。

「鍵《かぎ》は未亡人だよ！」

そもそも猫の毛が変わる話をしたのは、今のところ未亡人一人だ。未亡人だけなのだ。

「まだ確認していない他の家人は、話は知っているけど、化ける猫は見ちゃいないと思うよ」

「何でだ?」

真っ直ぐに大堂が見つめてくる。聞いてくる。聖は答えた。

「未亡人は家族に、自分が呆《ぼ》け始めたと、そう思って欲しかったんだと思う」

4

後日の昼過ぎ、聖がまた羽生家を訪れた。

色の変わる猫の話を、なかなか解決出来なくて申し訳ないという、大石議員の詫《わ》びを伝えに来たのだ。

こういうときは勿論《もちろん》、菓子の包みなども託されている。今日聖が手にしていたのは、キハチの新作ケーキであった。

この日家にいたのは駿と未亡人、それに家政婦だけで、他の家族は留守だった。平日の昼間だ。息子と娘夫婦は仕事に用事に、飛び回っているのだろう。

菓子持参だったせいか、さっそく駿が猫を連れ、居間に顔を出してくる。そうなると聖はしばし、一人っ子の遊び相手だ。二人で庭に出た。未亡人は菓子箱を開き、家政婦にお茶の用意をあれこれと指図していた。明るい声が聞こえる。

そのとき、庭で一騒ぎあった。

駿の大事な茶々が、蔵の直ぐ横に生えている高い木に登ったはいいが、降りられなくなってしまったのだ。茶々は物凄《ものすご》い声で一声二声鳴いては、また黙り込む。こうなると、猫は自分では木から降りてこられない。

「まあ、これは高いところに登っちゃったわね」

声を聞きつけたのか、未亡人と家政婦も慌《あわ》てて庭に出て、木を見上げた。駿が木の下に立ちすくんでいる。

猫がうずくまってしまった場所は、大分枝も細くなった箇所で、駿のような小さな子供ですら、とても登って連れ戻せるようなところではなかった。勿論聖が登ったら、途中で木をへし折ってしまいそうだ。

また猫の鳴き声がする。今度はいささかたよりなげだ。茶々も怖いのだろう。少し動いては、直《す》ぐに座り込む。

「これは……どうしましょうか、羽生さん」

聖はちらりと羽生未亡人を見た。他の家人がいない今、彼女がこの家の主、指揮者なのだから。

「ご近所の人を呼びに行ってきますか？」

「いいえ……今は昼間だし、お隣も向かいも、ご主人や息子さんはいらっしゃらないわ」

近所の奥さん連中を集めたとて、騒ぎとお喋《しゃべ》りを増やすだけだという。その的確な言葉に、聖は少し笑いかけた。

「では？」

「梯子《はしご》が蔵に入っているわ。あなた、それを使って猫を降ろせない？」

「やってみますが……木が細いから、立てかけられるかなあ」

聖はとにかくさっさと蔵に行き、家政婦に戸を開けてもらって、大きな梯子を取りだした。梯子自体はきちんとしたものであったが、やはり細い木に立てかけてみると、このまま登るには余りにも無理がある。

仕方がないので聖は梯子を担《かつ》ぎ猫に近づけて、下から乗り移るよう声をかけてみた。だが、茶々はてこでも動かないようだ。

そのとき、未亡人がこう言い出した。

「ねえ、木のすぐ横にある蔵の壁へ梯子を立てかけて登って、そこから手を伸ばし猫を摑めないかしら」

何と未亡人は自分でやってみると言って、蔵に梯子を寄せ登り始めた。だが普通に登ると、蔵の壁に向き合う形となり、猫のいる木に背を向けることになってしまう。それでは茶々に手を差し出せない。

さりとて反対を向くと、酷《ひど》く登りづらい。その上実際問題として、梯子を高く登れば登るほど、体は蔵に近づいて木から離れてしまう。思い切り手を伸ばしても、茶々に届きそうもなかった。

「羽生さん、危ないですから止めて下さい！　もう降りて」

それでも何とかしようと身を乗り出すのを、さすがに危険を感じた聖が止める。

「俺がやってみますから」

ただ梯子を登る際に、未亡人と家政婦、それに駿に、梯子に全体重をかけて壁に押しつけておいてくれと協力を頼んだ。

「どうするつもり？」

未亡人の問いに、聖はにやりと笑ってさっさと梯子を登る。上の方、茶々より少し高いところに来たとき、三人に声をかけた。

「力一杯、梯子を押さえて！」

声と共に足を梯子に引っかけ、ちょうど出初め式の梯子乗りのように、ぐんと体を直角に宙へと伸ばす。

「わあっ」

駿の驚いた声が聞こえる。梯子が軋《きし》んだ。三人にいつまでも梯子を支えさせてはおけない。それで聖は素早く茶々を捕まえると、さっと足を引き抜き、梯子を蹴《け》った。猫を抱え込んだまま庭にどんと着地する。ひゅっと息を吐いた。

「ふうっ、何とかなったか」

「大丈夫？」

猫に言ったのか、聖に尋ねたのか。とにかく側《そば》に飛んできた駿に、茶々を渡した。

尻尾《しっぽ》が大きく膨らんでいる。未亡人達が目を見開いていた。

「まあ……まあ、凄いわねえ。驚いた」

「体が柔らかいんですねえ。かっこいいってやつですか」

二人から嬉《うれ》しそうな声が上がる。

「どーも」

聖が嬉しそうににやっと笑うと、二人のご婦人に大層受けた。

とにかくひと騒動が終わった。未亡人達は良かったわと言いながら、部屋へ戻ってゆく。気を落ち着かせるためにも、早くお茶を淹れましょうというわけだ。

庭にいるのは聖と駿、二人になった。

「お兄ちゃん、ケッコー凄《す》げえんだね」

今日の駿は、聖のことをお兄ちゃんと言う。ただしこれは〝おじさん〟ではないと、聖が念を押して教えておいたからだ。

先程庭で、遊びながら二人で話したときに。聖はそのとき、駿にある頼みごとをしていた。

（猫の毛色が変わると、君のおばあさんが騒いでいる理由を知りたい？　なら、協力して欲しいんだけど）

駿は黙って頷《うなず》いた。駿に確認すると、聖の睨《にら》んだとおり、猫の話を持ち出しているのは未亡人一人のようであった。

今し方、茶々の木登りを演出したのは、聖だった。つまり聖に頼まれ、駿自身が茶々を木に登らせたのだ。

聖は部屋の中の二人に愛想良く笑顔を向けてから、駿の方を向かずに小声で子供に尋ねた。

「それでおばあさんのこと、どう思った？　ご両親や叔母さん夫婦が心配してたように、呆けてきたと思うか？」

「ううん。おばあちゃんはしっかりしているや。呆けたんじゃないよ。ぼくだって思いつかない梯子のことを、さっと考え出したたし。良かったぁ」

にっこりと笑っている。どうやら駿は祖母が好きらしい。

大事な『おばあちゃん』が呆け始めたのではないかという話に、駿は暫《しばら》く前から心を痛めていたらしい。未亡人が猫のお化けのようなものを見たと、言い出したからだ。

だがそのことは気軽に口に出しては駄目だと、駿は親に言われていた。両親も叔母達も真剣に心配していたのだ。それで却《かえ》って駿は、祖母が呆けるということは、酷く怖いことのように思ってしまったようだ。簡単には人に相談出来ないほどに。

先日聖が来たときも、未亡人がまた毛色の変わる猫を見たと言ったから、駿は強《こわ》ばった顔をしていたらしい。

駿は祖母が好きなのだ。なのに、どうしたらいいのか分からない。

「良かったな。これで結論が出た」

「うんっ！」

駿は掛け値なしの、嬉しそうな表情を浮かべ、勢いよく頷いた。話はこれだけだと言うと、「ぼく、ケーキ食べる」と言って、元気一杯走って居間に入っていった。聖は木の下に立ったまま、その後ろ姿をやや目を細めて追っていた。

「結論は出たけど……でもこれでこの一件、終わりとは出来ないだろうね」

ゆっくりと息を吐き出す。自然に浮かんできてしまった眉間《みけん》の皺《しわ》を見せないようにしてから、聖も羽生家の居間へと向かった。


「なるほど、その件の処理を見て、聖は未亡人が全く呆けていないと、そう結論を出したんだな」

夜、『アキラ』の居間では、聖、大堂、小原がソファに座って、また羽生家のことを話していた。最近はこの話題ばかり口にして、大堂はまた仕事をさぼっている。聖は頷いた。

「てきぱきしてるし、猫を救いに梯子へ登ろうとするとか、やる気も溢《あふ》れていたし」

呆けていたら、ああいう行動には出ないだろう。

「しっかりした頭の良い人だと思う。だからああいう危機に際しては、素早くきちんとした対応が取れる」

しかしそれならどうしてよりによって、毛色の件だけは奇妙な態度を装《よそお》うのか。

「つまりわざとやっている、というわけか」

小原は唸《うな》っている。

(もしかしたらあの大石梨花議員だって、そんな考えがあったのかもしれない。いやきっとそうだ。だからオヤジのところへ、この問題を持ち込んできたな)

長い付き合いで人となりを知っているだけに、猫の一件を聞いて、何か思うことがあったのかもしれない。だが万が一ということもある。

(羽生未亡人のいつもと違う言動が芝居ではなかった場合、大堂の指示を仰ぎたかったのかな)

聖がその考えを口にすると、大堂はにやっと笑う。

「そうれはどうかなあ」

などと言って、はっきりしたことは言わなかった。政治家絡《がら》みのことは、口が重い。

だが大堂は話を進めた。

「それで仮に聖の考えた通り、未亡人が呆けを装っていたとする。そんな妙なことを言い出した理由は何だ？　それも聖には分かっているのか？　そしてもし……その解答が正解だったとき、こちらはどう行動したらいいか、そのことも考えているか？」

先の先まで聞いてくる。聖は気を引き締めた。

（オヤジは、不毛で間抜けな会話をするのは嫌いだよなあ）

つまり聖の考えを、大当たりのビンゴだと考えているに違いない！　聖は考えついた理由を、並べていった。その先、いかに振る舞うかも、ちゃんと考えてある。大堂がそれでいいと言うかは……分からなかったが。

「一つには、未亡人が暫く前に体を壊し、最近良くなってきたこと。良くなったらしいと思うのは、直接会って体調は悪くないように見えたのと、家人が未亡人を留守番に、揃《そろ》って出かけていたからだ」

大堂と目が合う。こういうときの大堂の顔は、ちょっぴり怖い。何だかこれから餌《えさ》を食べようかというときの、猛禽《もうきん》類の目つきをしているように見えるからだ。有権者の前では、決してこんな顔つきはしないのに……。

聖はぐっと姿勢を正し、いらぬ考えを振り払って話し続ける。何だか試験の面接を受けている気分になっているから、不思議であった。

5

そののち、羽生家に突発事態が起こった。

駿の父親である長男の修一氏が、会社をリストラされたというのだ。

事が重なるときというのはあるもので、その後少しして、長女加奈の夫の実家で、舅《しゅうと》の介護をしていた義理の姉が過労で倒れた。加奈夫婦は手を貸すため、取り急ぎ夫の実家に向かったという。

暫く後、聖はまた羽生家を訪ねた。羽生真沙子が再び、家政婦と二人きりで暮らし始めたと聞いたからだ。

聖は今回、東京土産の本で有名になったどら焼きを持参していた。玄関で差し出すと、これは話の種になると、未亡人は喜んでくれた。だが以前来たときのような、明るい感じが無かった。

居間に通されたところで、聖は目を見張った。見覚えのある白地の多い三毛猫が、ソファの横から上を見上げてきている。朱色の首輪を付けていた。

「おや、お前さんか。お久しぶり」

「ふみゅう」

挨拶《あいさつ》をして気が済んだのか、三毛はさっさと居間を横切り、開いた窓から庭に下りてゆく。聖はソファに座った未亡人の方を向くと、笑った。

「この家は相変わらず、猫の出入りが多いんですね」

「そう？　そうだったかしらね」

未亡人は何となくもう、猫のことなどどうでも良いような口ぶりだ。あれだけ娘の加奈に向かい、猫のことを言い立てていたのが、嘘《うそ》のようであった。

今は入り込んできた猫を気にすることもなく、居間で聖と向かい合い座っている。どら焼きの包みを開く姿の隣に、駿がいない。聖には心なしか、部屋がすかすかと感じられた。

「最近では、毛色の変わる猫は現れないのですか？」

聖が話を向けてみる。だが、首を振るだけで話には乗ってこなかった。それで仕方なく、訪ねてきた用向きを話しだした。

「また、家政婦さんと二人でお暮らしだと聞いたので、大石梨花議員が気にしています。ご様子を見てきて欲しいと頼まれましてね」

長女加奈に続いて、羽生家では長男修一も、家を離れていた。今、外国にいると聞いている。未亡人が、オーストラリアにいるのだと教えてくれた。

「修一がリストラされた話は、もうご存知なんでしょう？　大石議員は耳が早いですからね」

未亡人によると修一氏には、随分前から転職の誘いが掛かっていたという。職を失ったのを機に、そちらの話を受けたのだ。

ただし職場は外国にあった。

「思い切ったんですね」

「私が背中を押したの。行きなさいって。だって息子は、リストラ対象になったことで落ち込んでいたから」

だから寂しかったが、親としてやらねばならないことをしたという。もともとリストラされた原因は、自分にあるからと未亡人は言い始めた。

「私に気遣って、こちらの家に拠点を移したからよ。あの子は週末ごとに帰ってこなくてはならなかった。会社での付き合いや残業が、思うように出来なくなったの」

やはりそれではまずいことが、色々あったらしい。会社の人員を減らそうという話が出たとき、修一は引っかかってしまったのだ。

「加奈さんにも、旦那《だんな》さんのご実家へ行くよう話されたんですね」

未亡人はどら焼きを食べながら、ゆっくりと首を縦に振った。

「そうなのよ。寂しいわねえ」

そう言うが……それでも娘を手放したのだ。

「あちらの家では、二人も倒れたんですもの。娘だけ知らん顔は出来ないじゃない。元々向こうのご両親宅近くに、家を建てる話があったの。それを無理してこっちに来てもらってたんだし」

やれやれ、と言う。一人になる運命だったのかなと笑う。その笑顔が寂しいと語っているようで、聖は少し胸が痛んだ。

「やっぱり羽生さんは、いざ事が起こった時は、きっちりと対処出来る人だったんですね。だからいざ鎌倉となったら、自分の我《わ》が儘《まま》を通したりせず、一番良い選択をなさる。そうだと思ってました」

聖がはっきりと言うと、真沙子未亡人が驚いた顔をして、どら焼きを皿に置いた。何となく、戸惑っているような顔をしていた。

「あら……それは褒めて頂いているのよね。まあ、元気づけて下さっているのかしら。ありがとうございます」

「お礼を言われるのはどうも……冷や汗が出ます。実は俺、ろくでなしなことをしてましてね」

その言葉に、未亡人が笑った。

「ああ、大石議員からお聞きしてますよ。昔のことでしょ？　聖さんは中学生の頃、大層な不良でいらしたとか」

その一言に、聖は真っ赤になる。

「梨花議員ときたら、言わないでもいいこと言って！」

思わずそう漏らすと、益々《ますます》笑われた。人間、生きてきた時間全《すべ》てで、その身が出来ているものらしい。都合が悪い年月の部分があっても、体から削り取ってしまうわけにはいかないみたいだ。

「でも今は、真面目《まじめ》に弟さんを育てておいでなんですって。まだ若いのに、大したもんだわ」

褒められると、益々顔の赤さが引っ込んでくれなくなる。とにかく聖は精一杯真剣な顔を作り、今言わねばならないことを告げた。

「羽生さん、実は……二人のお子さんをたきつけたのは、俺です」

「……は？　何のことでしょう」

驚いたのか、未亡人がしゃきりと姿勢を正した。

「ろくでなしなことをしたと言ったでしょう？　俺がお子さん方を、この家から出るという行動に移らせたんです」

正直に話す。未亡人の反応を見るのが、少し怖かった。顔を上げると、真っ直《ます》ぐに聖を見てきているのが分かった。

「勿論《もちろん》、俺が修一さんをリストラしたり、加奈さんの旦那さんのご実家で、何かしたわけじゃありません。ただリストラの話は、会社で前々から出ていたようです。娘さんの義姉《おねえ》さんの過労が溜《た》まっていたのも、大分前からみたいでした」

毛色が変わる猫の話が出たのは、そんな頃であったのだ。二人の子は羽生未亡人が考えた通り、毛色の変わる猫のことで悩んだ。つまり〝もし母が呆《ぼ》けていたら……〟羽生家から動けない。

しかし修一の仕事は行き詰まっている。加奈にも体を壊している身内がいる。その上母親まで目が離せなくなったら、どうしたらいいのか。子供達二人もまた、困り切ってしまったのだ。傍目《はため》からも分かるほどに。例えば大石梨花議員から見ても。

「羽生さん、突然何を言い出すのだと思われるかもしれませんが……あの話、嘘ですね？　毛色の変わる猫の話です。見てはいないでしょう？」

なるべく何気なく言ってみた。すると未亡人は、今更気にもしないかのように、あっさりと頷《うなず》いた。

「あら、分かっていたの？　そうね、変な猫などいなかったわね」

ただ、一度居間に入り込んだ余所《よそ》の猫と茶々を見間違えて、驚いたことがあるという。そのとき、猫の毛が変わると言ったら騒動になるかもしれないと、そう思いついたのだそうな。

「呆けが始まったかと、心配をかけたかったのですね」

これも言いにくいことを、すぱっと口にした。未亡人が少し笑う。

「よく分かったわね。私……あの時毎日が凄《すご》く、楽しかったのよ」

つまり側に息子夫婦がいて、娘夫婦もいて、孫までいてくれる。そんな日々が、己の病気と共に突然現れたのだ。

それを手放したくなかった。続いて欲しかった。なのに、息子のリストラの噂《うわさ》や娘の嫁ぎ先での心配事が伝わってくる。また皆を、どこかへ取られてしまう気がしてくる。しかし、自分の病は治ってゆく。

どうするか。どうしたらいいのか。

未亡人は考えたのだ。皆が離れないで居てくれる方法を。

「この歳《とし》なら、呆けの気がいつ出てきても、不思議じゃあないわ。心配したら、みんなここに落ち着いてくれるかもしれない。短絡的にそう思ったの。あの時は」

利己的だと言われようが、我が儘だとそしられようが、それが一番良い方法だと、そう思えたのだ。気持ちが追いつめられていたのだという。

「人間、一旦《いったん》欲しいものを摑《つか》んでしまうと、離したくなくなるのね」

情けない行動であったが、また正直な気持ちだった。未亡人はそう言いながら、今は静かに笑っている。

「聖さん、あなたが最初にこの家に来たとき、息子や嫁が家を留守にしていたでしょう？　お客さんだと聞いて、家から逃げ出していたのよ。目の前で母親が、人から呆けていると疑われるかもしれない。そんな一瞬には、遭遇したくなかったのね」

聖はその話に目を見張る。それでは親子は共に、直面したくない現実から目を背けていたわけだ。

「それで、子供達をたきつけたって、何をどうやって？」

今度は未亡人の方からその話を出され、一瞬聖は、ばつが悪そうな顔をした。白状する。

「二人のお子さんに、ばらしました。毛色の変わる猫はいない。未亡人はそのことを重々承知している。呆けでは無いって」

「……まあ」

その上で二人に、行動に出るよう促したのだ。リストラも介護も、もう程なく避けて通れなくなりそうであったから。

「実は息子さんはリストラされる前に、自分から早期退職に応募されたんです。娘さんの義姉にあたる方は、まだ倒れていませんでした……倒れそうではありましたが」

二人とも心配だけしているのを止めて、自分と家族の将来をきちんと決めたのだ。

未亡人はしばし黙って、聖の方を見ていた。

「子供達、ちゃんと行動出来たみたいね。母として誇らしいけど……私は今寂しいわ。

寂しいわ」

こんなこともみっともなくて、子供達の前では言えなかったと言いながら、それでも末亡人は聖の前で、寂しいという言葉を繰り返した。聖はふっと、今の唯一《ゆいいつ》の家族である弟、拓のことを思いだした。

聖は親と暮らした記憶を持たない。育ててくれた伯父は良い人ではあったが、聖は寂しいという言葉を知っている。それは触れることさえ出来そうな、がちがちの寂寞《せきばく》感だ。寂しい。辛《つら》い。何とかその気持ちから目を逸《そ》らそうとしても、我慢できないしたくないものだった。

だから未亡人の気持ちは、幾分かは分かる。非行に突き進んだ聖の行動に、少しだけ似ていたからだ。猫の幽霊でも、猫又でもいい。子供達が消えてしまうという現実から逃れさせてくれるものがあるのなら、何でも良いからすがりたかったのだろう。その気持ちが周りの者には理解出来ない奇妙な発言へと、繋《つな》がっていったのだ。

（でも、ね）

寂しい中、奇跡的に人と一緒にいる暮らしを手に入れてみても、思うようにいくことばかりではない。長くいればそれなりに煩《わずら》わしさが伴う。相手は言うことを聞いてくれない。

（弟だって、俺の言うことなんか半分くらいしか聞かないもんなあ）

そしてせっせと働いて一人前にしたら、弟はそのうち独立するだろう。そんなものだ。また一人になる。せっかく孤独から解放されていたのに、一人に戻るのは辛いかもしれない。

（でも……それでも俺に、弟がいるってえのは良いもんだよな）

未亡人の子供達だとて、病気だからと言われれば、生活を変えてまで、来てくれたではないか。

（まあ、だから一層手放したくなかったか）

ぐるぐると考えは巡る。埋まることのない心の溝だ。これ以上言う言葉が見つからない。聖は未亡人の方へ身を乗り出し、その顔を覗《のぞ》き込んだ。一冊の薄い本をテーブル上に差し出してみる。

「あら、何かしら」

未亡人が手に取る。本の表紙を見て、顔に苦笑を浮かべた。

6

大石梨花議員の持ち込んできた、色の変わるという猫の話は、終わりを迎えた。もう羽生家へ向かうこともない。聖は『アキラ』でオヤジの雑務をこなす、いつもの事務仕事に戻っていった。

「いやあ、猫の件ご苦労さん」

そう言ってオヤジがくれた臨時の報酬は、例によって商品券だ。もらいものに決まっている。元政治家への賄賂《わいろ》でないことを、祈るのみであった。

「現金でくれよ。デパートで買い物したら、高くつくじゃないか」

「拓の靴は、ちゃんとしたものを買ってやれ。奮発して入れておいたから」

（オヤジったら何で、スニーカーを買うって知ってるんだ？）

席へ戻り封筒の中を確かめると、成る程気前よく入っている。到来物の商品券だと太っ腹になるらしい。拓の旅行鞄《かばん》も買えるかどうか頭の中で算段していると、オヤジが居間のソファに座ったまま、軽い調子で聞いてきた。

「それで聖、その後どうした？」

「その後って？　何のこと？」

聞かれたことは分かっているが、何となく言いづらい。それではぐらかして黙っていた。

そうしたら突然、猫の鳴き声が聖の首筋の辺りでしたのだ！　『アキラ』に猫などいない。

「ひいっ」

事務椅子《いす》から飛び上がった。己の顔が引きつっているのが分かる。でもここはビルの八階で、野良猫《のらねこ》が紛れ込んでくる場所ではないのだから……。

聖は恐る恐る振り向いた。

「えっ？」

「ふにゃーおぅ」

目の前に白い毛の塊が突き出され、そいつが奇妙な合成音で鳴いていた。どう見ても安っぽいぬいぐるみで……それを小原秘書が摑んで差し出している。聖が飛び上がった様子を見て、声を詰まらせて笑っていた。

「小原さん、俺をからかったな！」

「ボスの問いには、ちゃんと答えないと駄目だろうが」

小原秘書ときたら、この振る舞いはそのお仕置きだと言うではないか！

聖はむかっ腹を立て、一歩迫った。秘書の顔が強《こわ》ばる。元々武闘派ではないくせして、一人前に人に悪さをする方が悪いのだ。

「あー、聖。勤務不能にするんじゃないぞ」

「加減は心得てるよ、オヤジ」

しかし、だ。蹴《け》っ飛《と》ばして、殴って、ぶん投げてやらなくては、気が済まない。ホラーは大嫌いなのだ！

（知ってるくせに！）

思い切りよくプロレスの技を掛ける。小原はぎゃあぎゃあと喚《わめ》いてうるさかった。

「引退後、やっと今の態勢で落ち着いたんだ。また秘書を雇い直すのは、面倒くさい。早めに離してやれよ」

「けっ、気が向くと秘書を代議士候補にして、送り出すのが趣味のくせして、よく言うよ」

大堂はそれ以上、小原を離してやれとは言わなかったが、この騒ぎをものともせず質問は続けてきた。

「聖、羽生未亡人に渡したのは、何の本だったんだ？」

驚いたことに、これに答えたのは聖に押さえつけられ、床に伸びていた小原であった。

「英会話の本だ。そうだろう？」

「……当たりぃ」

正解を言われたので、聖は仕方なく手を離した。小原が「ひゅーっ」と息を吸っている。大堂が聞いてきた。

「それで羽生未亡人は、息子さんのいるオーストラリアへ行くことにしたのかい？」

「英会話の本一冊贈ったくらいで、直ぐに海外で暮らすなんて、言いますかね？」

小原がそう言いつつ立ち上がる。未亡人は、息子に海外からの誘いがあることを、元々知っていた。一緒に行くつもりがあれば、色の変わる猫の話など、持ち出さないでいたに違いない。

「それで?」

「どうしたでしょう」

「聖は事を子供らにばらした。それで二人は家を出た。だが多分……聖はそれで、この件を終えたりはしなかったんじゃないかな」

大堂は、にたあと笑った。

「多分……お前、お節介と言えるほど役に立ってきただろう。感謝されたんだろう。そういうときは変に照れて、聖は口が重くなるからな」

そんな態度は妙な格好付けと同じで、意味がないと説教を始めるので、聖はぺろりと舌を出した。聖は事務員だ。将来政治家になるわけではない。『風神雷神会』のメンバーのように、常に明るく親しみやすい人だと人に見せるパフォーマンスはしなくていいのだ。

しかし減らず口をたたいていると、「至らん奴《やつ》だ」と、大堂にぺしりと頭をはたかれた。仕方なく、羽生未亡人に英会話のテキストを渡しただけでなく、勉強の相手を務め、悩みの相談に乗り、様々な手続きを代行したことを白状した。

羽生家の息子達をたきつけたとき、彼らから頼まれたのだ。未亡人を一人にしておきたくない。一緒に来てくれるよう、話してみてくれないかと。

「未亡人は今更外国なんて、気が重かったみたいだ。でもしっかりした人だもの。高齢だけど向こうへ行っちゃえば、きっとやっていけるさ。酷《ひど》く困ったりしない程度になら、英会話だって結構早くに憶《おぼ》えられると思うんだ」

オーストラリアへ行っても、楽しく暮らせるに違いない。聖はそう言って励ましたのだ。

ところがこの何てことのない言葉が、とてもありがたかったと未亡人に言われ、聖は戸惑った。聖のこの言葉で、未亡人は背中を押されたのだそうな。

「そんなこと、家族の人からも何度も言われてたんじゃないのかい？」

小原が首を傾《かし》げている。オヤジが笑った。

「身内から言われるのと、余所《よそ》の人から告げられるのでは、違うと言ってたんだろう？　未亡人は」

「よく分かったね、オヤジ」

感謝の言葉を未亡人から聞いたとき、聖は少しばかり奇妙な気がしたものだ。何事につけ家族の言葉が一番だと、そう思っていたのだから。

勿論《もちろん》家族の口から聞きたい言葉がある。好きだと、必要とされていると、何より大事だと。

しかしまた、自分に対して甘いだろう家族の言葉だけでは……どうしたらいいか分からなくなることもあるのだ。余所の人から言われて、初めて自分を信頼したりする。

「何だか、色々あるんだなあ」

ぼやいた。ちょっと意外であった。

とにかくあのしっかり者の未亡人は、オーストラリアへ行くことになった。なんと、家政婦も一緒にであった。今度の一件はごたごたの果てに、結構いい結末を迎えたのではないかと思う。

「きっと駿は、さっさと言葉を憶えるんだろうなあ」

英会話に苦労している聖としては、いささか羨《うらや》ましくもあった。

その日の午後、大堂が大石梨花議員へ何やら電話をかけていた。漏れ聞こえてくる言葉からすると、五色の猫の一件が終わった報告らしい。

(そうか、ここまで相談者をフォローして、やっと終わりだとオヤジは考えてるのか)

きちんとしている。もし己が相談事を持ちかけた方なら、この態度は嬉《うれ》しいと思う。

確かにオヤジは政治家であった。

(だがどうせなら、次の相談事への対処は、オヤジ自身がやって欲しいなあ)

つくづくそう思う聖であった。

案件の二

白い背広

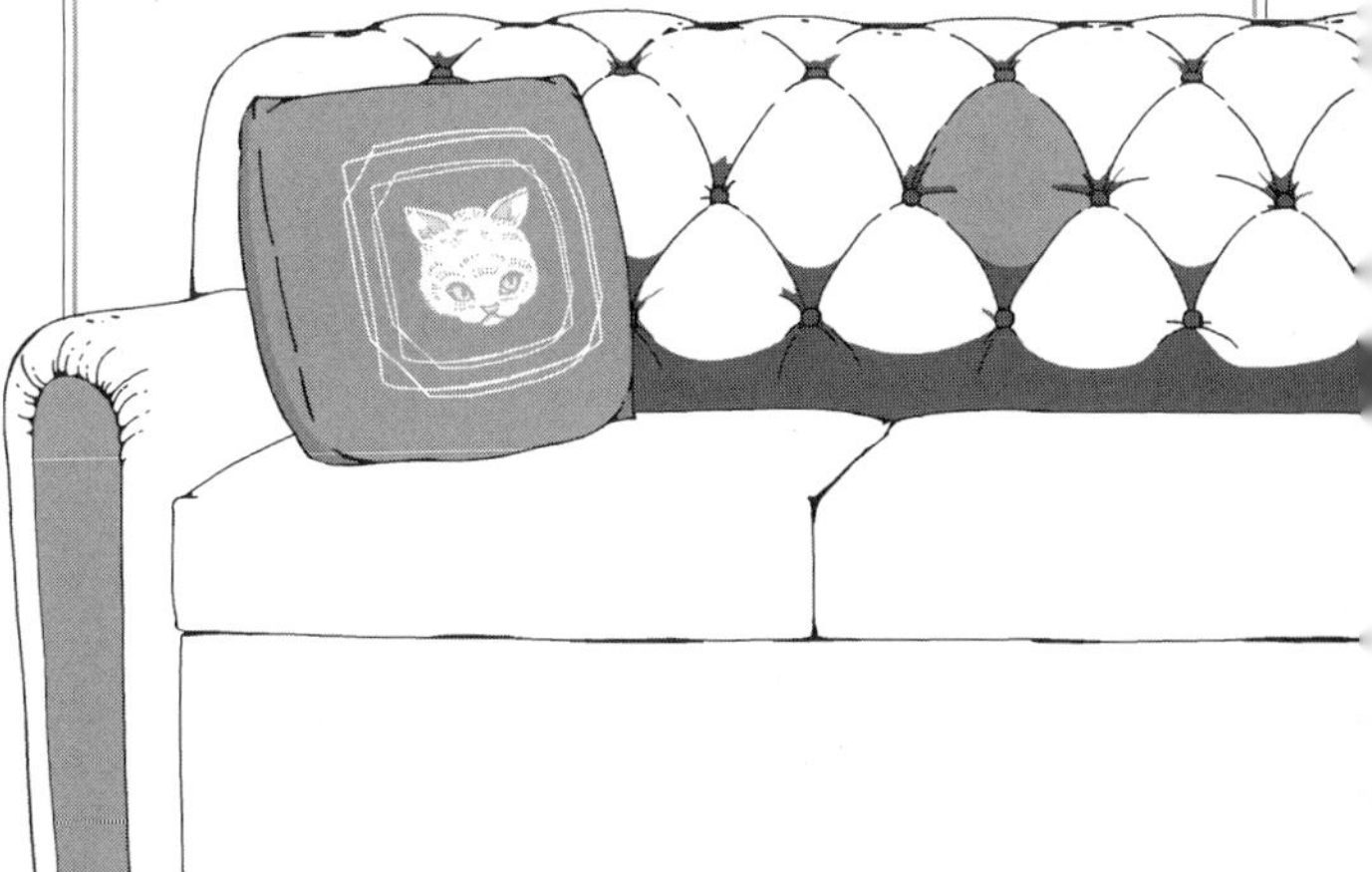

1

佐倉聖は、加納《かのう》というピカピカの国会議員様が嫌いであった。

加納は三十代後半で、聖の雇い主にして引退した元国会議員、大堂剛の弟子にあたる男だ。大堂門下と言われる政治家の集まり、『風神雷神会』の一員であり、昨今世の中がおかしいせいか、若手議員の『王子様』などと言われている。大堂の事務所『アキラ』にしょっちゅう顔を出すので、勤めている聖は、嫌でも加納とよく顔をあわせた。

嫌悪《けんお》の理由は、加納が夏に真っ白な麻の背広を着ているからではない。嫌みったらしいのに、選挙民の主婦層に圧倒的な人気を誇る、あの俳優張りの笑い方のせいでもなかった。聖より僅《わず》かばかり背が高いのが癇《かん》に障《さわ》っているわけでも、事務所『アキラ』で聖をこき使う上に、天上天下唯我《ゆいが》独尊的論理の下に、言いたい放題喋《しゃべ》りまくるためでもない。

（というより、その全部が合わさった加納聡《さとし》、あんたそのものが嫌いなんだよ）

気持ちの問題なのだ。

加納の方でも何故《なぜ》か、聖に対して風当たりが強かった。聖がただの事務員のくせに、オヤジの命令で大学へ通っているのが、気に食わないのかもしれない。こまめに事務所に来ては、しれっとすました顔で聖を小突きまわし、ねちねちと嫌みを連発する。やり過ぎだと一時、大堂のオヤジに釘《くぎ》を刺されたほどだ。

聖は加納を三回ほど殺してやりたいと思ったが、残念ながら人は一回しか死ぬことが出来ない。誠に加納という人間は、腹の立つ存在であった。

その加納が、今日またふらりと『アキラ』にやってきた。途端、聖は余分な労働を強いられるはめになった。

「俺が加納議員のお供をして、選挙地盤へ行き雑用をする？　なんでそんなこと、しなきゃならないんだ？」

居間のソファの前で、聖は思い切り不機嫌な表情を浮かべた。だがそんな事務員の様子を見ても、元と現、二人の国会議員は、くつろいで座ったまま、平気な顔だ。面《つら》の皮が厚くなくては、議員なぞやっていられないという、生きた見本のつもりなのかもしれない。

「加納に急用ができたんだ。だがもうすぐ『風神雷神会』の会合があるから、加納の秘書、今野《こんの》は忙しい。聖はこの先、加納に世話になるんだから、今回は役に立ってこいや」

大堂にあっさり言われ、聖は眉《まゆ》をひそめた。『風神雷神会』の議員を、事務所でもてなしたことはあっても、この嫌みな白い背広の主に、世話になる予定はない。ところがその疑問に答えるように、加納が思いもかけないことを、にこやかに口にした。

「聖の弟さん、拓くんて言ったっけ。彼、先々行きたい私立高校があるみたいだよ。聖の稼ぎじゃあ、弟を私立にやるのは、きついだろ？　大堂のオヤジさんに、授業料だけじゃなく、色々な助成の付いた奨学金を世話してやってくれと、頼まれていてね」

「……私立高校？　拓が？」

加納に呼び捨てにされたことすら気にならないほど、聖は呆然《ぼうぜん》としていた。今二十一歳の聖は弟と二人暮らしで、弟の保護者なのだ。こんな大事な話を、自分より先に、なぜ二人の議員が知っているのだろう。その気持ちを察してか、大堂がやんわりと言った。

「聖、拓はお前に、私立に行きたいとは、言いづらかったんだよ。金がかかるからな。兄貴に養ってもらっている身は、辛《つら》いんだ」

「……どうせ俺は、甲斐性《かいしょう》なしだよ！」

ふくれ面を見せると、オヤジは笑って、こうのたまった。

「心配するな。出張してもらうわけだし、ちゃんと拓が私立に行けるよう、手配するから」

奨学金のことも聖の出張も、既に決定事項として手は打たれ、聖には動かしようもない話になっているようだ。議員連中の、この人に逆らうことを許さないやりようは、いっそ天晴《あっぱ》れなものだと、いつも思う。その力業で人を意のままにする。先生と呼ばせる。選挙を勝ち抜く。ため息が出た。

「……拓が私立に行きたいのなら、そりゃ俺だって行かせてやりたいよ」

「おや、良い兄貴だなぁ。では明日から私と出張だ。大学が休みのときで良かったな。なに、新幹線で行くし、私の地元は近いもんだ。たぶん、二、三日で用は済むだろうよ」

「行って何をやればいいのさ、加納議員様。夏祭りの手伝い？」

加納がそこで、ちょっぴり困ったような表情を作る。そして語られたのは、とんでもない出来事だった。

「実は、私の後援会幹部の一人が、頭を殴られて入院した。警察が乗り出してきている」

「殺人……未遂事件？」

驚いた。そんな話に、なぜ聖が必要なのだろうか。

「事件は警察の領分だから、私が口を出すことじゃない。問題はその一件の後、後援会内が、大騒ぎになってしまったことでね。怪我《けが》をした有田さんの他に、後援会には馬場さんという大物がいるんだが」

角突《つの》き合わせている片方が怪我をしたので、色々な噂《うわさ》が流れているらしい。このままでは支持基盤が揺らぐ。加納はその騒動を、収めにゆくのだ。

(でも何か、変だなぁ)

加納の秘書は、今野一人ではないはずだ。それなのにわざわざ、別の事務所に勤める事務員を連れていくというのは、おかしい。聖は理由をよーく考え……唇をとんがらせた。

「俺……何となく自分の役目が、分かってきたぞ」

無事にことを収め、後援会の皆を納得させられたら、その手柄は加納のものになる。けれど会にとって都合が悪い結末になったら、後始末をさせるには、加納の事務所とは直接関係のない者がいたほうがいい。

「そのうっとうしい役目を、俺に押しつける気なんだろう」

聖の言葉を聞き、オヤジと加納が盛大に笑い出した。どうやら図星だったらしい。

「いやあオヤジさん、良く躾《しつ》けているなあ。政治家の秘書は、こうでなくっちゃ」

「聖は事務員だよ。まだ大学生だしな」

「卒業したら、うちの事務所で頂いてもいいですよ」

「ぜってー、嫌だ!」

聖は政治家同士の話に、必死に口を挟んだ。人を無視して話を進めるにも程がある。聖は何とか大学を卒業出来たら、『アキラ』を辞め、地道で堅い職業に就こうと決めていた。政治家とか、秘書とか、官僚とか、ヤクザとか、事務所『アキラ』に出入りしている、非日常的な人種の方々とは縁のない、一般的サラリーマンが理想だ。そうなってこそ金銭の心配をかけずに、弟を養えるというものだ。

「聖は中学生のとき、名に聞こえた不良だったくせして、物堅い考えをするんだねえ」

加納がまた嫌みを言ってから、お茶のお代わりを要求した。加納議員様に言いつけられると、湯飲みの代わりに、彼の頭の上に茶を注ぎたくなって困る。ともかくこれから何日かは、この加納にこき使われるのだ。

聖は昔から馴染《なじ》みの教訓を思い出した。

〝ただより高いものはない〟

シンプルかつ、逃れようもない事実だ。拓の奨学金を手にするからには、それなりの代償を払わなければならない。

次の日、久しぶりに新幹線に乗り、中部地方へ向かった。

加納の地元は、酷《ひど》く田舎でも、都会でもなく、とても平和そうに見える町だった。

駅周辺はそこそこ賑《にぎ》わっており、自転車が山のように停められている。ロータリーから、整備された道路が四方に伸びていた。タクシーに乗りメインストリートから少し外れると、道の両側に、割と新しい家並みが見える。その背後には、きれいに区画された田や、たくさんのビニールハウス、そこそこ大きい企業の建物があった。

「大きな家が多いね。裕福な地域って感じ」

聖の感想に、隣に座っていた加納が、にやっと笑いを浮かべる。

「最近、二世帯住宅に建て替えるのが流行《はや》ってるんだ。だが見てくれは新しくても、この辺はまだまだ、古くからの習慣が根強く残っているからな。嫁さんは大変だぞ」

平素は東京暮らしの加納の妻も、地元に帰ったときは、付き合いや義理を欠かさず、気配りを忘れぬよう、臨戦態勢だという。

「ここいらじゃあ、突出したことは嫌われるんだ。もらい物をしたら、必ず直《す》ぐにお返しをしないとまずい。町内や学校の役員を一人だけ逃げることは、許されない。舅《しゅうと》や姑《しゅうとめ》と揉《も》めると、翌日には噂になっている。皆、地区の住民のことを、よーく承知している」

「なんか、息が詰まりそう」

「良いところもある。近所付き合いがしっかり残っていて、地域の交流は盛んだからな。何を優先させるかっていう話だろうさ」

そう話しているとき、加納と聖の乗るタクシーを、もの凄《すご》い音を響かせながら、バイクが三台ばかり追い抜いていった。乗っているのは、聖より若いガキばかり。道を遠ざかってゆく後ろ姿を見ながら、加納が眉をぐっとひそめている。誰だか知っているらしい。

「親が入院しているときくらい、大人しくしていればいいものを。全く有田謙一《けんいち》はガキだ」

「あの中に、襲われた有田さんの息子がいるの？」

「一番先をすっ飛んでいったのが、有田さんの長男謙一。十六歳の高校生で、暴走族のなりかけだ。一番後ろの奴《やつ》が馬場拓也《たくや》。謙一の暴走仲間で、有田さんと対立している有力者、馬場さんの一人息子だ」

「……息子同士は仲が良いわけ？」

聖は目を見張った。

「不良は親の言うことなんか聞かないというセオリーを、二人は律儀に守っている。それぞれの親に、あいつとだけは付き合うなと言われたらしくて、仲良くなったようだ」

「なるほど」

聞くだけでくたびれる人間関係だが、加納はそれを面白がっている風にもみえる。

懐《ふところ》から何枚もの写真や書類を取りだすと、ついでに説明しておくと言って、地域や後援会の主要人物たちのことを、車内で話し始めた。

「要するに後援会だけじゃなく、町も馬場派と有田派に分かれているわけだ。それだけならいつものことなんだが、最近新しい警察署長が来てね」

米川《よねかわ》という署長は、早々に出世し、県警本部へ異動するのが夢なのだそうだ。今回の事件も早期解決を目ざし、張り切って捜査しているらしい。何しろ倒れていた有田を見つけたのは、この署長だった。自分の考え、ペースで騒ぎを収めたい加納は、それが煩《わずら》わしい。

そこまで話すと、加納は不意にタクシーを止めさせた。炎天下の大通りに聖だけを下ろし、先程見せた写真、訪ねるべき場所の地図などを手渡すと、にこりと笑う。

「私は後援会に顔を出さなきゃならんから、聖は先に事件を調べてくれ。警察を出し抜いてくれたら、色々手が打てるからありがたい」

「おい、ちょっと待てよ。俺一人でやるわけ？　加納さんの事件なんだろう？」

「議員の私相手だと、地元の皆は言いにくいこともあるらしい。聖の方が、ちゃんと調べられるって」

「……今日は暑いから、外を歩きたくないだけじゃないのか？」

睨《にら》み付けると、加納はさも気の毒そうな声を出した。

「そういやあ暑そうだな。真夏日かね。冷房の効いた車内にいたから、気が付かなかったよ。水分補給、ちゃんとしろよ。やさしいだろ。うん、私って細かく気を使うタイプなんだ」

一人で己を褒め、納得すると、加納を乗せたタクシーは聖を置き去りにしたまま、走り出してしまった。

聖は一瞬手の中の地図を握り潰《つぶ》し……それから慌《あわ》てて、きれいに延ばした。

2

とにかく調べろと言われたので、聖はまず、大前会館という名の事件現場に行ってみた。真っ青な空の下、地図を見ながら、両側を田んぼとビニールハウスに挟まれた道を歩くこと、しばし。その建物は第一消防団と書かれた倉庫の角を曲がった先に、突然現れた。

「なんだって、こんな所に洋館があるんだ?」

地図に大前会館と記されている建物は、擬洋風建築というのだろうか、家だけ見ると、まるで神戸に建つ西洋館の趣だ。周りにある普通の家から、何とも浮き立っていた。

洋館には門も整えられた庭もなく、周囲に木々がいくらか生えているくらいだった。道から少しばかり奥に入った場所だが、前面がよく見える。遠慮なく敷地に入り間近で見ると、驚くほど傷《いた》んでいるのが分かった。

「うわあ、もったいねえ。こりゃあ長いこと誰も住んでないな」

外壁は古い洋館らしく、細長い板を横に貼《は》り、白っぽいペンキで塗装してあったが、それが斑《まだら》に剝《は》げている。上下に開閉する上げ下げ窓から中を覗《のぞ》くと、家具は全くない。壁側に作りつけの暖炉が一つ、目に入った。

廃墟《はいきょ》一歩手前という感じだった。ガキの秘密基地になるくらいしか、使い道はなさそうだ。大きくて、遠目には洒落《しゃれ》た建築物なのに、これでは遠からず取り壊しになるだろう。

「有田さんはこの建物の中で、誰かに殴られて倒れた、と。こんなぼろい洋館に、何の用があったんだろう？」

書類によると、有田は頭を殴られたせいか、なぜ大前会館へ行ったのか、思い出せないでいるという。

「うーん、有田さんはここを買って、建て替えるつもりで見に来たのかな」

玄関が閉まっていたので、有田が倒れていたという左棟に行ってみる。試しに窓に手を掛けると、あっさり開いた。土足のまま中に入り込む。数歩あるいたところで、聖はなぜか突然、思い切りつんのめった。体勢を立て直そうとしたら、大きな音と共に床にめり込んでしまった。

「げっ」

床板を見事に踏み抜いていたのだ。

「ここまで木が駄目になっているとは……」

起きあがろうとしたが、穴の縁《ふち》に手をかけると、そこもあっさり欠け落ちて、益々《ますます》はまり込んでしまう。聖は歯を食いしばった。

「何が悲しくて、昼間っから腐った床と格闘しなきゃならんのだ。くそうっ、みんな加納のせいだ！」

今日が暑いのも、床に穴が開いたのも、喉《のど》が渇いたのも、加納の背広が白いのも、全部加納がこの世に存在するせいだと思う！　酷い迷惑だ！

聖は近くの暖炉に手を伸ばし、側面を握って腕を支え、必死に体を引き抜いた。何とか床に這《は》い上がると、ずりずりと安全な端まで這っていった。それからどこも骨折していないことを確認し、ほっとする。改めて周りを見ると、二階に通じる階段の下あたりにも二カ所、大きな穴が開いていた。

「危《あ》っぶねえ。こんな腐りかけ館の中に、有田さんと加害者、二人も人がいたんだよな。冗談みたいな話だなぁ。ここで何やってたんだ？」

疑問に思ったが、階段を上がったり、二階を調べる気にはなれなかった。聖がこうして入り込んでも、誰も文句を言わない場所だ。普段人気《ひとけ》はないのだろう。ここで大怪我をして動けなくなったら、死ぬまで誰にも発見してもらえないかもしれない。

(有田さんは運が良かったんだ)

加納のために、健康と命を犠牲にする気にはなれない。聖はそうっと窓から外へ抜け出ると、ほっと息をついた。それから、より安全な場所を調べようと地図を取り出す。次に向かう場所を決め、敷地を出たところで、聖はふと、もう一度館を振り返った。

「洋館？　大前会館のことかい。有田さんがあそこの土地を買おうとしていたかって？　あんた誰よ」

二番目に尋ねた先は、萬田《まんだ》という不動産屋だ。近在での大きな不動産取引は、大概ここがしているという。どこの誰だか分からない若造に、個人情報を教えてくれるわけもないとみて、聖は加納の事務所を手伝いに来た者だと、正直に名乗った。有田の件を、調べていることも言った。

「加納先生の！　そうでしたか」

途端に愛想の良くなった不動産屋は、聖にソファを勧め、冷たい麦茶を出してくれた。

(わあ、こうも態度が変わるかぁ)

おまけにカウンターに座っていた女性ときたら、加納の名を聞いただけで、驚くほどの甘い笑顔を作っている。だが出てきた情報の方は、空振りに近かった。

「私の知る限りでは、有田さんは今、土地を買う気はないと思いますがね。あの人はかなり大規模にビニールハウスをやっているんですよ。去年から出荷を始めた、新種の大振りの百合《ゆり》が好調だとかで、今年は生花販売の方に金をかけているからね」

土地に資金を回す余裕は、ないわけだ。

「それにあの土地は、上に古い洋館が建ってて、取り壊し費用がかなりかかるんで、人気なくてね。他にもっと安い更地があるから」

「今、資金に余裕のある馬場さんだって、あそこは買おうとしなかったもんなあ。工場誘致に熱心だから、土地は探してたんだが」

店にいた客も、口を挟んできた。

(皆、人の懐具合に詳しいな)

加納が、住民はお互いのことをよーく知っていると言った意味が、実感出来る。だが土地に興味がないとなると、有田はあそこに何の用があったのだろうか。

聖は店にいた者達に、有田が洋館に行ったわけを知らないか、尋ねてみた。すると、不動産屋にいた全員が、我先にと話しだした。

「有田さんは、暑かったから休憩しに会館に入ったんだ。そうしたら襲われたと聞いたぞ」

ある客の話に、連れが首を傾《かし》げた。

「あのぼろい建物の中で、休もうとしたのか？　第一、玄関の鍵《かぎ》は閉まっているよ」

（窓は開いてたけどね）

どちらにせよ、椅子《いす》一つなく、ちょいと休むには向かない場所だ。次に口をきいたのは不動産屋で、有田氏は洋館内で泥棒を見かけたので、中へ入ったらしいという。

「あの大前会館の中に、まだ盗《と》られるようなものが、残っていたっけ？」

客に聞かれて、不動産屋は答えに詰まっている。何もなかったと、聖は心の中で保証した。この話も違うようだ。

「私、弟に聞いちゃったの。有田さん、あそこに肝試しに行ったんじゃないかって」

女性従業員が、内緒話でも始めるような声で言い始めた。それによると、朽ちかけた大前会館は、近在でも有名な心霊スポットなのだそうだ。時々怖い物見たさに入り込む若者がいるので、有田も興味が湧《わ》いたのではないかと、そういう噂《うわさ》があるらしい。

客が己の霊体験談を口にして、店の中は夏場にふさわしく盛り上がった。だが、この意見にも聖は頷《うなず》けなかった。

ホラーと名が付くものが大嫌いな聖は、その手のことに大層鼻がきく。嬉《うれ》しくもないが、実体験保証付きだった。大前会館は全く健全な場所だ。確信していた。

「倒れている有田さんが見つかったのは、昼間だからなあ」

洋館に昼間っから出てくる、暇な幽霊がいるわけでもないだろう。聖の言葉に、皆がため息をついた。直《す》ぐには次の話も出てこない。

(ここいらで噂話も種切れか)

聖は礼を言って、不動産屋を出ていこうとした。だが、ふと戸口で振り返る。疑問が残っていたことを、思い出したのだ。

「あー、一つだけ聞き忘れたことが。新任の警察署長さんがおいでだそうですけど、その方はどんな方ですか?」

皆の返事は、揃《そろ》って冷たい感じだ。署長はまだ、地元に馴染《なじ》んでいないとみえる。

「あの署長さんは……県警へ行きたがっているねえ」

「事件を解決するんだと、妙に張り切っちゃって、自分で馬場さんの工場へ、聞き込みに行ったみたいよ」

「そうですか」

聖は首を傾げた。何かが引っかかる。

「あの……妙なことを聞くようですが、こちらは有田派ですか、馬場派ですか?」

「商売をやってるからね、片方に味方するなんてことはしてないよ」

「加納議員なら承知していると思うけど、帰ってから聞かなきゃだめですか？」

やっと聞き出したところによると、不動産屋は従業員を含め全員有田派。客は馬場派だそうだが、いがみ合っている感じはなかった。

（別の派閥でも、仲が悪いわけじゃないんだ）

やっと外に出た聖は、再び地図を広げた。今度の訪問先は、有田が営んでいるビニールハウスだった。

3

一日真面目《まじめ》に働いた聖は、夕刻やっと指定されたホテルにたどり着いた。暑さが身にこたえていた。おまけに、脇《わき》に抱えた小ぶりなボストンバッグが重い。とにかくミネラルウォーターが飲みたかった。冷たいビールなら、もっと素敵だろう。

（まずシャワーを浴びるというのも、いいな。でも……どうしたらいいかな）

考えごとをしつつカードキーでドアを開けた途端、思わずのけぞる。加納の顔のアップが、眼前にあったのだ。後援会事務所近くの自宅に居るとばかり思って、油断していた。

「止《や》めてよ。心臓に悪いじゃないか」

「おかえりぃ。なんだ、具合いが悪いのか？　熱中症か？　ちゃんと水分補給しろと言っただろう？」

聖は返事もせず、さっさと部屋に入った。ボストンバッグと地図をテーブルの側に置くと、冷蔵庫を開けボトルの水を飲む。加納は勝手に、聖の持っていた地図を手に取り、ソファに寝っ転がる。直ぐに、にたりと笑いを浮かべた。

「沢山印が付いているな。暑いのに、随分とあちこち回ったんだ。ご苦労さん」

「大前会館、不動産屋、有田さんのビニールハウス、床屋、本屋、馬場さんの工場、獣医、最後にコンビニへ行ってきた」

もっとも有田は入院中だし、馬場は工場にいなかった。だが面白いものを見た気がする。

「有田さんのビニールハウスが何棟か、派手に破かれてたね。中の花も荒らされたとか」

有田だけではない。馬場の工場にも、同じように壊された跡があった。工場は細かな歯車を作っており、見た目の規模は大きくないが、結構業績はいいらしい。

「正門が一部、奇妙に曲がってたんだ。工場の中は見られなかったけど、ぼこぼこになったバイクが二台、庭に置いてあったよ」

どこかで見たようなバイクだった。側面が特に、派手にへこんでいた。

「二人とも、誰かに恨まれているの？」

「馬場さんも有田さんも、いい人だよ。だが、有田さんはこの地域を、生花などの園芸作物の拠点にしたいと考えているし、馬場さんの方は、もっと工場を誘致して、雇用と納税を確保した方がいいと思っている。二人はそこでぶつかってるんだ」

地域の基幹となる産業が違えば、そこから利益を生む店や人も、変わってくる。それぞれの計画を推す者が現れ、今のように二分されたのだと言う。

だから思いもかけないことも時々起こると、加納がこぼす。聖は水のボトルを手にしたまま、加納に確認した。

「今日回った先で、不動産屋と本屋は、有田派。床屋と獣医とコンビニは馬場派だった。合ってる？」

寝ころんだまま、加納が頷いている。やはり加納もこの地域の者らしく、細かい人間関係はしっかり頭に入っているようだ。

「でも加納さん、別の派閥同士でも、皆、そんなに気にしていないようだったし、今回の一件についても、どっちの側も協力的だ。思ったより呑気《のんき》な感じだし、後援会の分裂なんて、心配することないんじゃないの？」

「怪我人《けがにん》が出たせいで、警察が出張《でば》ってこなければ、派閥内の喧嘩《けんか》ぐらい、私が直ぐに押さえて済むんだがねぇ」

「今日は他に、警察署長さんが、洋館で有田さんを見つけたときの様子を確認した。洋館の中を覗《のぞ》いたら有田さんが倒れてたんで助けたって、書類に書いてあったけど……」

やっと水が体に染《し》み渡って一息ついた聖は、部屋を横切りソファの横に立つと、寝ている加納を見下ろした。加納が取ってくれたのはゆったりとしたツインの部屋だったので、二人で話していても息苦しさはない。

「洋館に行ったら分かったけど、署長の行動は、少々奇妙なんだ。洋館は道から大分奥まった位置に建っているし、扉には鍵がかけられている。中に人がいるとは、普通なら思わないよな」

なぜ洋館に近づいたか、署長にじかに確かめたが、はかばかしい答えは返ってこなかった。何となく気になったというのだ。

「署長さんは着任したばかりだし、あの建物が物珍しくて、たまたま覗いたんじゃないか？　有田さんはそれで助かったというわけだ」

加納は気のない返事をしたあと、地図から、聖が今日書いたメモに目を移す。直ぐに小さく笑い声をたてた。

「大前会館がホラーハウスだなんて言いだしたの、不動産屋の佐紀子《さきこ》さんだろ。あそこの家の弟は、ホラーファンでね」

ちらりとソファから聖を見あげてくる。

「今回の一件もあるし、もしかしたら、あの洋館は取り壊さず、幽霊屋敷として売り出した方がいいかもな。見物料が取れるかもしれん。どう思う？　聖」

「あそこには幽霊はいないよ。ホラーとも全く縁がない。俺が保証するよ。おや、どうしたの？　何となく面白くなさそうだね。大前会館が、ホラーハウスであって欲しいの？」

「いや……ただ金になると思ったのになあ」

「もっとも人が何に驚くかは、場合によって違うけど。時々思いもかけないものが、怖かったりするからね」

聖は、テーブル脇のボストンバッグをひょいと手に取った。ファスナーを開ける。途端に中から何かが飛び出して、加納の顔の上に落ちた。突然顔面を塞《ふさ》がれ、思い切り叫んだ加納の悲鳴は、情けなくも、くぐもっていた。

「ひゅ、ふえええっ」

「わあっ、手荒く扱うなよ！」

加納が必死に顔面からはぎ取ったのは、薄茶の子犬だった。まだ手のひらに乗るほどの大きさだ。力任せに摑《つか》まれたのが気に障《さわ》ったらしく、唸《うな》り声と共に、目一杯加納の手に噛《か》みついている。

「……痛い」

たとえ蛸《たこ》が宙から襲ってきたとしても、加納はこんなに不機嫌にならなかっただろう。かわいい、ただの子犬に驚かされたのが、プライドを傷つけたようだ。おまけに、噛まれているのがこたえるらしい。

聖はにやりと笑うと、子犬を加納の手から引っぺがした。落ち着くよう、暫《しばら》く撫《な》でてやってから、獣医で買ったミルクをアルミの皿に入れると、子犬は喜んでなめている。加納が目一杯不機嫌な声を出した。

「この爪《つめ》付きの薄茶色を、どうしてホテルに持ち込んだんだぁ？　ここはペット同伴可じゃないぞ！」

「だからバッグの中に隠して、こっそり連れてきたんじゃないか。そもそもこの子がここにいるのは、加納さんが悪いんだよ。こいつは馬場さんの工場で拾ったんだ。あそこに行ったのは職務で、連れてきたのは不可抗力だ。面倒見てやる必要がある。特に加納さんは、立場上見なきゃ駄目なんだ」

臨時のトイレを作りながら、聖はしゃあしゃあと言った。加納の不機嫌な顔を見ていると、少しばかり昼間の暑さが忘れられる気がする。

「ほう。ならば理由を、私が納得するように説明してもらおうか。私は有田さんの事件を解決するために、聖を連れてきたんだ。子犬を拾ってこいと言ったわけじゃない！」

聖は『ワンちゃん大好き』と書かれたペットフードの袋を開けながら、子犬との出会いを語ることとなった。

「馬場さんの工場へ行ったことは、話したよね。俺は壊れたバイクが気になって、側《そば》に行って見てたんだ」

子犬と出会ったのは、そのときだという。白っぽい小ぶりな母犬が二匹の子犬を連れて、聖の近くに陣取ったのだ。首輪はしていなかったが毛艶《けづや》は良く、工場で餌《えさ》をやっている犬かもしれない。直ぐ側の木陰に、木箱が斜めに置かれ、布きれが敷いてあった。そこが子犬に乳を与える、いつもの場所のようだ。

「ちょっと、お邪魔してるよ」

声をかけると、母犬は耳だけこちらに向けたが、顔を背けたままだった。だが嫌がる様子もない。聖は犬の了解を得たものと解釈して、もう一度バイクに目を向けた。

そのとき、後ろから声がかかったのだ。

「あんた、何か用か」

問いは平凡なものだったが、声には千の棘《とげ》が生えていた。振り向くと、タクシーの中から見かけたガキが二人、立っている。驚いたことに、有田の息子……確か謙一という名の方は、白い布で腕を吊《つ》っていた。他にも頬が腫《は》れていたり、あちこちに救急バンを貼《は》っていたりで、傷だらけだ。馬場拓也の方も、腕は無事な様子だが、似たような惨状だった。

「あんた達、どうしたんだ!」

驚いて、思わず尋ねた。確か何時間か前には、二人とも大いに健康な様子で、バイクをぶっ飛ばしていたはずだ。それが今や怪我人となり、バイクはぼこぼこだ。

普通ならば交通事故を疑う場面だが、聖は違うと睨《にら》んだ。中学のとき既に、暴走族に入り無免許でバイクを乗り回していた聖は、事故を山ほど見ている。目の前のバイクの傷は、事故で出来たものではない。へこんでいる箇所は多かったが、大破はしていないし、擦《こす》れているところも見つからない。スピードを出しているバイクが地面を転がったら、こうはならないのだ。

おまけにガキ二人は、思い切り不機嫌だった。

「俺達がどういう格好でいようと、他人には関係ないだろ?　帰れよ。知らない奴《やつ》に、工場の中をうろつかれたくないんだよ!」

その言葉と共に謙一が、いきなり足元をうろついていた子犬を蹴《け》っ飛《と》ばした。小さな体が二メートルほどもすっ飛ぶ。母犬が唸ったが、謙一が向かってゆくと、他の子犬を引き連れさっと逃げ出した。落ちた子犬を拓也も蹴ろうとする。だが足は空を蹴った。素早く子犬を地面からすくい取った聖が、思い切り拓也の顔面を殴りつけたからだ。

謙一がそれを見て、奇声と共に突進してくる。だが腕を一本吊っていなくとも、聖の相手ではなかった。身のこなしがとろい。攻撃のよけ方がお粗末だ。本気でぶん殴りあった経験が、絶対的に不足しているに違いない。

聖は、抵抗できない小さな動物を虐《いじ》める奴が嫌いだ。そういう者に限って、悪行を見つかると、己の可哀相《かわいそう》な幼児体験や生活環境のことを、ごちゃごちゃと言い立てるからだ。だからそいつらが口を開く前に、一発顎《あご》に思い知らせてやることが、正しい対処だと確信している。己がどれほど酷《むご》いことをしているか、痛覚で確認すべきなのだ。

というわけで、遠慮しなかった。

「なんだ、もうかかってこないのか？　二対一だろうが」

あまりにもあっさり、二人が地面に這《は》いつくばってしまったので、本日のストレス発散にすら、ならなかった。聖は謙一達の横に立つと、自分のパンチが二人の怪我を、大して増やしてないことを見て取った。

「誰だか知らんが、お前さん達に焼きを入れた奴は、喧嘩慣れしてるなあ」

最近のガキは止めるタイミングも分からないまま、己に酔っぱらって殴り続けるから、人を殺したりする。そういうバカの仕業ではなかった。

「バイクを壊したのも、そいつだな？　それで、誰にやられたのかな？」

興味本位で聞いてみたが、答えは返ってこない。きっとそいつの方が、聖より怖いのだろう。

（近在の有力者二人の息子を、袋叩《ふくろだた》きにしたかぁ）

聖は首をこきりと鳴らした後、二人から離れて母犬を探したが、姿がない。蹴られたのが悪かったのか、子犬はぐったりとしている。とにかく医者に診《み》せた方が良さそうだと、聖は二人のガキにはもう目もくれず、急いで工場をあとにし、大きな通りに出た。獣医の看板や広告でも、道端に出ていないかと思ったからだ。

探しているものは、焦《あせ》っているときに限って見つからない。聖がきょろきょろしながら道路脇《わき》を歩いていると、一台の車が近寄ってきて、止まった。

直《す》ぐに窓が開き、中から頭が良さそうで、隙《すき》のない格好で、喋《しゃべ》り方も丁寧で、かくあるべき大人を体現しているような男が声をかけてきた。一目でその男が嫌いになった聖は、ちょっと自己嫌悪《けんお》を感じ、己に向かってため息をついた。

「加納議員が連れておいでになった新しい秘書とは、あなたのことですか」

男はきちんと名乗り、名刺をさし出した。どうやら話題の主、新警察署長らしい。

「ご挨拶《あいさつ》をしようと思っていたんですよ。ホテルに行ったんですが、お留守で」

「署長さん、獣医をご存じですか？」

「はあっ？　じゅうい？」

「この子を診てもらいたいんですが」

窓越しにぐったりした子犬を突きつけると、一瞬署長の目が丸くなる。それから直ぐに近くの獣医へ車を走らせてくれた。

4

「その後獣医さんで、新警察署長さんとしばらく話をしたけどさ。分っかりやすい性格で、いいねえ」

聖はホテルの部屋で、満腹になったらしい薄茶の子犬を膝《ひざ》に抱いて、話を続けた。

警察署長は、素直に真っ直ぐ出世を目ざしていて、己の栄達と犯罪撲滅がちゃんと正比例していると思いこんでいた。その考えが、かわいくも悲しい。

「そんなわけ、ねーだろ」

正面切って、そう言ってやりたかった。だが世間ずれした大堂剛の事務所に勤めてかなり経《た》つので、いらぬ敵は作らないという条件反射が、聖にも刷り込まれている。

それに獣医に連れていってもらった恩もある。

そんなわけで聖は、署長には大いに感謝を表した上、そのうち有田氏の事件解決にも協力しましょうと、おおぼら吹いてきたのだ。

「子犬は大した怪我《けが》じゃなかったけど、もう親犬のところに戻すのは無理だし、飼い主を見つけなきゃ。この子がうっとうしかったら、加納さんがもらい手を探してきてよね」

「……何だか分かったような、分からんような話だなあ。それでどうして、私が犬の面倒を見るという結論になるんだ？」

手も顔も嚙まれ、引っかき傷をつけられた加納は、ソファに座ったまま不機嫌な様子だ。聖は大きく、にたあと笑った。

「えっ、分からない？　成り行き上、当然だと思うけど。いいじゃない。もしこの子の飼い主を見つけてくれたら、俺があの単純明快な正義漢署長を納得させて、有田さんの一件から手を引かせてやるよ」

聖の言葉を聞いて、加納は急にやる気が全身にみなぎったようであった。

「何か分かったのか？　つまり直ぐに飼い主が決まったら、明日にでもあの署長を、黙らせてくれるわけだな」

聖の顔を覗《のぞ》き込んで、確認してくる。本当にそんなことを聖がやれるのかと、加納は言外に尋ねていた。

「もっちろん」

聖が軽ーく請け合うと、加納はにやっと笑った。夕飯は適当にルームサービスを取るよう言って、立ち上がる。これから知り合いを訪ね、子犬のもらい手を探してくるのだと、さっさと部屋から出ていった。

「おい薄茶、良かったな。あの加納の様子だと、早々に飼い犬になれそうだぞ」

くおーんと小さく鳴く子犬の口に指をあてて、静かにするよう言い聞かせる。今宵一晩は、ホテルの者に見つからないよう、こっそり過ごさなくてはならない。

一人になったので、聖はやっと一息ついて、部屋の中を見渡した。口元に皮肉な笑いが浮かぶ。ツインというだけでなく、部屋はきれいな庭に面していて調度も整い、豪勢なものだった。

「ただの事務員が一人で泊まるにしては、贅沢《ぜいたく》だよなあ。あの、俺を虐めて喜んでいた加納議員が、用意してくれた部屋とも思えない」

おまけに、やってきた加納の地元には、奇妙な出来事がいくつも転がっていた。

腐りかけの洋館に、後援会幹部の有田が入り込んで、怪我をした。

誰かがビニールハウスと工場を荒らした。

町には派閥があるはずだが、それが感じられず、どちらの派の者も、聖の調べに協力してくれた。

警察署長が、余りに良いタイミングで洋館を覗きに行き、怪我をした有田を助けている。

二人の悪ガキとバイクを、誰かが大いに痛めつけた様子だ。

加納は犬が苦手らしい。

加納は事件現場の洋館が、本物のホラーハウスであって欲しいと思っているみたいだ。

「さあて、加納議員が俺をここに連れてきた本当の目的は、何かな……」

そのとき腹が鳴ったので、聖は電話機をちらりと見た。加納の許可があるのだから、ルームサービスでたっぷり料理を頼んでもいいのだ。しかし万に一つ、ボーイに子犬を見られてはまずい。ぐっと我慢すると、聖はコンビニで買ってきたサンドイッチの包みを、ボストンバッグから取り出した。

加納は、聖が簡素な夕飯を食べ終わらない内に、子犬の落ち着き先を見つけ、連絡してきた。聖はその素早さに呆《あき》れながらも、約束を果たすため、翌日警察署長を例の洋館に呼ぶよう、加納に頼んだ。そこで説明し、署長を納得させるからと。

「これで今日の仕事は終わりだ。疲れたぁ」

いい加減へばった聖は、締めくくりに、東京にいる拓へ一本電話をかけた。弟から、しょっちゅう家にいない不良保護者だと文句を言われ、素直に謝る。そしてやっと、眠りにつくことが出来た。

翌日、ホテルに置いておくわけにもいかず、薄茶を連れて洋館に行くと、町民が大前会館の敷地に、人垣を作っていた。一瞬、呆然《ぼうぜん》としたあと、側にやってきた加納を睨む。

「見物人を呼んだわけ？」

「私が連絡したのは署長と、薄茶を引き取ってくれると言った、不動産屋の佐紀子さんだけだよ」

佐紀子から不動産屋の主人へ、そこから知り合いの携帯電話へと、情報はあっという間に、町中に広がったもようだ。見れば退院したのか、包帯をまいた有田と馬場も来ている。後ろの方に隠れるようにして、二人の息子もいた。ここまで一大イベントになるとは、聖も考えていなかった。

「町中の人に、見られている気がする」

「凄《すご》いねえ。〝名探偵、皆を集めて、さて、と言い〟ってところだ」

加納が心なしか面白そうな表情をして、聖を見た。お手並み拝見というところか。いつもの嫌みが、首を出してきたようだ。

聖はまず薄茶を佐紀子に手渡した。子犬は佐紀子が持ってきたピンクのキャリーケースに、居心地良くおさまった。加納にもらった犬だからもの凄く大切にするという、佐紀子の決意表明を聞くことになった。

（なんで、この嫌みったらしい、白い背広のおっさんがいいんだろう）

男には理解出来ない、永遠の謎《なぞ》かもしれない。

次はいよいよ本番で、人垣を分けて警察署長がご登場なすった。向かい合った聖は、突然質問することから始めた。

「署長さん、昨日は助かりました。ところでこの腐りかけた洋館ですが、ここで心霊現象が起こるという噂《うわさ》をご存じですか？」

いきなりこんな話になるとは、思わなかったのだろう、署長は一瞬言葉を詰まらせた。だが直ぐに立ち直って、夜、肝試しをやる連中が騒いで近所迷惑になっていると返答をした。

「そうなんです。ここは近所でも評判の心霊スポットだ。有田さんは怪我のため、記憶が飛んでいるようですが、俺には分かります。あの怪我をした日、有田さんは何かを見かけて、洋館の中を見に行ったんだ」

聖が断言すると、署長は片眉《かたまゆ》を上げている。後ろに控えている町の皆が、ざわついた。

「ご存じかもしれませんが、この洋館、正面ドアは閉まってます。ですが、上げ下げ窓はいくつも開いているんです。入ろうと思えば、中には簡単に入れる」

ゆっくり洋館に近づくと、聖は窓の一つを開けた。署長が寄ってきて、中を覗き込む。

「窓から中へは簡単に入れます。そして有田さんは洋館の中で……事故にあったんですよ」

「はあっ？　あの怪我は、有田氏が転んだせいだ、とでも言いたいのかね」

「ほら、ここって、ホラーハウスだから」

「幽霊に襲われたとでも？　加納議員も以前、そんなことをおっしゃっていましたが」

たとえ誰の発言だろうが、署長はそんな非現実的な話、納得できない様子だ。聖はにこりと笑い顔を向けると、中に入って二階へ上がる階段へ向かうよう、署長に頼んだ。大勢の見物人の前では断ることも出来ず、仕方なく署長が窓に手を掛けている内に、聖は庭から洋館の反対側へ、回り込む。落ちていた夾竹桃《きょうちくとう》の枝を一本手に取ると、裏庭側の窓から室内を覗き込んだ。

（署長さんは……うん、中に入ったね。あと三歩、先へ歩いてくれないかなぁ……）

思った以上に建物が荒れているのに、驚いたのだろう、署長が用心深くそろりと歩き始めたとき、聖は拾った木の枝で、思い切り窓をぶっ叩いた。

「ひーっ‼」

首を絞められたかのような、とんでもない声をおまけに付ける。署長は驚いてびくりと震え、咄嗟《とっさ》に一歩足を横に踏み出して……見事に床を踏み抜いた。

「うわわわっ」

バランスを崩して尻《しり》から床に落ち、更に大きな穴を作る。完全にはまり込んでしまい、正真正銘の悲鳴を上げ、助けを呼ぶこととなった。聖や、表側にいた加納達が、慌《あわ》てて洋館の中へ救出に向かう。何人かが新たに床に穴を開け、更なる騒ぎを起こした。

「転んだとき、今日はたまたま穴に落ちただけだったけど、壁際《かべぎわ》で床を踏み抜いたら、柱や暖炉に、頭をぶつけかねないでしょ。俺は有田さんが、そういうことになったんだと思ってます」

聖は事件の説明をしながら、無事だった皆と一緒に力を合わせて、穴から署長のでかい体を引っ張り出した。しかし足場が悪い中での作業は結構大変で、助け出す方も救われる署長も、汗だくになる。もの凄く身に染《し》みたのだろう、署長はもう、頭ごなしに事故説を否定はしなかった。だが何とか洋館の外に出たあと、質問の雨を降らせた。

「今、私は君の悲鳴を聞いたから、驚いて床を踏み抜いてしまったが……有田さんが転んだ原因は何かね。いや、そもそも分別ある大人の有田さんが、どうしてこの洋館に入ったんだろうか」

「それもここが、心霊スポットだからじゃないですかね。人気のないはずの建物内で、何かを見かけた気がしたら、確かめてみたくなりますからね。いえ、本当に幽霊がいると言ってるんじゃないですよ」

ただこの館内なら、鳥の影を見たり、羽音を聞いただけでも、怖いのではないだろうか。例えばそのとき、一人きりだったら。

「むうっ……」

署長が唸《うな》るような声を出した。この結論では手柄を立てられず、面白くないのだろう。しかし反論も思い浮かばないようだ。署長が顔を向けると、庭にいた有田は、

「そんなことだったのかね」

と言って苦笑している。被害者本人が納得したのなら、しょうがない。これでは立件は難しい。

「……分かりました。確かに今度の一件は、事故のようですね。しかし、この洋館は何とかしないと、本当に危ないですよ」

早々に取り壊しを検討しなければと、署長は一人ぶつぶつ言って顔をしかめている。

一件落着だと、見物人達がいっせいに喋《しゃべ》り始めた。警察署長は急に用事を思い出したらしい。「ああ、今日は会議がある日でしたわ」そう言って、加納に大仰な挨拶《あいさつ》をすると、さっさと車で帰ってしまった。

「加納さん、約束通り、署長に納得していただいたよ」

聖が洋館の庭で声をかけると、加納が満面に笑みを浮かべて、近寄ってきた。お褒めの言葉でも、臨時秘書にかけようというのだろうか。

白い背広がすぐ横に立ったとき、聖はいきなり、もの凄い蹴《け》りを加納に喰らわせた。

5

「痛ったぁ……何しやがる！」

加納は両腕でガードした体勢のまま、聖を睨《にら》みつけている。気絶してないのは、蹴りをまともに喰らっていない証拠で、聖はいささか残念だった。やはり加納は、武道か何かやっているようだ。

「うるせえ！　事件の説明は、まだ終わっていないんだよ。俺は大堂のオヤジに言われてきたから、加納議員に協力して、署長を黙らせたさ。だが、アホ面《づら》さらすのも業《ごう》腹《はら》だから、ちゃんと事件の説明はさせてもらう」

「ほう……なんの説明かな？」

「いい年した大人である有田さんが、昼間っから洋館に入り込んだ理由が、幽霊見物であるわきゃあ、ないってことさ」

つい今し方、自分で喋った事件の真相を、さっさと聖は否定した。見物人達の間に、ざわめきが起こる。加納の顔が、嫌みな笑顔に変わった。大堂が時々浮かべるような笑みで、こういう顔を見たら、秘書達は緊張する。だが聖は、知らん顔で喋り始めた。

「この洋館は本当に心霊スポットだ。怖いもの見たさで、何人も若者が中に入り込んでいる。床板が腐って危ないことくらい、地元の者達なら知っていたはずだ」

つまり有田には危ないのを承知で、中に入らねばならない用があったのだ。

「ここいらでは最近、もう一つ事件が起きている。ビニールハウスと工場を荒らされた件さ。何故《なぜ》だか騒ぎになってないのは、有田さんと馬場さんが、訴え出てないからだろう」

どうして騒がないのか。二人は犯人が誰かを知った上で、警察沙汰《ざた》になって欲しくないと思っているからだ。

「例えば不良ぶった息子達は、犯人としてどうかね。二人で組んで、互いの親を困らせるため、仕事場を荒らしたとかね」

聖がきつい視線を向けると、庭に立っていた二人は顔をそらせている。

「二人とも透明人間じゃないんだ。誰がハウスや工場を荒らしたか、目撃した人がいたんじゃない？　情報は携帯電話で町中に回るみたいじゃん。つまり怪我《けが》をした日、有田さんもその噂を聞いて、バカ息子をとっちめるべく、居場所を探したんだ。どこにいたのかね。バイクで走っていたか。それとも人が来ない、洋館を根城にしていたか」

　使われていない洋館は、ガキどもが秘密基地にするには、絶好の場所だ。二人は洋館で有田に見つかり、叱《しか》られる。そのときたまたま有田が床を踏み抜いたのか、それとも息子が親を突き飛ばしたのか。どちらにせよ、倒れた親を見捨てて、ガキどもは逃げたのだ。

「そうなんでしょ？」

　聞かれても、加納はそっぽを向いている。そこに、人垣の中から声がした。

「事故だったんですよ。だが意識のない間に、新署長さんに見つかったのは、まずかった。息子が警察に捕まるかもと、冷や冷やした」

　口を挟んだのは有田だった。頭を打ったから、事故前後の記憶がないというのは、嘘《うそ》だったらしい。出来損ないの息子だけに、いっそう心配でしょうがないらしく、庇《かば》うために嘘をついたのだ。

「全く甘いなあ。そんなだから、自分の小遣いを産む収入源をぶっ壊す、いかれたガキが育つんだよ。不良二人に焼きを入れたの、親じゃなくて、加納さんでしょ？」

バイクをぶっ壊し、同じくらい不良どもをぼこぼこにした豪腕の主。聖の蹴りをかわすほどの実力者に違いない。

加納に殴られた不機嫌な不良どもが、憂《う》さ晴らしに子犬を蹴った。だから加納は子犬の面倒を見る義務があるのだ。聖の話に加納は口をひん曲げると、身勝手な意見を述べた。

「あのなあ、不良達を殴ったのは、教育的指導さ」

事件後、加納は息子達が警察に捕まらないよう、何とかして欲しいと、二人の親に頼まれたのだ。だが地元出身ではなく、立身出世の大好きな新しい警察署長は、ことをうやむやにしたい加納の言葉に乗ってこない。

どうすればことを丸く収められるか、加納は師匠の大堂に相談したのだ。大堂は地元とは関係のない聖を、署長説得役に送り込んだ。

「問題は、そのオヤジとの内々の話を、俺が知らなかったことだ。どうして言わなかったの？」

「聖が一人であの署長を何とか出来るか、見たかったんでね」

そう言って、大堂にも口止めしたらしい。やはり加納は聖にとって、天敵であった。

「おかげで事件は終わった。その上、将来の心配をも取り除くよう、地元議員として深慮遠謀した。うん、やはり私は立派だな」

　要するに加納は、不良達が二度とバカをしたくなくなるくらい、殴っておいたというわけだ。よく有田達が黙っていると思うが、親も子供達を持てあまし気味なのだろう。

「俺、事件の全容が見当付いたとき、なんで加納さんが『風神雷神会』で『王子様』と呼ばれているのか、分かったよ」

　ため息まじりに聖がこぼすと、加納は変な顔をした。

「そりゃあ、私が期待の新鋭だからで……」

「加納議員は若手の『ホープ』じゃなくて、『王子様』なんだ。つまり確かに実力はあるだろうけど、我《わ》が儘《まま》というか、常識外れの突拍子もない行動をとるというか……」

　頼りになるには違いないが、頼りにすると、とんでもないことになりかねない男なのだ。

　聖の言葉に、周りの人垣から明るい笑い声が上がった。苦笑や、にやにや笑いを浮かべている。この常識からちょいと外れた議員は、地元から愛されているようであった。

（人を引きつける。それを票に変えて当選する。加納さんは確かに若手の『王子様』

だよ)

聖はこれで終わりだと両の手を上げ、話を締めくくった。人垣が崩れ、皆が喋りながら帰り始める。最後に加納が一つ、疑問を呈した。

「なあ聖、疑問が一つ残っているんだが」

「何?」

「あの新署長さえ、洋館の中を覗《のぞ》き込まなきゃあ、事は素早く内々で片づけられたんだ。あいつはなんで、普段は人気のない場所へ、行ったりしたのかね」

聖はにやっと笑った。これは憶測で、証拠はないと断ってから、答えを披露する。

「たぶん有田さんが栽培している百合《ゆり》の花が原因だよ」

「百合?」

自分の名が聞こえたからか、有田が立ち止まって、話を聞いている。

「有田さんが怪我をした日、息子さん達は百合のビニールハウスを荒らしている。有田さんもそこへ行って、被害を確かめてから、洋館へ行ったはずだ。洋館には花など咲いていないのに、いい香りがするんで、署長さんは興味が湧《わ》いたのかもね」

「洋館の裏手に息子のバイクが停めてあったんで、私もそこで、いつも使っているバンを停めました。車の後ろに、子供らがめちゃめちゃにした百合を積んでました」

有田はかわいそうな花を息子に見せて、反省させるつもりだったという。百合は結構遠くまで香るものだ。

「なるほど。分かってみれば、たわいのない話だ」

加納が背伸びをしながらほざいたので、聖は思い切りその背中を蹴ろうとし……逃げられた。

誠に加納という男は、かわいくない。殴るのは好きなくせに、殴られるのは嫌いなのだ。まあ聖も、そうではあったが。


その日の内に東京に帰るつもりでホテルに帰ると、加納がもう一晩泊まると言いだした。

「へっ？」

急ぐ旅ではない、などと分からないことを言う。何とも変な気がして、理由を問いつめたが、確たる返事をしない。もう一匹子犬を拾ってくるから、加納が飼えと言ったら、やっと白状した。『風神雷神会』の会合がまだ終わっていないからだという。

「？　なんで、終わってから帰るの？」

「お前が、やばそうだからな」

その一言に、目を見張る。聖は総会に出たことはなかったが、個別には何人かの『風神雷神会』議員と会っている。今更なんだというのだろう。

「オヤジが心配しているんだよ。『風神雷神会』のメンバーの中には、オヤジの周りに若いものがうろうろすると、疑う奴《やつ》がいるのさ。オヤジの子供じゃないかって」

「はあ？　俺にはちゃんと、親がいるよ」

この話には驚いた。議員連中の考えることは、理解しがたい。

「以前、『アキラ』に若い奴が入ったことがあってな。あの当時聖より少し年上だった。もちろん、ちゃんと親はいたんだが」

そのときも噂《うわさ》が走って、結構な騒ぎになったらしい。今、聖のことについても、同じように色々憶測が飛んでいるのだ。

元国会議員、大堂剛は選挙資金を持っている。名前は全国区で有名だし、支持は未《いま》だに絶大だ。何より長い議員生活の中で、色々公《おおやけ》にはなっていない物騒な話を見聞きしてきている。それらを引き継ぎたい者は、大勢いる。

「今更跡取りに現れて欲しくない奴も、沢山いるんだぜ。お前さんは『風神雷神会』の連中に、なるたけ会わない方がいい」

「虐《いじ》められるってか？　だから今回俺を、会の間ここに寄越したのかよ。俺はオヤジの子供じゃない。戸籍だって見たことある！」

「ばあか、戸籍なんて、紙の出生届けを出せばいい話だろうが。今は親子関係を証明するＤＮＡ鑑定が簡単に出来る。もし実の子なら、確実に幾らかは財産を相続出来る。

いやオヤジなら遺言でも書いて、子供にほとんどやりそうだな」

「妄想だよ。議員さん達は、医者にかかった方がいいよ」

聖がこの話にうんざりして、飯でも食べに行こうというと、加納はあっさり頷《うなず》いた。しかし部屋を出る前に、釘《くぎ》を刺してくる。

「私の話だからって、軽く聞き流すなよ。私ですら、一度、疑われたことがあるんだぞ」

もっとも加納には、よく似た両親と兄弟がいたので、さっさと噂は消えたらしい。しかし聖の親は蒸発していて、今は側にいない。

「それに、さっき話した、『アキラ』にいた若者、あの子は交通事故で若死にしているんだ」

単なる事故だという。だが若死にしたのも事実なのだ。加納は、気をつけろ、などと簡単に言う。

「オヤジは本心で、子供を欲しがっているから、噂が消えないんだよ。事務所名の『アキラ』っていうのは、息子に付けるつもりの名前だったんだ。産まれたのが女の子だったから、使わなかったが」

「へっ？　オヤジに子供がいたの？」

聖は聞いたことがない。

「里奈《りな》ちゃん。小さい頃に病気で亡《な》くなっているよ」

つまり大堂は子を作れるわけで、しかも女好き。今だとて十分、もてている。周囲はずっと跡取りの出現を、恐れ続けているに違いない。聖は眉間《みけん》に深く皺《しわ》を寄せた。全く議員というのは、えぐい人種だと思う。

「そんな心配をしてる間に、オヤジより影響力のある大物になろうとか、金を作ろうとか、思わないのかね」

その言葉に、加納は笑いだした。

「今日も泊まりじゃ、また拓に文句を言われるなあ」

渋い顔のまま聖は部屋を出る。そして今日こそ加納のおごりでご馳走《ちそう》を食べるのだと宣言すると、さっさとレストランに向かった。

案件の三

月下の青

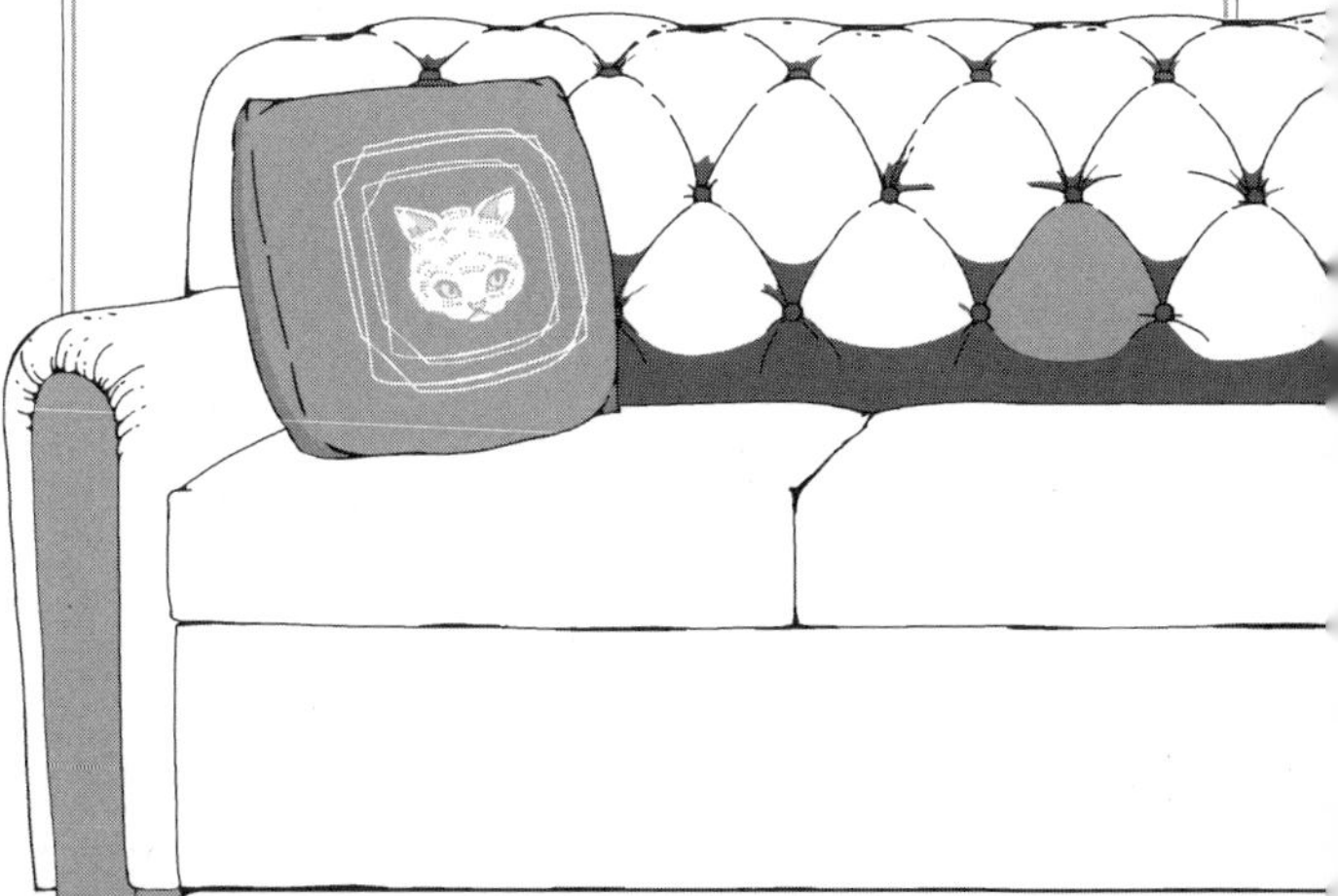

1

送信者：佐倉　聖
日時：20××年3月10日　18時30分
宛先：大堂　剛
件名：別荘に到着。

オヤジへ。

貸してもらったブルーのミニ・コンバーチブルは気に入った。あの車、いいね。銀座の画廊とスーパーに寄って、食料を調達したあと、夕刻長野にある小島議員の別荘に着いたよ。山の裾野《すその》にあるせいか、日が暮れると辺りがあっという間に暗くなった。

敷地は隣の別荘が見えないくらい広いし、内装は一階も二階も、ぶち壊したくなるくらい豪華。全く議員様というのは、理解しがたいくらい金回りがいいもんだ。小島議員は、今までちゃんと税金を払ってきてるのかね？

税務署に睨《にら》まれたら、ことだぞ。オヤジに雇われている事務員としては、関連先として、うちの職場まで巻き込まれる、なんてのは困るんだよな。

ホント、大丈夫かあ？

とにかく『月下の青』＆酒井さんがいるはずの、加田《かだ》教主の別荘を見に行くのは、明日だな。森の中だからか、この辺の夜の暗さは凄《すご》いんだ。今から出かけたら迷子になりそうなくらい。別荘地で街灯だって幾つかはあるのに、光源から離れると、伸ばした腕の先が分からないんだぜ！　いや、本当に。

オヤジ、こういう人気のない状況下、一つ屋根の下に若い男女二人を泊まらせるって、何を考えているんだ？　いや俺は、六つも年上の姉ちゃんに、個人的興味はないよ。でもあちらさんは、男と泊まり込んだりして、体面を気にしないのかな？

また家を留守にすることになったので、拓に嫌みをいわれたぞ。兄貴としても保護者としても、俺は失格だそうだ。あいつ、ゲーム機を新しくしたいんだって。この件が終わったら、ボーナスはずんでくれ。よろしく：－〉

送信者：大堂　剛
日時：２０××年３月10日　19時12分

宛先：佐倉　聖
件名：到着確認。

メール、落手。

男女二人といっても、聖、お前さんはまだ二十一のガキだから、真木《まき》は気にもならんのだろう。いや、怒るなよ。

まあ、真木瞳《ひとみ》に手を出すのは止《や》めておけ。お前が不良時代、喧嘩《けんか》が強かったのは知っているさ。だが真木はきちんと護身術を習っていたしな。

それと、『加田の会』を訪ねるときは、気を許さないこと。ミイラ取りがミイラになって、入会、住み込み修行したいなんて話になったら、家に残された中学生の弟が食うに困る。お前は保護者だということを、忘れないように。

それから今後、言葉遣いには気をつけなさい。聖のメールは酷《ひど》い。あれが雇い主に送る文面か？　それではお休み。

送信者：佐倉　聖
日時：２０××年3月11日　8時24分

宛先：大堂　剛
件名：聖だよ。バカヤロー！

オヤジへ。

朝っぱらから、あの気の強いねーちゃんに、ひっぱたかれたぞ！　あんまり朝食の料理が下手なんで、からかったら過剰反応しやがって。真木が右手に嵌《は》めていた指輪で、ちょっぴり頬が切れた。なんであんな女と組ませたんだ？

なあ、柳腰の楚々《そそ》とした美人は、普通もっと気が弱いもんじゃないのか？　そんな女が、ヤクザと喧嘩してきた元不良に平手打ちをするなんて話、聞いたことがないぞ。ホント、オヤジ達政治家にも、ねーちゃん達秘書にも、ろくな奴《やつ》はいないんだから。

『アキラ』にいるときだって、顔を出した『風神雷神会』の議員連中は、サックスの吹き方とか、西洋絵画の見方だとか、ピッキング及び窃盗《せっとう》のやり方だとか、妙な知識ばかり教えてきたし。この間なんか橘《たちばな》さんは、付け届けをする相手の選定と贈る金額の見定め方、なんて講義をしたんだぞ。議員のくせして、人にそんなこと教えていいのかね。

ええと、何を書くつもりだったっけ。そう、これから『加田の会』へ乗り込むよ。うまくリトグラフが取り戻せるように、祈っていてくれ。それにしても、もし女嫌いになったら、どうしてくれるんだ！

佐倉聖は、地味で真面目《まじめ》な事務員であった。少なくとも本人は、そう認識している。まだ二十一で、時々学生に化けることもある。

元大物国会議員であり、政治家集団『風神雷神会』会長でもある大堂剛が持つ、『アキラ』という妙な名前の事務所に勤務している。弟を養っている身なので、日々地道に働いていた。

ただ実際には事務仕事をしている時間など、ほとんど無かった。大概は大堂のために雑用をし、料理を作り、暇つぶしの相手をしている。要するに、国会議員を引退した暇なオヤジのお守りをするのが、聖の役目なのだ。

最近聖は他に、『風神雷神会』関連の仕事もやらされている。若手政治家集団『風神雷神会』の大堂門下生達は、会長に金はせびらないが、困り事が起きると泣きついてくる。その度に後始末に駆り出されるのは、大堂の秘書達と事務所の下《した》っ端《ぱ》、聖だった。

困り事と言っても大概は、各選挙地盤での雑用をこなすくらいで済む。だが……今回の用件を事務所で聞いたとき、聖は口の端が引きつるような感じを受けた。何だかこの件は、いつもと違う。そう思えたのだ。

トラブル自体は週刊誌の記事みたいな話で、目新しさはない。門下生小島議員の秘書酒井が、議員に寄付された絵を持ったまま、新興宗教団体へ入信してしまったらしい。

「秘書さんの奇行かあ。きっと原因は、心身のストレスだな。間違いないや」

話を聞いたとき、聖は思わずそう漏らした。政治家の秘書なんて、宇宙人が選択すべき、とんでもない職種だからだ。うっかりそんな職に就いたことが、その男の人生上の失敗だった。気の毒だが過去は消しようもない。

しかし、聖が思わず身構えて警戒モードに入った訳は、その事件のためではなかった。大堂に相談しに来た、門下生小島議員の秘書、真木瞳は大変な美人だったのだが
……驚くべきことに、オヤジこと大堂剛が、その女性に全く手を出そうとしないのだ！　少し離れたイタリア製のソファに座って、真木の言葉を大人しく聞いている。

あの女好きで手の早いオヤジが、手すら握らない。

（気味悪いな……楚々とした細身の美女は、好みだよな。オヤジ、どうしたんだ？）

まさか脳溢血《のういっけつ》になって動けないわけでもあるまい。いぶかる聖を余所《よそ》に、真木は驚異の事態を知らぬまま、今回の件を説明している。

「勿論《もちろん》酒井秘書には、信仰の自由があります。ですが絵は、うちの小島議員へ寄付さ

れたものです。酒井秘書にはあれを宗教団体へ寄進する権利がないと、確信しております」

酒井秘書がねこばばしたのは、『月下の青』というタイトルの絵だ。青を基調として、夜の森が描かれている美しいリトグラフで、聖でも耳にしたことのある画家の作だという。絵に付けられたシリアルナンバーは一桁《けた》、八号サイズだ。贈られたものなら、勿論豪華版の額縁に収まっているはずだ。

小島議員は大層気に入っていたといい、それならたいして値の張る物ではないからと、持ち主から寄付されたのだそうだ。

値の張らない絵、というのがこの話のみそだ。どうも寄付金申告逃れの匂《にお》いがぷんぷんしている。安い物と言っておかなければ、後日色々と障《さわ》りが出てきそうで怖いのだろう。ここでオヤジが話を継いだ。

「小島議員の事務所が、酒井さんと絵を返してくれるよう『加田の会』と交渉したが、電話じゃあ埒《らち》があかなかったとさ。しょうがないので会の本拠地長野まで、人をやることにしたんだ。新興宗教団体という相手は、手強《てごわ》いことが多い。真木一人じゃ心許《こころもと》ない。聖、お前さんも行ってくれ」

大堂は己の秘書を、行かせたくないのだろう。何かあったとき、大堂の名も出てしまうからだ。事務員の出番というわけだ。

「『加田の会』から遠くないところに、ちょうど、小島議員の持っている別荘がある」

　そこを拠点にして折衝してこいという。どうやら酒井秘書は、議員の所用で何度か別荘に行ったおりに、近くにあったその新興宗教団体を知ったらしい。そして取り込まれたのだ。思わずうんざりした調子の声が、聖の口からこぼれる。

「……自分は神様だって言っている妙な御仁と会って、彼が宗教法人への喜捨物だと思い、がめたものを、取り上げてこいって？」

　信興宗教の教主で、物欲がないと思う相手に、聖はまだ会ったことが無かった。

「いやあ、そう思うのは俺の世間が狭いせいだろうけどさ。でも、アナコンダと仲良くなる方が、簡単かもね」

　口元を歪《ゆが》めて言うと、オヤジが大いに同感だという風に頷《うなず》いている。

「じゃあ、行くだけ無駄だ。そう思わない？」

「無駄でも行かなきゃならんことも、あるんだよ、聖。場所は長野で山に近い。今より暖かい格好をしていけよ」

「あら、このぼうや、面倒くさがり屋なのね」

　美人の真木にからかうように言われ、聖は口元をひん曲げる。真木はそれを気にした様子もなく大堂のものだと言って、聖にノートパソコンを差し出してきた。

「大堂先生には、あなたから経過を報告してね。別荘地は山の側《そば》だから地形の関係で、携帯電話が圏外になることが多いの。だから長野からの報告は、メールですること。毎日なるたけこまめにね」

オヤジがにやっと笑いを口に浮かべた。聖はため息をつく。また家を留守にしなければならないようだ。取り残される弟が、嫌みを連発するに決まっている。

しがない学生兼月給取りの運命なんて、こんなものであった。

2

送信者：佐倉　聖
日時：20××年3月11日　12時15分
宛先：大堂　剛
件名：聖です。『加田の会』に突撃。

オヤジへ。

加田幸一《こういち》の別荘で、本人に会ったよ。貧相なジジイ。今五十八だそうだ。仲間内では教主様と呼ばれてた。

『加田の会』の信者は三十人位だ。教主が親から遺産として受け継いだ別荘は、信者全員が寝泊まり出来る大きさがある。加田教主は裕福なお育ちなんだな。建物は洋館風だが、内部は妙に和風な感じもした。ステンドグラスの明かり採りが、あちこちにある。だが置いてある品物は、妙に安っぽい品だらけだ。

加田教主をはじめとするメンバーは、毎日修行をしていると言う。しかし傍目《はため》には、そうは思えなかったな。信者達がしていた作務《さむ》と呼ばれる作業は、内職にしか見えないんだ。だが作務なんだそうだ。

加田は五年前に、世間と今の政治、宗教に絶望したそうで、己で人を導こうと思い立ったんだと。絶望から教主様へ頭の中身が移行するのに、どんな論理的必然性があったのか、接見の間で教主様に聞こうとしたら、真木に足を踏んづけられた。答えられない質問をすると、教主様のご機嫌が悪くなって、絵の奪還が難しくなる。こっそり、そう耳打ちされたよ。

俺は教主を、舌も出さないケチと見抜いてたんで、彼の機嫌取りする気はなかったがね。お茶一杯出さなかったんだぞ。俺と真木は大分粘ったが、案の定絵を返してはくれなかったよ。

信者に、家に帰るよう説得されるのが嫌なのか、酒井さんとも会わせてもらえなかった。奉仕中で別荘にいないって言うんだ。とりあえず俺たちは一旦《いったん》戻ったよ。これからどう行動するか、作戦を考えなきゃ。

酒井さんが教主に言われて、妙な薬品を作ったり、壺《つぼ》を売り歩いてなけりゃいいんだが。

それじゃ、あとでまたメールするよ。

送信者：大堂　剛
日時：20××年3月11日　12時35分
宛先：佐倉　聖
件名：くれぐれも無茶は慎むように。

聖、暴走するんじゃないぞ。

新興宗教と政治家の間にトラブル有りなんて、面白おかしく週刊誌に書かれたら、たまらんからな。今のところ『加田の会』が、おかしな寄付集めや商売をしているという話はない。相手は真っ当な新興宗教団体なんだ。

別荘が近所だったので、加田氏のご両親のことは存じ上げていたが、遺産がかなりあったと聞いている。現金だけで、一、二億円は手元に残ったという話だ。金銭的に困っているはずはない。うまくやれば品物を返してもらえると思う。頑張ってくれ。

それからもう分かっていると思うが、まともな食事が食べたかったら、真木に炊事を任せないよう忠告しておく。聖が料理が出来るなら、自分で作るんだな。その方が健康に良いだろう。

次のメールを待つ。


聖は配給されたパソコンを、別荘の二階、自分の寝室に置いている。大堂から返ってきたメールの文面を見たあと、聖は暫《しばら》く腕組みをして、机の前で口をへの字にした。

「うーん、オヤジの奴呆《ぼ》けたかな」

パソコンの電源を落とすと、ふいと部屋を出て、一階の廊下の端にある納戸《なんど》へ入る。暫く中をかき回していると、キッチンの方から真木の声がした。

「コーヒーを淹《い》れるけど、聖くんも飲む？」

「えっ、ちょっと待ったぁ！　俺が淹れるよ。せっかく豆を買ってあるのに、インスタントを使わないでくれよ」

急いで食料庫へ行き、コーヒー豆の缶を摑《つか》むと、キッチンに入った。信じられないことに真木はインスタントコーヒーすら、まともに淹れられないのだ。昨日の夕食はレトルトカレーだったが、今日の朝食は真木が作ったので……聖は彼女の料理の腕前を、思い知った。

(おおざっぱが過ぎるというか、諸事気にしなさ過ぎというか、あの繊細な顔立ちを、思いっきり裏切る性格だよな)

妙な味の液体を飲まされては、このあとの思考が鈍る。聖は急いで台所の覇権を握ると、真木を居間のソファへ追いやった。

ホットケーキの素《もと》とココアがあったので、電子レンジを使い、小さなカップケーキを沢山作った。モカコーヒーに添えて出すと、真木が嬉《うれ》しそうな笑みを浮かべる。この美女は食べる方は大好きなのだ。二人は立派な別荘の居間で、一見優雅にお茶を飲みながら、今後のやり方を話し合った。

「聖くん、美味《おい》しいわよ、このケーキ。ああ、酒井秘書を食べ物で釣れるんなら、話は簡単なのにね」

酒井が教団から脱会し、私物として絵を持ち出してくれたら、事は一番簡単に終わるのだ。だが、そんなことをするくらいなら、そもそも新興宗教に入ったりはしないだろう。聖はケーキをぱくつきつつ、ため息をつく。

「酒井さんって、何年か政治家の秘書をしていたんだろ？　愛想が良くて気配りが出来ないと、勤まらない仕事だよ。そう言う人が、どうして突然宗教に走ったりしたの？」

政治家秘書ならストレスは抱えていたろうが、それを爆発させた原因は何だったのだろう。その点を解決してやれば、案外あっさり戻るかもと言うと、真木も頷いた。ただまずいことにストレスの元が何なのか、真木も知らないのだ。

「同じ事務所に勤める秘書同士だろう？　全く見当がつかないのかよ？」

「真面目《まじめ》できちんと仕事をこなす人だったとしか、印象がないのよね。酒井さんて、ちゃんとしているけど全然面白みがないっていうか、政治家にはならず、一生秘書をやっているタイプというか。だから寄付された絵を受け取りに行ったまま、劇的にも宗教に走ったって聞いたとき、あたしはその日が臨時のエイプリルフールかと思ったくらいで……」

「やれやれ、もしかしたら議員になれない将来を、悲観したのかな」

「どうかなあ。他人の意見より自己評価の方が高い人は多いしねえ。酒井さんはまだ三十になったばかり。政治家になりたいのなら、諦《あきら》めるには早すぎる年齢よ」

「確かに」

聖が必死に考え込んでいる間に、真木は三つ目のケーキに手を伸ばした。本当に大食いだ。一日中一緒にいると、目を見張るくらいの健啖家《けんたんか》だと分かる。そのくせ風になびく柳のような、スレンダーな体つきをしていた。日々ダイエットに励んでいる人からしたら、許せない人間だろう。おまけに顔と反比例して口が悪い。もしかしたら酒井は、色々癇《かん》に障る天然ボケの同僚、真木の存在が耐えられなくて、事務所を出奔したのかもしれない。

「とにかく明日、酒井さんと会おう。彼が外出していたなら、出先まで行って捕まえる。強引に面会を申し込むんだ」

会って入会した原因が分かれば、対処法も見えてくるだろう。絵を保管している場所を聞き出せたら、また別の奪還法を思いつくかもしれない。方針が見えてきて、ほっとしたそのとき、聖が目をむいた。大理石テーブルの上の皿が、空になっている。

「真木！　俺の分まで食べたな！」

思わず呼び捨てにした。こんなに美人で年上なのに、どうしてこう……さもしいのだ！　睨《にら》み付けると、けろりと言い返してきた。

「男のくせして、細かいこと言わないの」

真木はえへへと笑うと、自分の雇い主である小島議員に決定事項をメールで送ると言って、居間から逃げ出してしまった。『風神雷神会』の議員連中には、外面《そとづら》だけ良くて中身はへんてこな手合いが多いが、小島議員とやらも、その一人かもしれない。いや、きっとそうだ。あの真木を雇っているのだから。

「皿くらい洗っていけよな。それと、そろそろ夕飯を作るけど、下ごしらえを手伝おうとは思わないわけ？　おーい、真木さーん」

部屋に向かって言ってみたが、指輪が濡《ぬ》れるから嫌だと声だけ返ってきた。きつくて外せないというが、それは嘘《うそ》だ。朝は右手に、そしてさっき見たら左手に嵌《は》めていたのだ！

「全く！　どんな育ち方したら、ああも家事音痴になるんだよ！」

昨今のお嬢様方は、あんなものなんだろうか。聖は首を振りつつ、一人で作った方が早く出来るはずだと、自分を慰めていた。

3

送信者：佐倉　聖
日時：20××年3月12日　9時03分
宛先：大堂　剛
件名：聖です。今朝はオムレツとパンケーキ。

オヤジへ。
真木が、パンケーキを八枚も食べた！　八枚だぞ。あいつは一枚が小さかったって言ったけど、男の俺が三枚で十分だったのに。

いっぺんに沢山作って、明日の分を冷凍しておこうと思ってたのに。開けたら冷凍庫は食品で一杯だったから、まあいいけどさ。

俺は将来の真木の結婚相手に、同情するね。食費はかかるし節約は下手、というか出来ない。あれじゃあ生活費を稼ぐ旦那《だんな》は、魔の永久運動をしている気分になるだろう。

今朝見たら真木の指輪がまた、右手に戻っていた。外せるなら皿洗いをしろと言ったら、皿を割ってもいいのかと脅され、断念。別荘にある皿類は、ウェッジウッドなんだ。俺は弁償するのはごめんだよ。

出かける前に真木が、もう一度絵を返すよう教主を説得してはどうかと言いだした。真木はなるべく楽に絵を取り戻したいんだ。

だけど教主様があの絵を返すはずがない。真木に理由を説明したら、納得した。オヤジには、もう何故《なぜ》だか分かっているだろう？　俺たちはこれから昨日立てた予定通り、酒井さんに会いにゆくよ。それじゃあ、後でまた。

送信者：大堂　剛

日時：20××年3月12日　9時13分
宛先：佐倉　聖
件名：説明不足だ。

聖、給料分だけ、きちんとした仕事をしようという気はないのか？　〝オヤジには、もう何故だか分かっているだろう？〟じゃあ、報告になっていない。

何のために、ノートパソコンを持たせたと思っているんだ。直ぐにちゃんと説明した文を返信してきなさい。


何のために、ノートパソコンを貸してもらったのか。

「オヤジィ、そいつが問題なのかもな」

聖はメールを見ていたパソコンから目を離すと。ぐっと顔をしかめた。それからベッドに大の字に寝ころび、天井を睨み付ける。

（こっちへ来てから気持ちが落ち着かないな）

今回の仕事は、相手が宗教団体だから交渉は難しいが、対峙《たいじ》している出来事自体は、複雑なものでも理解しがたいものでもない。それに万一説得に失敗して、絵を戻してもらえなくとも、小島議員の事務所は資金繰りに困らないはずだ。政治家秘書だって信仰の自由はあるのだから、うまくいけばマスコミ沙汰《ざた》にもならないだろう。

だから余裕のある一件のはずなのに、なんだか……聖は首筋にぴりぴりとしたものを感じるのだ。

妙なことが起こってないかと、昨日一応別荘の中を確認したが、ここは先々代から小島家の別荘だと分かっただけだ。納戸にあったゴルフバッグには、小島という名がちゃんと書かれていた。いくつか飾られていた古い家族写真の裏にも、これまた小島家の名と年月日が記されている。『加田の会』のことといい、事務所で説明を受けた通りだ。嘘はない。

（じゃあ俺は一体、何に引っかかっているんだ？）

聖は『アキラ』での、オヤジの妙な様子を思い浮かべた。

（まず怪しかったのは、オヤジだよな）

体を起こした。一階から、真木の呼ぶ声がしたのだ。そういえば『加田の会』へ出かけるところであった。

（何で俺が悩まなきゃならないんだ？　ああ、さっさとけりをつけて帰りたいね）

今日、酒井と面会出来るだろうか。聖は上着をひっかけると、急いで階下に降りていった。

送信者：大堂　剛
日時：20××年3月12日　9時25分
宛先：佐倉　聖
件名：どうした。

聖、理由を書いて寄越すよう、言ったのに、メールがまだ来ていないぞ。
働きなさい。

送信者：佐倉　聖
日時：20××年3月12日　9時35分
宛先：大堂　剛
件名：山の中には謎《なぞ》が一杯。

オヤジへ。

気が短いなぁ。年を取ると、時間が若者より早く流れるんだ。それで気が急《せ》く。覚えておいた方がいいよ。

真木が運転しているんで、今、ミニの助手席でこのメールを打ってる。とりあえず教主様が絵を返さない理由を書いて送るよ。

ずばり、金のため。政治家へ寄付された絵だから、高額だろうと期待していると思うね。

『加田の会』は今、金が欲しいんだよ。信者が内職をしてたと言っただろう？　別荘内は、昔の栄光と金、今何処《いずこ》って感じだった。

今のところ『加田の会』が、おかしな商売をしている様子は無いって書いてたよな？　だが宗教団体といっても作ったばかり、一般から寄付が集まるとも思えない。信者が内職するくらいじゃ、幾らの足しにもならないしな。つまり現在加田は教主様でいるために、信者三十人を自分の金で養っているんだ。

多分だからこそ、加田があっさり教主様になれたんじゃないかな。彼を信じれば養ってくれる。あがめる者も集まるってわけさ。

わ　ｗｘ　真木が蛇行運転した！　パソコン画面を横目で読んでたからだ！

なんだっけ……つまり家賃はかからず、かつ節約をしても、食費や保険料や税金の払いはある。あの別荘だって、維持していかなきゃならない。会には車もあった。最低一月一人頭数万円位は必要だろう。何だかんだで『加田の会』は月に二百万くらい入用なんじゃないかな。年に二千四百万円以上の出費だ。

会を作って五年経《た》っているから、もし会に他から収入がなかった場合、一億二千万円以上が、加田の懐《ふところ》から消えている勘定になる。真木みたいなとんでもない大食い信者がいなくとも、皆の生活費を出し続けるのは大変だろう。つまりさ、ここにきて加田家の遺産は底をつきそうになってるかもしれない。少なくとも……その不安が教主の心に湧《わ》いている状態だな、きっと。

金が欲しい教主様は手っ取り早く、入信する信者に寄付を求めているんだろう。そうでなかったら、酒井さんが議員の絵を、差し出したりしなかったはずだ。発作的に入信した酒井さんは、他に金目の物を持っていなかったんで、絵を渡してしまったんだ。

あ、『加田の会』に着いた。続きはまた後でね。

送信者：佐倉　聖
日時：２０××年3月12日　12時20分
宛先：大堂　剛

件名：参った。

オヤジへ。

今日は酒井秘書と会ったよ。いや正確にいうと、顔を見たあと彼に逃げられた。俺と真木が『加田の会』へ行くと、教主様始め、皆が迷惑したような表情を浮かべた。会っても利益になる相手ではないと、学習したんだろう。

それでも酒井秘書に会えなければ帰らないと粘り、何とか面会にこぎ着けたんだ。新人の信者を監禁しているのかと疑ったのが、効いたのかもしれない。俺はやっと酒井秘書から色々な事情を聞けると、ほっとしたんだ。

ところが。

酒井秘書ときたら部屋にきて、俺たちの方を向いた途端、何と回れ右をして逃げ出したんだぜ。咄嗟《とっさ》に真木が酒井さんに呼びかけたが、元同僚の言葉は全く効果なし。建物から飛び出していった。いやはや足の速いこと。

そのとき加田教主が、酒井さんは元に戻りたくないのだろうと言いだした。前の勤め先で、余程酷《ひど》い扱いを受けたのだろうと、同情するように言ったので、真木の顔色が変わってね。俺にやったように、平手打ちを教主様へお見舞いしちゃあ、ことだ。俺は急いで真木の手を摑《つか》み、押さえたよ。

そのときだった。

突然、天啓が降りたんだ。

俺は酒井さんが何で、人が変わったようになり、変な行動に走ったのかを、一瞬にして理解した。

参っちゃうなー、俺ってやっぱ、人の心の機微をくみ取る天才かね。苦労しているからねえ。まだ若いけど、世の中が分かっているんだな、うん。

さてクイズです。酒井さんが家出をした原因は、何でしょうか。

オヤジ、たまには前頭葉を動かした方が、呆《ぼ》けないよ。ちゃんと報告しろって言葉ばかりメールに書いてないで、ちっとは考えなよ。

いや俺としては、小島議員がどうして酒井秘書入信の原因を分かってないのか、その理由の方を知りたいな。彼女は側で彼を見ていたのに。

酒井さんに逃げられたんで俺たちは一旦《いったん》、教団から出て帰った。態勢と計画、立て直しだ。それじゃクイズの答え、待ってまーす：ー）

送信者：活発な前頭葉
日時：２０××年３月12日　14時02分

宛先：佐倉　聖
件名：お前って奴は！

ちゃんと報告しろ！
ちゃんと報告しろ！
ちゃんと報告しろ！
ちゃんと報告しろ！
聖、俺は給料とボーナスを握っている、雇用主様だ。何か文句があるか？

送信者：佐倉　聖
日時：20××年3月12日　14時36分
宛先：大堂　剛
件名：はいはい、へこへこ。

ほーい、ありがたやのオヤジ様へ。
ではボーナス奮発を大いに期待して、報告します。酒井さんが新興宗教に走った原

因が判明しましたぁ！　ジャジャジャジャジャーン、なんてね。

なんと、真木のせいだったんだ！

間違いない！　酒井さんは度胸良くも、あの真木に惚《ほ》れていたのさ！

ところがあるとき、酒井さんは真木のことで、ショックを受けたんだ。たぶん絵を受け取りに寄付元へ向かおうとした、その日のことだと思う。

真木が誰かと婚約した。彼はそう思ったに違いない。

酒井さんはショックを受けたまま仕事に出たものの、繊細だったんだな、途中で人生が嫌になったらしい。だからちょうど手にした『月下の青』ごと、以前から見知っていた別荘地の新興宗教の中に入ってしまったのさ。

きっと政治家の秘書にかかってくる様々のストレスを、真木の楚々《そそ》とした姿を見ることで癒《いや》してたんだな。彼女、とにかく見てくれだけは、なかなかのものだから。

うっそー、な展開だよ。

さっき真木に真相を話したら、自分は婚約なんかしていないって、びっくりしてた。どうして酒井さんがそんな風に思ったのか、理解不能だと言って、質問を連発してたぞ。

どうしてかって？　そりゃあ本人から聞いたんじゃないし、俺がその場にいたわけでもないけど、俺は真相を知っている。誤解を生む原因があったんだ。教主様をひっぱたこうとしてた真木の手を摑んだとき、分かった。また場所が変わっていたんだ。

指輪だよ。

真木がよく嵌《は》めている、小さなダイヤ付きのファンシーリングだ。

あいつは気まぐれだから、あちこちの指に指輪を嵌め替えている。俺を平手打ちしたときには、右手の薬指に嵌めてたけど、その後で左手に移していたからな。今日はまた右。ある日、事務所に現れた彼女は、たまたま左手の薬指に指輪を嵌めていたんだろう。

日頃からよく指輪を見ていれば、いつもと同じものだと分かったはずだ。だが酒井さんは女の持ち物に、細かく気がつくタイプじゃないんだろうな。もっと目敏《めざと》い男だったら、大食いでずぼらな真木に、目がくらんだりしなかったろうし。自分にとって大いなる意味を持つ、左手の薬指に嵌まったもの以外は、目に入らなかったんだろう。

そしてショックだー、人生はもう終わりだーと、派手な行動に出た。新興宗教に走ったんだ。

ホント、驚くよ。そもそも相手が、あの真木なんだぜ！　政治家を目指していたんなら、もう少し常識を持たないと……E
おm——

送信者：佐倉　聖
日時：20××年3月12日　14時50分
宛先：大堂　剛
件名：続き。

オヤジへ。

真木がいつの間にか部屋に入って、後ろから俺の書いているメールを読んでたんだ。おまけに勝手にキーボードに手を伸ばしてきたんで、払ったら送信ボタンを押しちゃって。ごめん、半端《はんぱ》なのを送ったな。

真木は今、後ろのベッドに座ってる。俺のメールが酷いって怒ってるんだ。何がだ？

とにかく酒井さんは、真木婚約の誤解を解けば帰ってくると思うので、明日教団に拾いに行ってきます。真木本人から、直接説明させるよ。全く、今度の仕事はいい年をした男の、純愛の後始末だったわけだ。うざってぇ。でも仕事だからな、ちゃんと東京まで秘書さんを、お持ち帰りしまーす。

ただあの教団は、酒井さんの脱会に同意はしても、『月下の青』を渡してはくれない気がする。内職に励む可哀相《かわいそう》な信者達に寄付をしたと思って、絵は諦《あきら》めたら？

まさか、さあ……オヤジはまさか、将来問題が起きるのを防ぐために、絵を取り戻すことが絶対に必要だ、なんて、急に言いださないよね？

教団の維持が金銭的に不可能となったとき、新興集団だと、どういう行動に出るか予測がつかない。以前に壺《つぼ》を売ったり、妙な薬品に手を出した新興宗教もあったからな。

そんな話になったとき、かつて某政治家の事務所から教団へ、金銭的価値の高い絵が贈られたことがある、なんて話がマスコミに出ちゃあまずい。『風神雷神会』へも余波が行きかねない、なんて言わないで欲しいなあ。

違うだろう？　そんなことを考えて、俺たちをここへ寄越したんじゃないよね？

俺にはそんな話、一言も言わなかったもんな。大体、あの絵は安いもんだって言ったしさ。将来的にも、問題になるほどの価値は、ないはずだ。今更違う、本当は高い物だって言い出したりしないで欲しーなー。

俺は、そろそろ家に帰りたいんだ。酒井さんの給料とボーナスから、絵の代金を分割払いするっていう手も、あるじゃない？　そうしようよ。

ご一考を。

送信者：優しい大堂　剛
日時：20××年3月12日　17時18分
宛先：佐倉　聖
件名：いい勘しているねえ。

聖、お前が問題をちゃんと、自分で考えられる子に育っていて、私は嬉《うれ》しいよ。大学に行かせた成果かね。私が払っている授業料は、有用な出費になっているようだ。

いかなる説明も、付け足す必要はないと思う。お前の推論は正しい。そういうわけだから、何としても絵を取り戻してきておくれ。お前なら出来る。中途半端に放り出したら、ボーナスはなしだ。

良き報告を待つ。

4

「おいおいおいオヤジ、端《はな》から目的は絵か。酒井さんの方は、眼中になかったのかよ」

「私たち、まだまだ帰れないみたいねぇ」

メールに向かって毒づく聖の後ろで、真木があっけらかんとした声を出した。部屋に堂々と入ってくるなんて、聖のことを全く男として意識をしていない証拠だ。何となく嬉しくなくて、聖は振り向き口元を歪《ゆが》めた。

「冗談じゃないぞ。俺は中学生の弟と二人暮らしだ。そうそういつまでも、弟を一人で置いておけないんだ」

「拓君だっけ。かわいい顔してるんだって？」

「へっ、そうかね」

くいっと眉《まゆ》を上げたあとで、聖はぐっと顔つきを厳しくした。

「全くオヤジは勝手なんだから。とにかく絵を取り戻さなきゃならんみたいだ」

「酒井さんを教団から連れ出すときに、どうにかして一緒に絵も持ち出すしかないでしょうね。その後じゃ、訪問する口実も無くなるし、『加田の会』内部へ入ることも出来なくなりそうじゃない？」

どうやら一発勝負の駆け引きになりそうだ。聖はノートを取り出すと、絵を取り戻すための打ち合わせを、書き付け始めた。
①　まず『加田の会』に、何とかまた入り込む。最後だと言えば、通してくれるかも。
②　酒井さんに、真木は婚約していないと、納得させる。当人がいる。可能。

「真木、今度行くときはちゃんと、指輪を右手に嵌めておけよ」

「分かってるわよ。年上に対して偉そうね。いつから私に命令する立場になったの」

「真木が全く家事が駄目だと、発見したときからだな。うるさいこと言ってると、毎日お茶漬けしか作らないぞ」

真木が黙った。絵の奪還計画作成続行だ。
③　その後三人で、絵を奪取する。
「酒井さんから、寄進の品が置かれている部屋を聞きだしたあと、真木と酒井さんに教主様を暫《しばら》く引きつけておいてもらおうか。その間に、俺が絵を取り戻してくるよ」
④　あとはさっさと、教団から三人で出る。
「完璧《かんぺき》だ。単純かつ簡単だな」

三人と一緒に絵が東京へ戻ってしまえば、教主様も諦めるだろうと聖が言うと、真木も頷《うなず》いた。所有権は元々、絵を買った寄贈者にあるからだ。

「でももし、酒井さんが教団から出ると約束してくれるのなら、絵を取り戻す役目、彼に任せた方が良くない？　置いてある部屋がどこかも、彼なら知っているだろうし」

「その意見は、ごもっとも。でも貴重品を保管する場所には、鍵《かぎ》がかかっているだろうし、教団に入ったばかりの酒井さんが、それを手に出来るとは思えないなあ」

「……そうか。でもそれなら部外者の聖が、どうやってその場所を開けるつもりなの?」

「前回行ったとき教主様の秘書に、すんごく可愛い娘《かわいこ》がいたんだ。あの娘とインスタントに仲良くなって、鍵を調達してもらおうと思う。大丈夫、任せておけって」

聖の口にした非現実的な計画に、真木が目を丸くしている。確かにそんな都合の良い話の展開を期待するのは、無謀というものだ。でも……本当の作戦を話すのは気が引けた。

聖に盗人《ぬすっと》の一般的侵入方法を教えたのは、『風神雷神会』の一人だ。某議員様は、聖の知識と見聞を広げるつもりだったのかもしれないが……今回の危機にあたり、せっかく身につけた技は使ってみるべきだと思う。

単にちょいと、無断でドアの内に入るだけの話だ。聖には、騒ぎを起こさずに事をやり終える自信があった。それに『加田の会』が、そう簡単には警察を呼ばないだろうという計算もある。『加田の会』は多分、政治家に贈られた物と承知で、絵を横取りしたのだろうから。聖はオヤジを思い浮かべた。

(相談したら、無茶は止《や》めろと言うかな)

どうだろう。おそらく上手に目を逸《そ》らし、冗談はいけないと笑って、話題から逃げるのではないか。そんな気がした。

「これで計画はまとまったな。明日『加田の会』へ行こうか」

明るく言うと、ベッドの上に座った真木が眉間《みけん》に皺《しわ》を寄せ、聖を見てくる。とてもじゃないがこんないいかげんな計画、信頼出来ないと顔に書いてある。しかし反対を口にしないのは、代案を思いつかないからだろう。

『風神雷神会』の議員連中は、後先考えずにただ反対を唱えることはしないよう、オヤジに仕込まれている。

相手を非難すると、自分の方が強く正しいように感じるから、人はつい、事のあら探しをしてしまう。だが、己ならばその事をどうなしていくか、明確な考えと現実的見通しなしに、相手の案を潰《つぶ》してしまうと、物事が進まなくなるか、よりいい加減になるだけだ。それは少なくとも、政治家が取るべき態度ではないのだ。

考えろ、論理と論拠を持ち、それから発言しろと、オヤジは言う。持論を述べているときは、立派な元議員様だ。とてもエロオヤジには見えなかった。

(ふーん、こういう考え方が身に付いているってことは、小島議員は、真木を仕込んでいる最中ってわけか。秘書の中でも、彼女は未来の議員候補なんだろうな)

時代は益々混沌《ますますこんとん》としてきたから、昨今は先輩議員の元にいるだけでは、なかなか次期議員候補にはなれない。当選できる議員になるのは、もっと大変だ。真木はまあ、料理をするよりは、政治家の方が向いているだろう。

「大丈夫、ちゃんと絵は取り戻せるって」

聖がにたっと笑って請け合うと、真木からため息が返ってきた。

とにかく明日で決着をつけるのなら、この小島議員の別荘も、引き払うことになる。一旦《いったん》出たら戻ってくる必要がないよう、二人して夜の間に、後かたづけをすることとなった。

送信者：佐倉　聖
日時：20××年3月13日　13時57分
宛先：大堂　剛
件名：酒井さん、戻ってきたよ　：－）

オヤジへ。

三十男の、涙、涙の純愛を、目の前で見てしまった。気色悪い……。

いや、テレビや本で純愛物が流行《はや》っているのは、知ってるよ。別にそれ自体を、毛嫌いしちゃいないさ。

でもあれはやはり、ハンサムな男と可憐《かれん》な女が演じるから、他人の目で見てもぐっと来るんであって……よれよれのジャージをはいた、たらこ唇のおっさんが、大食いの真木に向かって涙をぼろぼろ流してる姿ってぇのは……以下省略。

とにかく真木の説明を聞き、酒井さんは速攻で、俗世への帰還を決意したんだ。実に早い決断だったな。『加田の会』内部へ入るまでの、押し問答にかかった時間の方が、ずっと長かったと思う。とにかくその段階までは、大いに順調だった。

問題は、その後に起こったんだ。

真木と酒井さんが二人で教主様に、今までのお礼を言いに行った。その間に、俺は酒井さんから聞き出した『奥の間』と呼ばれている貴重品保管所に、すんなりと入り込んだ。

初めは鍵を細い金具で開けるつもりだったが、ドアの上にステンドグラスの嵌《は》まった引き違い戸があり、そいつには鍵がついてなかった。おそらく貴重品置き場として、ドアの鍵だけ後でつけたんだな。滑らないようゴムの付いた軍手をして、ドアノブに足をかけ登る。戸の片方を外し、俺はドアの上方から部屋の中に入り込んだ。見事な手並みだと我ながら思ったが、不法侵入の才能があっても、喜ぶべきではないだろうな。

室内には、結構品物が置かれていたよ。絵画や彫刻、焼き物や掛け軸などと、金庫が一つ。中に何が入っているかは知らないけど、『加田の会』は寄進された物を売るほどには、まだ切羽詰まっていないと見たね。

勿論《もちろん》窃盗犯じゃないから、俺は『月下の青』のみを捜した。真っ青な色が基調になった絵画だから、すぐに分かったよ。俺は素早く絵を手にしたんだ。

案の定八号のリトグラフは二回りも大きな額縁に入っていて、とても上着の下には隠せない。だが手に持つと、これが恐ろしく目立つんだな。さてどうしようと考え込んだそのとき、問題は解決した。運び出す方法が見つかったんじゃなくて、もう運び出せなくなったんだ。

教主様は別室に引き留めておけても、三十人の信徒は動き回っている。その内の一人が間の悪いことに、外したステンドグラスの引き戸を見つけたんだ。

大声が上がり、ドアが開けられた。すぐに俺の手から絵が奪われる。酒井さんの脱会に伴い荷物を取りに来たのだと、真っ当な話をしたんだが、誰も聞いちゃいなかった。恐ろしく険悪な雰囲気だったな。だけど教主様が真木と酒井さんを連れて現れ、その場を一旦収めてくれた。そして俺たちは二度と来ないよう言い渡され、『加田の会』から放り出されたんだ。

集まった三十人からの信徒を前に、無謀な文句を言う気になれず、素直に退却した。荷物は近くに止めておいた、ミニ・コンバーチブルに積んであったので、酒井さんを乗せ、そのまま東京へ帰ることにしたんだ。

オヤジ、こういう顚末《てんまつ》となったよ。

今、途中のドライブインで食事を取っているところ。午後遅くならない内に、日比谷に着くと思う。途中で疲れている酒井さんを、彼の自宅近くに下ろす予定。真木はどうするかな。

ホント、俺も疲れた……。報告終わり。あとオヤジが聞きたいことがあったら、事務所に行ってから話すね。

送信者：大堂　剛
日時：20××年3月12日　14時21分
宛先：佐倉　聖
件名：報告終わり？

確かに話はあるが……とにかく戻ってきなさい。

真木秘書は、一旦こちらへ来てもらうように。小島議員が『アキラ』に、おいでだから。ここで一緒に、報告会を済ませてしまおう。

5

長野から日比谷の事務所『アキラ』に戻ったとき、居間のイタリア製ソファに座ったオヤジは、年配だが、なかなか麗《うるわ》しい女性と話をしていた。

彼女が小島議員に違いない。育ちが良さそうな細身の人で、凛《りん》とした、集票力のありそうな見てくれだ。真木の骨格も似た感じだから、年を取ったら少なくとも見た目だけは、ああ成れるかもしれない。

「ただいまぁ」

聖はやっと帰り着いてほっとしたが、同僚達からの返事がない。聞けば秘書たちは、用があって、余所《よそ》に出かけているという。

「げっ……」

つまり『酒井秘書と月下の青の一件』報告会のため、居間に集まった一同にコーヒーとお茶請けを出すのは、聖の役割というわけだ。運転で疲れた聖は唇をとんがらせたが、仕方なく台所で用意をする。その間、真木に口頭で一通りの報告をお願いした。

既に大体のことはメールで送ってあり、双方分かっているから、あとは細かい点の確認が残っているだけなのだ。大した話しにはならないはずだった。

（なのにわざわざ『アキラ』で、こういう報告会を開くんだからなあ）

お茶請けを作っている暇もないので、聖は到来物の在庫を確認し、カステラを切り分けた。オヤジの皿に乗せる分は、半量にすることを忘れない。皿を受け取ったオヤジが、他の分と見比べて機嫌を悪くした。

「おい聖、俺の分だけ、何で倒れそうなほど薄いんだ？」

聖が、にたっと笑う。

「いい年して、オヤジは甘い物を取り過ぎだからだよ。俺がいなかった間、好き勝手に菓子に手を出したろ？　減ってるもの。糖尿病予防だ。当分、甘味は控えさせてもらう」

当然、事務所経営者にして元国会議員様は怒ったが、聖は知らん顔でコーヒーを皆に注いでゆく。オヤジの横に座った小島議員が、けらけらと笑い出した。我慢できなくなったらしい。

「おっかしいわね。『風神雷神会』会長、大堂剛先生をこんな風に扱う人間なんて、そうそういないわ。聖くんだったっけ、君、面白いわよ。これで『加田の会』から絵を持って帰ってきていたら、百点だったのにな」

聖は笑う小島議員に、クリームをさしだす。そしてまた、にたっとした。

「いや俺なんかまだまだ。この世には大堂大先生をいいように動かす、大物がいるんだ」

「あら、誰かしら？」

「オヤジの奥さんだよ。オヤジが放り出した選挙地盤を、受け継いだって人さ。忙しくて、ここには来たことなかったけど。オヤジ、奥さんの名前、なんていうの？」

ちらりとオヤジを見る。あっさり教えてくれた。

「沙夜子《さよこ》だ」

「へえ、沙夜子さんはきっと美人で優しくて、素直な人なんでしょう？　オヤジは今でもべた惚《ぼ》れなんだ。そうだよね？」

「う、うん……よく分かっているな」

何やら大堂が、げほげほと咳《せ》き込んでいる。聖は益々にやにやとした。

「ね、どう考えても沙夜子さんは、超大物なんだ。オヤジを、尻《しり》にしいているともいうな。お忙しい現職国会議員だ。なのにさ」

聖が不意に、座っている小島議員の眼前に、顔を近づけた。

「どうして急に、『アキラ』に来ることにしたの、沙夜子議員。それに教えて貰《もら》った姓が違うけど。小島は結婚前の姓でしょう？」

大堂が目を見開く。真木が黙り込んだ。一瞬、居間の中は静かになっていた。

「あらら……どうして分かったのかなあ」

大堂沙夜子が、にこりとする。一見もの柔らかな反応だったが、背筋はぴんと伸びて、顔つきが引き締まった。頭の中はフルスピードで働いていると見える。聖が勝手な想像を先に否定した。

「言っとくけど、酒井さんに聞いたんじゃないよ。オヤジの奥様の話題なんて出なかった。真木からでもない。念のため」

「あらじゃあ、小島議員が大堂沙夜子だって、どうやって見抜いたの？　驚かそうと思って、黙っていたのに」

「あん？　俺を驚かそうと思って？　それは違うんじゃないの、沙夜子議員」

「……えっ？」

片眉《かたまゆ》を上げた沙夜子の前に、聖が借りていたノートパソコンを差し出す。今回、聖がメールをやり取りしたパソコンだ。

「メールは相手の、顔も声も分からない。手紙の方が、筆跡が分かる分確認しやすいくらいだ。まあ、今回はこのパソコンを貸してもらったとき、貸し出す本人、オヤジが目の前にいたんだから、メールを送る相手が誰か、疑いもしなかったんだけどさ……」

だが考えてみれば、オヤジは自分がメールを受け取るとは、一言も言わなかった。

「今回俺とパソコンでやり取りしたのは、沙夜子議員、あなたじゃないの？　勿論オヤジは、自分の名を沙夜子議員が騙《かた》っていることを、承知だったと思う」

じろっとオヤジを睨《にら》むと、慌《あわ》てて大人しくカステラを食べ始めた。しかしその口の端がひくひくと引きつっている。笑い出しそうなのだ。沙夜子が聞いてきた。

「何故《なぜ》そう思うの？」

「細々と、書いてきたことが変だったから」

例えば大堂がメールで聖に、今更料理が出来るかと聞いてきたことだ。それに、以前別荘が近所だったと何故か大堂が書いていた。また、『アキラ』に馴染《なじ》みのない小島議員の秘書真木が、聖の弟、拓のことまで知っているのも妙だった。

「それに冷凍庫に、賞味期限内の食品が沢山入っていたからなぁ」

「それが何で変なんだ？」

大堂が首を傾《かし》げている。今回の件は、沙夜子の方からやりたいと言いだしたことなのだろうが、オヤジもメールを見て、妻の芝居を楽しんでいたに違いない！

「つまりあの別荘は、最近もよく使っているってことだよ。だがそれにもかかわらず、あそこには写真が無かった」

「えっ、家族写真は沢山飾ってあったわ」

間の抜けた声を出したのは、真木だ。沙夜子は言葉の意味を直ぐに理解した。

「わあ、写真の日付けに気が付いたのね。そうなの、結婚前の小島姓の時の写真だけ、残しておいたのよ。最近の物は夫と一緒に写っているとか、真木が側にいたり事務所内だったりで、飾っておけなかった。そんな物があったんじゃ、別荘の主が誰か分かるもの。メールの相手が、ばれてしまうかもと思ったのよ」

別荘は、沙夜子が実家から相続した物らしい。だから後から加えた写真などを外せば、オヤジの気配は消せたのだ。

「なんで、ややこしいことをしたの？」

聖が真正面から問うた。沙夜子議員に報告メールを送れと言われれば、芝居をせずともそうしたのだ。

沙夜子が「ごめんね」と、ぺろりと謝ってから理由を話してくれた。あっさり口にしたその言葉は、一見筋が通っていた。

「今回の件は突然の出来事だったけど、どうせなら剛のお気に入り、聖くんがどう対処するか、詳しく知りたかったの。でも聖くんは礼儀正しい受け答えも出来るらしいし、それじゃあ本音は、よく分からないでしょう？　それでちょっと、いたずらをさせてもらったのよ」

聖には大堂が随分、出費をしている。大学の費用や、弟を養うための援助などだ。大堂一門では、これまでもそうした出資がされており、投資をする相手のことは、沙夜子も知っておくことにしているのだという。

「なるほど、資金をつぎ込んだ人物を、チェックしてるんだね。ちゃんと役に立つ人物に育って、金が無駄になってないか」

沙夜子がはっきりと笑った。『風神雷神会』なら、やりそうなことだ。しかし、もしかしたら……沙夜子が話した理由は建前かもしれない。ふと、そんな気がした。

（大堂の回りにいる若い者は、注意しなけりゃいけない。当分お前も気をつけろと、加納議員は言っていたっけ）

元大物議員大堂の後を継ぐ物は誰か。夫婦には子供がいない。沙夜子が地盤を継いだ今の状態は、やはり一時的なものと受け取られているのだろう。大堂が目をかけている若い者は、庶子ではないかと疑われる。女好きで子供の大好きな大堂だからこそだ。それが、聖をチェックした本当の理由かもしれない。

沙夜子は心の底で、夫のことを疑い続けているのだろうか。

「やれやれ。真木は当然、沙夜子議員の計画を、承知していたんだよね？」

「怒るなよ。彼女が知っていたのは、メールの送受信のことだけだ」

苦笑した大堂が聖の方へ、ひょいと片手を伸ばした。

「ところで聖、まだ絵を貰ってないぞ」

「あん？　オヤジ、『月下の青』は額縁ごと取られたって、メールで説明したよね？」

「お前、長野に行く前に絵の寄付元から、以前あの絵を買った銀座の画廊を聞き出して、そこへ行っただろう？　銀座へ寄るなんて妙だと思ったんで、画廊へ電話したんだ。聖は画廊の資料用デジタルデータから、『月下の青』を、プリントアウトしたんだって？」

消えた絵はリトグラフだった。高級品だが、要するに一種の印刷物だから、ぺらりとしている。油絵に比べ額から抜き取るのは簡単だし、細く巻いて上着の下に隠してしまえる。あとはすり替えたコピーを額に入れておけば、咄嗟《とっさ》に素人《しろうと》が見分けるのは難しいだろう。コピーなどポストカードからでも作れる。それは教団に残っても構わないものであった。

「うまいやり方だ。残った絵が、カラープリントとばれずに済むかもしれないし」

オヤジの言葉に、「なんだ、お見通しかぁ」と言って、聖がにやっとした。

「でもね、すり替えたものが、後で印刷物と分かってもいいんだよ。酒井さんは確かに寄付された絵を受け取ったけど、それをそのまま『加田の会』に持ち込んだとは限らない。つまり酒井秘書が教団に寄進したのは、元々コピーだったかもしれないでしょ。その可能性があるから、俺が『加田の会』の絵を持ち出したという事実も、証明不可能。つまり俺の窃盗も、酒井さんのねこばばも、何も起こっちゃいないも同然ということさ」

「何もなかったか。そりゃあいいことだ」

議員夫婦から笑い声が立った。満足げだ。

「うわあ……こじつけの塊《かたまり》。聖って悪党だ」

真木はあきれた声を出している。聖が上着の下から筒状の絵を取り出した。沙夜子の方が受け取り、「聖くんは今回、百点」とのたまう。そのあとで、ちらりと真木を見た。

「それに比べて瞳はどうもまだ、事に当たったときの詰めが甘いわ。いつまでも私の姪《めい》っ子だからと、甘えていては駄目よ」

「……そんなつもりはないですけど」

「げっ、真木って沙夜子議員の姪っ子？」

それで大堂が手を出さなかったのかと、聖は大いに納得した。だが血を引いているということは、もしかしたら真木も将来、亭主をも顎《あご》で使う、煮ても焼いても食えない女となるのだろうか。

「いくら美人でもなあ……」

やはり議員の周辺、政治の世界近くには、トラップが一杯だ。二十一にして悟りきった聖は、今ひとたび心に誓う。地味な就職をして、早く堅気《かたぎ》の世界に戻ろう。この世界は危うすぎる。聖はとても真面目《まじめ》で、扶養家族もかかえているのだから。

少なくとも今は、真面目なのだ。多分。
聖の後ろで、大堂がまた笑った。

案件の四

商店街の赤信号

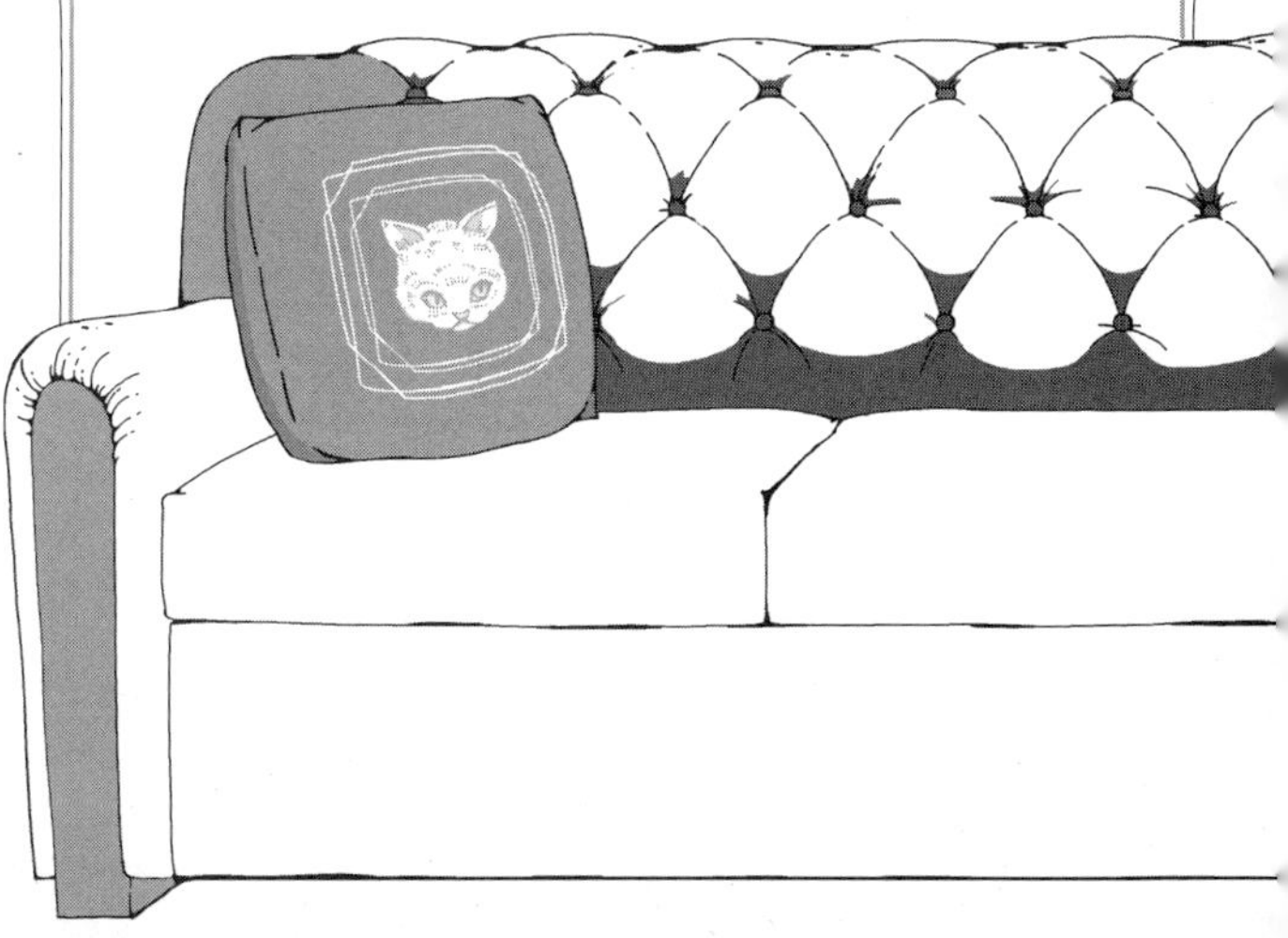

1

「ちわーっす。大堂のオヤジの所から、選挙の応援に来ましたぁ」

新参者としては、どうにも丁寧さに欠ける言葉と共に、佐倉聖は、商店街のど真ん中にある事務所に顔を出した。

都内にある商店街は、二百軒以上店が集まっていて、なかなかに大きい。今時は地方より、東京都内の方が、こういう商店街は残っているものかもしれなかった。それなりに人通りもある。

しかし、何とはなしに活気が感じられない。もっともそれは、聖が顔を出した場所のせいかもしれなかったが。

「済みませーん……あれ……？」

せっかく来たというのに、事務所内は何故《なぜ》だか無人であった。聖は入り口で立ち止まり、並んだ簡素な机の上を眺め、くるりと部屋の中を見回す。

「……これが首都東京の、区議会議員の事務所かあ。うーん、菊田智彦《きくたともひこ》議員の懐《ふところ》具合が、透けて見える部屋だなあ」

一言「手元不如意《ふにょい》」とつぶやいてから、聖はにやりと笑った。不遜《ふそん》な表情に見えるから止《や》めろと、日頃オヤジに言われている笑みであった。

菊田議員の根城は、選挙区内の某商店街中ほどにあった。隣は老舗《しにせ》の蕎麦《そば》屋、向かいは美容院だ。小さく、いささか古いその建物は、元和装小物の店だったとかで、入り口はガラス張りのアルミサッシ戸だ。そこに何枚か、菊田議員の真新しいポスターが貼《は》り付けてある。写真の議員の微笑《ほほえ》みは大層優しげで、ぱっとしない事務所の中で、一番立派に見えた。

そこそこ広い部屋には、数人分の事務机と細長いテーブル、それに小さな応接セットが置かれている。机の上にはペットボトルのお茶が並んでいた。

この事務所は選挙対策用の、臨時の場所なのだ。三ヶ月ほど先に、次の区議選が見えてきている。東京都区議としては、そろそろ決戦に備えねばならないときであった。

「やれやれ、こんな大事なときに、政治家の事務所が、からっぽとは……」

ぶつぶつと独り言を言いつつ、聖はどう見ても物置場になっている事務机を一つ、勝手に確保した。鞄《かばん》で机の上の雑多なものを押しのける。それから隣の机に置かれていた箱の中から、メモ帳、ボールペン、バインダー、テープ、時刻表、金槌《かなづち》などを掘り出した。政治家秘書の七つ道具と言われているものが、かなり入っていた。なのに箱の中に、地図やら針金やら、選挙のときに必ず使うものが見あたらない。不思議であった。

「うーん、整理整頓《せいとん》が出来てない。こりゃ、この事務所を仕切っている誰かが間抜けか……もしくは要《かなめ》になる人物がいないか、だな」

聖はしかめ面《つら》を浮かべたまま、携帯電話をかけた。聖の本来の雇い主、大堂剛に派遣先への到着を知らせるのだ。

「あ、オヤジ？　菊田議員の事務所に着いたよ。けど……今日、休みなんじゃないだろうな？　選挙も近いってえのに誰もいないぞ！」

聖は一気に、目に付いたおかしな点を並べた。議員の主なスケジュール表が、壁に貼っていない。電話の横に、主要連絡先を書き留めた電話帳が置いてない。留守番すらいない！　今までにも政治家事務所に貸し出された経験はあるが、こんな状態の事務所は始めてだと、聖はうんざりしたように言う。

大堂から返ってきた返事は、爆笑であった。

「菊田も忙しいんだろうよ。いやあ、人手が足りないから助けてくれと泣きつかれたが、そこまでの状況だとはな」

電話の向こうでさも面白そうに、けらけらと笑っている。大堂は元政治家で、選挙には百戦錬磨の強者《つわもの》だ。だから菊田の事務所が酷《ひど》い状態だと、直《す》ぐに分かっただろう。だが豪快に笑いとばしている。

聖は溜息をついた。

「オヤジの弟子たちは、みんな煮ても焼いても食えない、海千山千の政治家ばかりかと思ってたよ。どうして菊田議員は……」

　そのとき聖はふっと顔を上げた。部屋の突き当たりに、奥へ続くドアを見つけたのだ。その磨《す》りガラスに、動く影が見えた。奥の部屋に誰か残っていたらしい。ドアノブが動いた。

「あ、オヤジ。良かった、事務所の人を発見……うわっ！」

　ドアが開くと同時に、何かが聖の方に飛んできた！　除《よ》ける間もなく額に当たる。携帯電話を取り落としそうになった。

「どうした、聖？　悲鳴が聞こえたぞ」

「痛ぁ……ファイルだ。ぶつけられた。信じられない、頭に当たった！」

　電話で大堂に、事態を説明していたのがまずかった。怒鳴り声が聞こえ、はっと奥を振り向いたとき、今度はファイルよりも遥《はる》かに硬いものが宙を舞っていた。

　薬缶《やかん》のように見えた。

　大きな、がつんという音がした。

2

聖の本職は事務員だ。

大堂剛の所有する『アキラ』という事務所に勤務していた。日比谷の雑居ビル内にある。小さな事務所ではありがちなことだが、聖も『アキラ』で、雑用係から書類の作成まで、何でもやって地道に働いていた。

若い頃はいっぱしに直ぐかっとなって、暴力沙汰《ざた》も起こしていた。だが今はもう二十一で、じじいになってきた。それで、糸の切れた凧《たこ》状態は卒業し生真面目《きまじめ》に生きている。大学生兼、中学生の弟の保護者でもある。

事務員の仕事というのは、本来地味な事務作業のはずだ。少なくとも聖と弟の拓は、それが常識だと思っていた。

だが『アキラ』の事務員達は、どういうわけか、やたらと出張に行くことが多いのだ。事務員らしからぬことであった。

その原因はボスの大堂にある。実は大堂剛は、本物が目の前にいるのが不思議に思えるほどの有名人であった。現役当時はしょっちゅう新聞に名が載っていた、元大物国会議員なのだ。

しかし既に政治からの引退を宣言し、今は単なる実業家に戻っている。『アキラ』も本来、大堂家関連会社の事務所のはずなのだ。

だが何を思ってか、大堂は若手政治家の勉強会、『風神雷神会』の会長だけは、未《いま》だに続けている。

政治勉強会会長の所には、当然のように弟子筋の議員から、困り事の相談が持ち込まれてくるのだ。泣きつかれると、大堂は太っ腹なところを見せ、助力を約束する。聖達『アキラ』で働く者にとって、これが悩み事の元凶になっていた。

(引退した政治の世界に、オヤジがいつまでも関わっているからいけないんだ。大体、雑用の始末を、実際は誰がつけてると思ってるのさ！)

勿論《もちろん》、『アキラ』の秘書や事務員達が、オヤジの代わりにやっているのだ！

(オヤジときたら、心臓が悪いとか、肝臓病みだとか、高熱が出たとか言って、自分で出向いたことがないんだから！)

自称、可哀相《かわいそう》な老人の病人だからだそうだ。その割には、ぴんぴんして、宝塚劇場に通っているが。

(全く、こっちの身にもなってほしいね。しょっちゅう家にいない兄貴は、保護者失格だって、弟に文句を言われてるんだぞ)

今回も聖は『風神雷神会』会員、東京都区議菊田議員にレンタルされたのだ。聖はまだ二十一だが、もういい加減、議員事務所の仕事にしろ選挙対策にしろ、慣れていた。結構経験豊富で、重宝されているのだ。

対して貸出先の菊田議員の方は、まだ当選一回の若手であった。ところがその事務所で、頼りにし、選挙対策を受け持っていた一番のベテラン秘書が、別の選挙に立候補するため辞めた。その上二番手が、父親の死で急遽《きゅうきょ》家業を継ぐことになり、家に戻ってしまったという。

よって事務所には今、まだ若い秘書二名と、後援会会員と、臨時事務員、ボランティア、『風神雷神会』から紹介されてきたインターンシップの学生しかいなかった。

そもそも菊田議員には盤石な地盤など、まだないに等しい。後援会はお世辞にも大きいとは言えない。それでオヤジに、助っ人をねだったのだ。まさにSOSであった。

（しかしそのお助け人が、俺一人とは！　どうしろっていうのさ。おまけに今の時期に事務所がこの様子じゃあ、菊田議員は次回の選挙、危ないぞ）

真剣にそう思いつつ、聖は額に絞ったタオルを当てながら、事務所の椅子《いす》に座っていた。

（おまけに……）

こみ上げてくるため息を噛《か》み殺し、聖は目の前に座った男女に目をやる。横にある細長いテーブルの上には、ファイルと薬缶、携帯電話が並んでいた。男の方が心配げな顔つきで聖の方を見ている。

「あのぉ、済みません、済みません。佐倉さんでしたよね。夫婦喧嘩《げんか》に巻き込むつもりはなかったんです。薬缶、頭に当たらなかったんですよね？」

事務所の奥から現れた男が、おずおずといった感じで聞いてくる。三十代後半、ころりと太った体型で人は良さそうではあったが、やや自信のない微笑みを浮かべている。男は竹本兼人《たけもとかねと》と名のった。

「俺は、頼まれて留守番をしている、ボランティアでして。この商店街の跡継ぎ勉強会メンバーです」

「ああ、助っ人で来て下さった方なんですね。それはご苦労様です」

聖はファイルが作った瘤《こぶ》にタオルを当てたまま、丁寧に頭を下げた。何か対応が慣れていないと思ったら、やはり正式な職員ではないのだ。

（しかし、そのボランティアがなんで、政治家の事務所内で、ファイルや薬缶を投げていたんだ？）

聖がちらりと薬缶を見ると、横に座っていた女性の方が顔を赤くした。竹本の妻、奈美子《なみこ》だと名のる。薬缶を投げたのは彼女らしい。

何故だか聖を睨《にら》んでいた。

「私はボランティアではありません。今日この事務所に来たのは、夫の……現場を押さえようと思ったからで」

「は？　現場？」

思わずタオルを取り落としそうになる。聖は恐る恐るという感じで、目の前の夫婦を見た。

（このおっさん、人がいないのをいいことに、事務所で浮気でもしていたのかな）

だが聖が何かを言う前に、奈美子が物凄《ものすご》い勢いで喋《しゃべ》り始めた。

「夫はダイエットをすると、私と堅く堅く約束したんです。なのにまだ甘い物を食べているみたいなんですよ。この体型を見て下さいな」

奈美子は信楽焼《しがらきやき》の狸《たぬき》と似た体型の夫を、じろっと見た。聖が目を丸くする。

「はっ？　ダイエット？」

「これじゃじきに糖尿病になっちゃいます。親戚《しんせき》に何人も糖尿病になった人がいるんですよ。気をつけなきゃいけない家系なんです。なのに！」

奈美子は食事をきっちり管理し、夫を甘味と大食いから遠ざけているという。なのに竹本は一向に痩《や》せないのだ。どこかで間食をしているのに違いなかった。それはどこか？

「つまりボランティア先の事務所で、家で禁止されているお菓子を、一気食いしていると思ったんですね？　でもお菓子くらい、どこでだって食べられるじゃないですか。いい大人なんだし」

　聖の問いに、奈美子の顔つきがぐっと険しくなる。それは無理なのだと、何故だかきっぱり首を振るのだ。

　そのとき事務所の入り口の戸が開いた。ようやく聖の見知った顔が帰ってきたのだ。菊田議員と、議員に同行して『アキラ』に来たことのある、若い秘書の村上だ。

　聖は頭を下げ、早々に事務所へ初出勤した挨拶《あいさつ》を済ませる。それから村上達に奈美子を紹介すると、彼女から議員に、事務所のお八つについて直接質問をさせた。

「はあ？　この事務所で出るお八つ……？」

　事務所では、間食が食べ放題なのかと聞かれ、二人は一瞬目を見開いている。

「ここは、政治家の事務所であって……」

　呆然《ぼうぜん》とした顔つきとなった秘書に、聖がファイルと薬缶が宙を飛ぶ原因となった、深刻なる事情を説明する。議員と秘書は竹本夫婦を見て、聖の額とタオルに目を移す。その後秘書の村上が、生真面目にきっぱりと疑念を否定した。

「この事務所ではお八つは出ません。見てのとおりです。ペットボトルのお茶くらいしか、置いてないでしょ？」

　勿論食事は出るがデザートはない。弁当は、商店街の中にある弁当屋から届けられているという。驚いたことに、奈美子はその中身を承知していた。商店街の店同士は、大概付き合いがあるという。

「勿論、そのお弁当に甘い物は入っていないわ。確認してあります。それにあたし、この商店街の人達に頼んであるんですよ」

「何を？」

聖と村上が聞く。奈美子が胸を少し誇らしげに反らせ、夫の竹本が下を向いた。

「主人には、一切甘味を売ってくれるなって。商店街の店の人達は、皆顔なじみ。ここを押さえれば、買い食いなんて出来ないですからね。日々の買い物は大概、この二百軒以上あるこの商店街で買うんですから」

つまり奈美子は、竹本のダイエットのため、強硬手段に出ているらしい。

「でもこの商店街じゃなくても、ちょっと出れば別の店があるでしょう？　ここは東京都内だ。少し離れた所に、大きなスーパーだってあるみたいだし」

そこで甘い物を買われたら、それまでではないか。聖の意見に、奈美子はにっと笑った。

「私たち夫婦はこの商店街で、薬局をやっているんです。店を離れるときは、お互いに知らせます。薬剤師が一人は店にいるようにしているので」

大概の買い物は近所で済むのに、それでもしばらく店を離れるのなら、夫は奈美子に、外出の説明をしなくてはならない。日々の買い物は、奈美子がしている。自宅を兼ねた店が仕事場だ。毎日遠出する用など、あるはずもなく……奈美子の厳しい監視の元、竹本は少しずつ、痩せてきていたのだという。

その頃商店街の有志が、商店街に選挙対策用事務所を出した菊田を、支援することになった。どうもぱっとしない商店街の振興のために、どんなことでもやりたいと、そんな意見が皆から出たからだ。地元から議員を出したいのだという。

竹本も事務所に顔を出すようになった。ところがそのときを境に、何故《なぜ》だか突然、竹本が痩せなくなったのだ。それどころかこのところ、太ってきていた！

「だから絶対、私の目の届かないこの事務所で、夫は山ほどお菓子をもらって、食べていると思ったんだけど」

そのとき村上秘書の後ろから、明るい声がした。菊田議員であった。

「うちは会計が苦しくてね。企業から団体献金とか、受け取ってないからなんですけど。その上最近、二人分の退職金を出したんで、一円単位で節約第一。事務所の人達に、お菓子を出す余裕はないんですよ」

菊田議員は政治家が得意とする、万人向きの爽《さわ》やかな笑顔を奈美子に向けた。笑顔は、自分は敵では無いということと、親しみを持っていることを、相手に向かって示す合図だ。

だから向けられた人は好印象を持つ。政治家でこれを出し惜しみする者はいない。強者になると、とびきり上等で強力な笑い顔を、バリエーション付きで持ち合わせている。

奈美子も、思わず笑みを返していた。

「奥さん、いつもご主人にお世話になってます。これからもよろしくお願いします。もし菓子のことでご不審の点があれば、横の机の一番上段に、この事務所で買った物のレシートが入ってますので、ご覧になって下さい」

現区議会議員に優しく笑いながら頭を下げられ、奈美子は少しばかり頰を染めている。だが彼女は、そこで引き下がるようなことはしなかった。夫と共に店を支え、薬缶を旦那《だんな》に投げつける気の強さも持ち合わせた妻なのだ。実際に引き出しを開け、レシートのチェックを始めた。

だが出てきたのは……文房具屋やコンビニや弁当屋のレシートばかり。最近のレシートは、買った物の品名が、細かく書かれている。勿論その中に洋菓子、和菓子店の怪しげなレシートは無かった。

「ここの事務所は、お菓子を出していないみたいですね。それは分かりました」

「そりゃ良かった。大体俺は太りやすい体質なんだ。だから少しくらい太っていても、しょうがないと思ってくれないかな、奈美子」

だが夫の懇願を聞いても、奈美子はそのまま引き下がらなかった．表情を引き締め、菊田議員の顔を正面から見据える。

「でもまだ疑いは晴れてません。うちの人が、ここに来るようになってから、太りだしたのは事実なんですから」

だからと、怖いような言葉を言い足す。

「もしこちらの事務所に関わったせいで、夫が菓子を口にしていたら、商店街の婦人会は、菊田議員を支持しませんから」

婦人会の結束はしっかりしている。今回の件では皆、奈美子の味方だという。

（まっずいなあ。もし婦人会に嫌われたら、その旦那達だって、態度を変えて他候補支持に鞍《くら》替えするかもしれないぞ）

聖は顔をしかめた。商店は共働きのところがほとんどで、妻達の力無くしては成り立たない。影響力は絶大なのだ。

区議会選挙は選挙区が狭い。出身地域で、大きな商店街の票をごっそり失うことは、致命傷になりかねなかった。思い切り引きつった顔となった菊田を置いて、奈美子はさっさと事務所を出て行ってしまう。

残った竹本が、大きな体を情け無さそうに縮め、妻の去った戸口を見つめていた。

3

昨今、菊田事務所だけでなく、多くの政治家事務所へ、素人《しろうと》がボランティアとしてゆくことが増えている。

別に政治家や秘書を目指している人ばかりではないのだ。本物の議員が何をしているのか見てみたいとか、目新しい体験をしたい、就職前に一回変わった世界を知りたかった、など、応募動機は人それぞれだ。議員インターンシップといって、若者と政治家の、出会いの機会を作る活動をしているところもあるという。

懐《ふところ》具合が寂しくて、事務員を雇うにも苦労しているような政治家事務所では、ボランティアは大歓迎であった。また彼らは選挙区内に住んでいることも多く、選挙時にはその支持を期待出来る。真にありがたい存在なのだ。

『風神雷神会』でも、政治に興味がある一般の人達を対象に、『風神雷神会』独自のインターンシップ制度を設けている。学生だけでなく、受け入れる者の老若男女を問わないのが特徴で、だから様々な年代の人たちがやってくる。例えば商店街の跡継ぎ会が集団で関わり、交替でボランティアを行うこともある。竹本達は今回その縁で来ていた。

大堂が『風神雷神会』会長であるおかげで、聖もインターンシップ制度の雑用を時々引き受けることも多いので、よく知っていた。余所《よそ》は分からないが、『風神雷神会』の制度は、基本的に無報酬だ。弁当と飲み物は出る。短期の参加者が多い。

会長の大堂が有名人であるためか、この制度の参加者から『風神雷神会』議員の事務員や秘書に誘われる者がままあるせいか、希望者は多かった。

だが、そうしてボランティアで政治家の事務所へ来てみても、参加者は最初何をしていいか分からないのが普通だ。日頃テレビや新聞でしか、政治を知らぬ人がほとんどだからだ。政治家事務所で何をやっているか、見当もつかないのだろう。政治と一般人の縁はどう考えても薄いと聖は思う。

「俺が政治に熱心になっても、税金が安くなるわけじゃないしさ」

以前聖も大堂のオヤジに、そう言ったことがある。本音であった。

「そりゃあ、そうかもしれんな、聖。だが政治に無関心でいると、知らない間に議会で、消費税増税があっさり決まるかもしれん。そうしたらお前も、その金を払うんだぞ」

そう切り返され、黙った。確かに税金の増減も、年金額を決める法律も、駐車違反取り締まり方法の変更も、全《すべ》てに政治が関わっている。つまり聖のような庶民もまた、日本で暮らしている限り、政治と無縁ではいられないからうっとうしい。

でも聖は元議員のオヤジとは違う。ただの事務員だ。一般人に何が出来るというのだろう！

（大抵の人はそう思うよなあ。なのに政治家事務所に、ボランティアで来てくれる人達がいる。いやぁ、物好きな人達だよな）

でも本当にありがたいよ、なんてこっそりつぶやいてから、聖は菊田の事務所で、せっせと働いていた。

実際に働いてみると、事務所では思ったよりまともに、仕事が進んでいた。電話が盛んにかけられ、ビラ配りにも皆、勢力的に出てゆく。聖も、議員と村上秘書に軽く話を聞いた上で、さっさとやるべきことをやりだしていた。

とにかく今は、事務所が素人のボランティアだらけであろうと、ケーキと和菓子のことで夫婦が揉《も》めていようと、三月後に迫っている選挙に向かって、準備を進めなくてはならないのだ。

聖はまず勝手に諸事の進行具合を、壁に貼《は》りだした。次に選挙カーの進行表を作り直すことにした。選挙時の選挙カー進行表作りは結構難しい作業なのに、運転が得意だというボランティアに任せてあったからだ。

せっかく書いたものを手直しされるのが不満な様子だったので、聖は似たような年頃のボランティアを地図の前に引っ張ってきて、何故書き直すのかを説明した。

「この設定速度で車を走らせたんじゃ、マイクの声が周りによく聞こえないよ。それにこの辺りは幹線道路が近いから、夕方が近くなると道が混むんだ。昼間と同じ時間で同じ距離は移動出来ない」

自分は元暴走族で、近辺の道の混み具合を良く知っていると言うと、ボランティアが何故だかぴたりと黙る。聖はにっこり笑って、さっさと書き直した。

菊田議員が客との話を終えたのを見計らって、聖は新しい進行表を机の上にぽんと置き、確認を求める。菊田が笑顔を作った。

「さすがに道に詳しいねえ。後で見るから……」

「議員、二分で目を通して下さい。後回しは効率悪いです。それから次の挨拶回りに出る前に、ここに書き出したことを、誰から確認取ればいいいか、教えてくれませんか」

喋《しゃべ》っている間に議員へ茶を出し、知りたい要点を三点書き出した紙をも見せる。
①　事務所の人員、役回りの確認。現在の準備状況の一覧。
②　菊田事務所の会計の確認。使える金額は？
③　集票計画の作成（既にあれば、確認）。思い切った策が提示されているか？
このメモを見て、菊田は低く「うーん」と唸《うな》った。

「②の、会計のことは、第二秘書の菅井《すがい》に任せている。後は……第一秘書の村上に聞いてくれ」

菊田はひょいと聖の顔を見て、聞いてきた。

「この事務所、雑然としてるわな。でも見た目より、上手《うま》く運営されているだろう？」

その意見に聖は頷《うなず》く。仕切り役の村上は若いが、秘書としては優秀みたいだ。だが勿論《もちろん》まだ大いに経験不足だし、欠点もたっぷりとあった。

「議員、村上さんは大概議員と同行していて、事務所にはいないでしょ？　そんな人しか分からないことが多いんじゃ、非効率ですよ！」

何かあるたびに、一々携帯電話で村上に聞かなくてはならない。

「最低限、議員の毎日のスケジュール確認を、事務所に残った者でも、直《す》ぐ出来るようにして下さい。だから出かける前に、スケジュール表、今日の分だけでも書いて下さいね」

壁に貼るための大きな紙を、魔法のように取り出し、議員に押しつける。先ほど見つけた、カレンダーの裏だ。本当はホワイトボードにしたいところだが、この事務所は極端に予算が少なそうなので、ぐっと我慢する。

「……聖君は、仕事に燃えるタイプなんだねえ。嬉《うれ》しいよ」

大きな紙を抱え、菊田が感心したように言う。聖が眉《まゆ》を顰《ひそ》めた。

「議員、他の議員の選挙事務所に放り込まれたときは、これの二倍くらい忙しかった気がしますけど」

　そこでにやっと笑うと、一言付け足す。

「それとも菊田議員が当選したら、オヤジがお祝いに臨時ボーナスとして、手持ちの商品券をくれると約束してるんです。弟の拓が携帯電話を欲しがってるんで、その金券、当てにしてるんですよ」

　あっさりそう言うと、意外な返答があった。

「それで聖君、俺は当選出来るかな？」

　いきなり、正面からの問いだ。現職議員の言葉とは思えない発言であった。事務所の中が不意に静かになる。聖は急いで「勿論です」と答えると、横の机で電卓を叩《たた》いてた村上に目配せをした。

「議員、そろそろ出かけるお時間です」

　村上と聖が急いで、物騒なことを言い出した議員を、事務所の外へ連れ出す。アーケードの下に出ると「駐車場へ」と村上が短く言った。商店街を行き交う大勢の人波の中、三人だけでこっそり話せるようになると、さっそく村上秘書が議員に怖い顔を向けた。

「議員、事務所の皆の前で、あんなこと言わないで下さい。選挙前から事務所内が、駄目だというムードになったら、勝てません！」

「済まん、済まん。だが正直、今回の選挙は苦しい戦いになると思ってね」

菊田は意外なほど、はっきり認めた。

「議員、前回はどうやって当選したんですか？」

聖がやや呆《あき》れたように聞くと、苦笑が返ってくる。

「あのときは高齢の対立候補が二人いて、片方が選挙期間中に病気になったんだ。それで年齢を考えて、誰に投票するか決めた有権者も多かったんだろうな」

つまり菊田は、そこを上手く突いて初当選を勝ち取ったわけだ。しかし今回は、大して高齢の候補はいない。競争相手は皆、元気でぴんぴんしていた。苦戦間違いなし、というわけだ。

議員がひょいと聖の顔を見る。

「俺も、そのことはちゃんと自覚しているんだ。二人の秘書が急に辞めなくても、この選挙が苦しいことに変わりはなかったろう。黄色どころか赤信号、点灯中だ」

このままでは議会へ通じる道を、進むことは出来ない。その対策というか唯一《ゆいいつ》取れる対応として菊田議員は早くから、大堂に助っ人を頼んでいたのだという。

「へっ？　早い時期から？」

その頼みの助っ人が、聖一人だけだったわけだ。明らかに期待はずれだろう。

「議員、オヤジは他力本願には、いい顔しないよ」

聖が指摘する。オヤジはあれで、若手政治家に厳しいところがあるのだ。『風神雷神会』会員の議員から、選挙応援演説を頼まれることもあるが、政治からの引退を口実に大堂は承知したことがなかった。

「老い先短いオヤジを当てにする癖を付けちゃ、先々が心配だからかって、以前オヤジに聞いたんだ。そしたら、はっ倒されたな」

「……聖君、その質問、正面から大堂先生にしたの？」

村上秘書が目を見開いている。偉大な先達、大堂剛元議員に対し、そんな不埒《ふらち》な言葉を口にする阿呆《あほう》がいるとは、考えたこともなかったらしい。皆どうも大堂を、テレビに出ていた大物議員の姿、そのままに思っているようであった。

だが聖は違う。大堂が日々、甘味を食べ過ぎそうになるものだから、菓子の争奪戦を繰り広げている。また大堂は、時間も気にせず『アキラ』に宝塚ファンを連れてきて、一緒によく騒ぐ。遅くならない内に大堂を諫《いさ》めて、その子らを帰宅させるのは、聖達『アキラ』に勤務する者の役目なのだ。大堂といると、元議員の子守をしている気分になってくる。

（あの姿を毎日見ていたら、尊敬だけしていろって言われても、無理だよなあ）

まあ公平に考えると、良いところも食えないところも、怖いところすらないではないが。一時黙ってしまった聖に向かって、菊田議員が何やら喋りはじめた。

「それでね、俺が助っ人さんに期待していたのは、先に聖君が書いたメモの、③に書いてあったような、画期的な集票計画の実行なんだけど」

「おや、ま」

聖が正気に返った思いで、議員の顔を見た。わざわざオヤジに求めたのは、そういう起死回生をもたらす助っ人だったのだ。

「そんなにうまい計画、俺には思いつきませんがねえ」

唇の端を歪《ゆが》める。

「いや、突拍子もないことをしろと、言ってるんじゃないんだ。例えばとりあえず……竹本さんが買い食いなどしていないと、聖君が証明する、なんていうのはどうだろう。それが出来たら竹本さんの奥さんに感謝されて、商店街から、かなりの支持を貰《もら》えるんじゃないかな」

「……どうでしょうね。この商店街の票、そのことだけで、まとめていただけるものかな」

聖がはかばかしい返事をしなかったのは、話題のボランティア竹本が、ころりと太っていたからだ。

（あれで本当に間食をしていないのかね）

大いに疑問だ。だが明らかな苦戦の最中にあって、菊田はどうしても。この商店街票が欲しいらしい。

「分かりました。とにかく竹本さんが間食しているかどうか、確かめてみましょう」

「それで、どうやるんだ？」

聞いてきたのは村上秘書だ。辿《たど》り着いた狭い駐車場では、隣の車がぴたりと車体を寄せて止めてあった。顔をしかめている秘書に、聖が頼む。

「俺を今日から、竹本さんと組ませてくれ。一日中一緒に仕事をすることにする」

ずっとひっついていれば、買い食いをしているかどうか、分からないはずがない。家に帰った後は、あの奥方が見張っているから、万全だ。単純かつ有効なやり方であった。

何とか車に乗り込んだ議員とその秘書が、満足そうに笑っているのが、ガラス越しに見えた。

4

聖と竹本の、コンビ一日目。

仕事として、まずビラ配りをする。その後区内の葬儀に顔を出す議員を車で送る。

葬儀会場で少々の手伝い。昼食。次にもうすぐインターンシップを終える人のために、『風神雷神会』へ提出するレポートを見て助言。のち、また街頭のビラ配りへ。

二日目。ポスティング用のチラシを制作。竹本の書いた原稿をチェック。印刷。配布用に三つ折りとする。昼食は今日も弁当。鮭《さけ》が美味《おい》しい。午後から議員の挨拶《あいさつ》回りに同行。帰った後、更に勉強会へ。竹本は先に帰宅。

三日目。電話をかけ続ける。事務所に陳情に来た者あり、相談。その後現場へ確認にゆく。帰った後で遅い昼食（また弁当）。竹本は礼状書き。聖は原稿書き。掃除。客への応対。電話での問い合わせに対応。竹本、先に帰る。

四日目の朝、ボランティア達が来る前の事務所で、聖は事務椅子《いす》に深くもたれ掛かり、しかめ面《つら》でメモを見ながら唸っていた。

周囲の商店街はまだ全《すべ》て閉まっていて、そのシャッターの前を、通勤の人達が通り過ぎてゆく時刻だ。事務所には、今三人しか人がいない。聖と、村上秘書と、菊田議員であった。今日が特別早い出というわけでなく、大概、この三人は早朝から来ている。

村上が茶を淹《い》れ、配った。

「それで聖君、成果はあったかい？　竹本さんは同行中に、こっそり買い食いしてたかな？」

湯飲みを手に、興味津々《しんしん》で聞いてきた菊田議員の言葉に、メモを見たまま、聖はきっぱりと首を振った。

「一緒にいる間、竹本さんはトイレ以外、どこにも一人で行かなかった。もちろん買い食いしている様子はなし」

「そうか、良かった！　奥さんに報告出来ますね」

村上が嬉しそうな声を出す。だが菊田が聖の顔を、じっと見てきた。

「上手くことが運んでいるのに、その表情は何なんだ？　何か引っかかっているのかな」

「竹本さんが、食べていなかった、ということが、理解出来ない」

その言葉に秘書と議員が、顔を見合わせる。

「だって、この三日間、結構ハードなスケジュールだったんですよ。腹が減るんで、俺は朝と晩、家で結構しっかり食べてる」

だが、と言って立ち上がった聖の体は、竹本の半分以下の細さであった。

「竹本さんはあの体格で、俺と同じく昼は弁当一個なんですよ。おまけに奥さんは、旦那《だんな》をダイエットをさせるのに必死だ。朝晩だって、好きなだけ食べるわけにはいかないでしょう」

なのに竹本は痩《や》せてこない。腹を減らして、元気がないようでもない。

「俺は……竹本さんは間食していると思う」

聖は断言した。

「最初は、菓子屋で甘味を買えない代わりに、自分の店の薬局にある栄養補助食品を、こっそり食べているのかと思ってました」

「あ、それ、いい目の付け所」

聖の言葉に、村上が反応する。だが菊田は首を傾《かし》げている。

「自分の店の栄養補助食品が、しょっちゅう減ってたら、奥さんがその事実を掴《つか》みそうだがな」

「その通りなんだな。それに問題は別のところにもある。どこで食べるんです？　奥さんのいる薬局で食べるわけにはいかない。商店街の通りで食べたら、目立ちます。それに」

もう一つ、ごみの問題があると聖は言う。何にしろ物を食べれば、後にごみが出る。それをどこに捨てるか、結構な問題なのだ。竹本の場合は、自宅部分にも、店表の方にも捨てるわけにはいかない。妻の目が光っているからだ。

さりとて商店街の通路には、ごみ箱はないのだ。昨今自分が出したごみは、自宅に持って帰るというのが、主流な考えである。竹本の妻奈美子が菊田の事務所を疑った理由の一つに、ごみの問題もあったのではないかと、聖は思っている。

つまり竹本が間食していると確信しても、どこで、何をという答えが見つからなかった。

「参ったぁ。竹本さんのことは、結構難しい問題だったのかね」

村上が顔をしかめているとき、不意に表の戸が開いた。三人が目を向けた先に、竹本と同じく、商店街の跡継ぎ勉強会から来たボランティアの一人が、戸口に立っていた。

「これは山口さん、お早いですね」

常にもの柔らかく人に対応する菊田議員が、笑顔で聞く。何となく緊張気味に見えた山口が、少しほっとした表情になって聖の側にやってきた。友の竹本と同じくらいの年齢だが、横幅は三割ほど細い。

「俺は魚屋だもんで、朝は早いから……いつもこの時刻には、一仕事終わってるんで」

だが山口が早朝事務所に現れたのは、初めてのことだ。座るよう聖が勧めると、隣の事務机に腰を下ろす。そして急に喋《しゃべ》りはじめた。

「あの、あの、議員さんたち、先日竹本んちの奈美子さんに、がつんと言われたってね。ええ皆そのことは知ってます。竹本の間食を疑って、この事務所に菓子を捜しに来たって」

商店街で噂《うわさ》になっているという。

「でも怒らんでおいて下さい。奈美子さんはあれで働き者だし、商店街の将来のためにも、色々頑張って活動してくれてます。何しろ、個人商店の経営が大変になったのは、今に始まったことじゃない。実際じり貧状態でしてね……」

山口は滑らかに喋り始めた。商店街全体でまとまって、売り上げを伸ばしていこうとはしているが、なかなか難しい。この辺りの店には、これという特徴的な名物がないからだ。レトロな戦前の外観が残っているわけではないし、近所に有名漫画家もいない。仮面××の街とか、名探偵〇〇商店街とかで売り出すことも出来ない。

「でも、この商店街のみんなは、そりゃあこの街のために頑張っているんです。今、何かこの街を売り出す方法を、皆で必死に考えてましてね。きっと何とか……」

「あのお、山口さん、勿論《もちろん》商店街振興のご相談には、議員も応じて下さると思います。でもね」

わざわざこんな早くに事務所に顔を出したのには、他に理由があるのではないか。聖にそう聞かれ、山口は言葉を切った。膝《ひざ》に視線を落とし、唇をすぼめる。言いにくそうであった。

「あの、竹本が間食しているかどうか……もう調べがついたんでしょうか？」

「ええ、分かりました。食べてますね」

聖が直《す》ぐに返事をする。自信ありげに言った。まるで本当に何もかも、分かっているかのように見えるだろう。しかし唇の端が、笑うかのように少々震えてくるのは止められない。だが山口は聖の断言を聞いて、視線を床に落としていた。

山口はその後、いきなり立ち上がった。聖に向き合うと頭を下げ頼み込んでくる。

「お願いです。そのこと、奈美子さんには黙っていてもらえませんか？」

「はあ？　竹本さんの間食のことについて、何で山口さんが口を挟むんですか？　竹本さんに頼まれたのかな？」

聖だけでなく、村上秘書も菊田議員も首を傾げる。

「違います。あいつは幼友達だけど」

山口はそう言った。その言葉に嘘《うそ》はなさそうであった。

「でも跡継ぎ勉強会メンバー達は皆、竹本のことを気の毒に思っているんです。そりゃ糖尿病予防は大切かもしれないけど、あの体格で、いきなりハードなダイエットは苦しいですよ」

それでなくとも仕事はいつもの通りやっているのだし、商売人だから付き合いもある。それでも竹本は、酒も煙草《たばこ》も止《や》めたらしい。努力はしているのだ。

「間食をするのに、この事務所を利用したのは、悪かったと思います。ちょうどボランティア募集の話が商店街組合にあったんで、跡継ぎ勉強会メンバー達が、ここを抜け道にしたらどうかって話になって」

「その為に、跡継ぎ勉強会全員で、この事務所のボランティアになったんですか」

村上秘書が呆《あき》れたように言う。ボランティア達は、揃《そろ》って秘密を抱えていたのだ。

菊田議員は声を立てず笑い出していた。

「いやあ、今回はボランティアの集まりが、やけにいいなと思ったんですよ」

「竹本のこと、見逃してやって下さい。お願いします。婦人会にばれたら大事だけど
……きっと跡継ぎ勉強会メンバー達は、菊田議員に感謝すると思います」

この一言で、菊田議員の笑顔が引っ込む。そのとき、戸口で音がした。皆がさっと振り向くと、第二秘書の菅井がやってきていた。慌《あわ》てた様子で山口が黙り込んだ。

「俺は……じゃあ、これで。後で来ます」

山口は三人に頭を下げると、そそくさと帰ってしまった。今の話をこれ以上多くの人に、聞かれたくないのだろう。

「あと少し、詳しい話を聞きたかったな」

聖が戸口を見ながら顔をしかめる。山口はおどおどしていたから、これっきり口をつぐんでしまうかもしれない。菊田議員の方は、机の上に上半身を突っ伏していた。

「参った……。こんなことになるなんて。どうしたらいいんだ」

うめくように言う。二人の秘書が揃って、怪訝《けげん》な表情になった。

「議員、突然どうしたんですか？」

真剣に聞いてくる。聖も、ぐっと真剣な顔つきになっていた。

「村上さん、今の話を聞いたでしょ？　困ったことになったね。竹本さんの間食を暴《あば》くと、跡継ぎ勉強会メンバー達の票は……たぶん商店街の男性票は、期待出来なくなる」

さりとて間食の問題をうやむやにしたままでいると、婦人会の後援を失う。つまりこのままでは、どちらに話が転んでも商店街の半分の票は、獲得出来ないという話になる。いや最悪、全票を失う。

「参ったなあ。今回は本当に当選、無理なのかな……」

菊田議員が机に突っ伏したまま、情けないようなつぶやきを漏らしている。聖は椅子から立ち上がると、眉《まゆ》を顰《ひそ》めながら議員の横に立ち、ぱこりとその頭をノートで叩《たた》いた。

「うへっ？」

菊田議員が情けない声を立てる。

「議員、うだうだ言ってないで当選して下さい。言いましたよね、弟の携帯電話代が、議員の当選いかんにかかってるって」

聖は議員の前に、仁王立ちする。

「扶養家族を育て上げるには、本当に金がかかるんですよ」

親が自分たち兄弟の養育を放棄したおかげで、聖は今、十三歳の弟の保護者なのだ。まだ二十一で薄給だから、聖の稼ぎで二人の生活を支えるのは、確かに苦しい。でも親じゃなく兄が育てているから、不自由な思いをさせるのでは、弟が可哀相《かわいそう》だった。何としても無事、出来るなら人並みに、弟を成人させなければならない。

（あと七年……）

それまで兄貴は健康第一で、リストラされぬよう気を配りつつ、せっせと働くのだ。臨時収入は、天から降ってきた養育費だ。貰《もら》えるチャンスがあるときば、逃がしたりはしない。たとえ議員本人が情けなく、泣き言を言っていても諦《あきら》めはしない。

「何としても当選してもらって、商品券をゲットせねば」

聖は決意で勤労意欲を高めると、事務所を改めて見渡した。議員と秘書が呆然《ぼうぜん》と聖を見ている。

「竹本さんはこの事務所を利用して、間食をしてたと、山口さんが言ってましたよね」

とにかく竹本の謎《なぞ》を突き止め、どうとでも動けるようになってから、商店街への対処を考えるしかない。

「この事務所で食べていたなら、もうとっくにばれてるよなあ。ごみだって捨ててあったろうし。ここを利用したにせよ、食べる場所としてじゃない。ではこの事務所をどうやって使ってたのか……」

単純で簡単なやり方だろう。分かってみれば、なんだと思うはずだ。毎日続けて食べているはずだから、やりやすい方法があったのだ。

聖はもう一度、竹本が関わった仕事を秘書二人と確認することにして、事務机に陣取った。

5

日曜日、東京都区議会議員選挙が行われた。近くの小学校に、三々五々吸い込まれてゆく人達が見かけられた。

ただし、統一地方選挙ではなかったから、世間的には地味に映ったに違いない。テレビが選挙の特番を組むほど、開票速報は盛り上がっておらず、ニュースの一部として流れるだけだ。実際菊田の事務所に、取材が来ることもなかった。

だが当事者達にとっては天下分け目、将来を左右するほどの、大切な一日であった。

今日は珍しいことに、大堂自身が菊田の事務所に顔を出してきた。当選となれば裕福な大堂会長から、がっちり祝い金をもらえるから、菊田としては大歓迎な出来事だ。

大堂が来た理由はというと……これは間違いなく、面白がってのことだろうと聖は思う。大接戦が予想されている選挙なので、わくわくしているのだ。

事務所の中には、お約束の達磨《だるま》が運び込まれているし、横には開票速報を見るための、テレビも置かれていた。貧乏事務所だが、今日ばかりはきれいな花まで飾ってある。

事務所には菊田事務所に関わった、ほとんどのメンバーが顔を揃えていた。投票時間も終わったこの時刻、中は既に小綺麗《こぎれい》に整えられている。後は菊田当選の一報を、待つだけであった。

事務所内前列、特等席に座った大堂が、菊田議員の横で楽しそうにお茶を飲んでいる。聖を見つけると、おいでおいでと手招きをしてきた。

「久しぶりだな。ちゃんと菊田のために、頑張ってくれたか？」

「聖君は大層働いてくれましたよ」

菊田が大堂に礼を言って、深々と頭を下げる。何となく、感謝の先が違うような気もするが、聖は細かいことは気にしない。そんなことを言っていては、生意気盛りの中学生の保護者など、やってられないからだ。

「菊田議員は、当選しますよ」

聖はあっさりと言う。大堂が破顔一笑した。

「おや、この助っ人は自信があるようだ。ということは……例のボランティアのダイエットの件、解決したんだな？」

聞かれたので、聖は素直に答えた。どうせ開票速報が出るまで、まだしばらく間がある。一連の話は、よい暇つぶしになるかもしれない。

聖はまず、竹本が菊田議員のボランティアに来たこと、その妻が夫にダイエットを強いていたこと、なのに夫が瘦《や》せなかったという、前提となる出来事を確認のため話した。

それから、最後に出した結論を話す。

「竹本さんは、買い食いしていたんだ。ほぼ毎日。それで太っていた。おしまい」

口にすると、余りにも簡単な出来事のように聞こえる。しかし結論を導き出し、事の落としどころを見つけるのは、案外大変だったのだが。

「おいおい聖！　それだけじゃあ、何が何だか分からんじゃないか。そうか、竹本さんはこっそり食べていたか。ところでいつ、どこで、何を口にしていたんだ？」

大堂の問いに、聖は大きくにやりと笑った。大堂がそれを見てため息をつく。

「……だから聖、日頃からその笑い方はよせと言ってるだろうが。性格悪く見えるぞ」

「竹本さんはさあ、いい人で、事務所の細かな買い物も気軽に行ってくれてたんだよね。その行き先の一つに、コンビニがあった」

勿論買ってきてもらったのは、菊田事務所で必要な事務用品とか飲み物とかだ。しかし聖はここで、コンビニという存在が引っかかった。

「菊田事務所は手元不如意《ふにょい》で、一円でも節約したいところだったんだ。なのにそれを承知の竹本さんが、わざわざコンビニでペットボトルの飲み物を買ったのは何故《なぜ》か。飲み物って結構、大きく割引されていることの多い商品なんだ。直ぐ側《そば》のこの商店街で買った方が、断然安いと思う」

聖は商店街で、一本八十九円とか、七十八円とかの緑茶飲料を確認している。コンビニより一本数十円は安いだろう。商売人の竹本なら、そんな品があることくらい承知しているはずであった。なのにどうして、わざわざ高いコンビニで、事務所の買い物をしたのか。

「食べ物はコンビニで手に入れていたのか。そういうわけだな？」

大堂のオヤジが、不思議の国のアリスに出てくるチェシャ猫のように笑って、言い当てた。オヤジだとチェシャ猫よりも、何とも怖い笑い方となる。

「当たり……でもその答えじゃ、半分だけ正解だ」

聖にそう言われ、大堂は眉を上げた。

「食べ物を買うだけなら、他の店でも買えたかも。でもそのコンビニには、余所《よそ》にない物があったんだよ、オヤジ」

「勿体《もったい》ぶらずに、さっさと言わないか」

「コンビニの中には、店内で飲食が出来るよう、席を置いてあるチェーン店があるんだ。そこなら食べていても目立たないし、当然その場でごみも捨てられる。何よりごみ箱！　それが大切なポイントだったと思う」

しかも大概のコンビニなら、外から中にいる客達が見える。だから出会ったらまずい商店街の人がいたときは、食べものを買わなければいい。それに普通のコンビニは値引きがない。この辺りは近くに大きな商店街がある、だからこの辺りの主婦達は、あまりコンビニでは見かけないのだ。

「そんな理由で、竹本さんは買い物を頼まれると、せっせとそのコンビニに通ってたんだ。あと、事務所への行き帰りのときに食べてたと思う。勿論《もちろん》自分の食べ物は自分で買ったから、レシートが事務所にないのは当たり前だね」

近くのコンビニであれば、この商店街の男達に見られることもあったかもしれない。だが彼らなら山口のように、竹本を庇《かば》ってくれるから大丈夫だったのだ。

聞き終わって、大堂は椅子《いす》の背にもたれ掛かり、頷いた。そして気が抜けたように言う。

「そうか、了解だ。……しかしなんだな、分かってみれば本当に、大したことじゃなかったな、聖。どうにも小さい話だし」

大堂は今回の選挙の、出口調査の結果を解説しているテレビ番組に目をやってしまう。急速に、竹本の一件に興味を失ったようだ。ボランティアの男が買い食いしていた先は、商店街ではなくコンビニだった。ただそれだけの話だ。事務所の皆が悩んだ秘密が、何だか子供の盗み食いのような、つまらないものに感じられたのだろう。

「ごみを上手《うま》く捨てていたから、暫《しばら》く、こわーい妻に見つからないでいたってことか」

勿論謎は謎で、そのことについて竹本の妻奈美子が真剣に悩んでいたのは本当だ。だがことは、こうしてばれてしまった。それでなくとも、もう区議会選挙も終わりだ。商店街の菊田の事務所も、じきに畳まれる。竹本も事務所の使いにかこつけて、妻に内緒で間食することが出来なくなる。

亭主はびしりと妻に叱《しか》られて、それでことは終わるのだ。じきに一層きついダイエットが始まるのだろう。

「この先ボランティア竹本君は、痩せるというわけだな。ええと、まだ開票速報は出ないのか。気が揉《も》めることだ」

何となく、くたびれたようにそう言ってから……大堂は不意に、眉間《みけん》に皺《しわ》を寄せた。

「選挙結果か……」

一回、二回と首を傾《かし》げ、それから顔をしかめる。しばし後、聖の方を向き、湯飲みを真《ま》っ直《す》ぐに突きつけた。

「おい聖。さっきお前さんは、菊田議員は当選すると言ったな」

「へえ、憶《おぼ》えていたんだ。オヤジってば老人性の呆《ぼ》けが始まって、忘れちゃったのかと思ってた」

憎まれ口を叩きつつ、聖は大堂の湯飲みを取ると、お茶を淹《い》れかえた。にやっと笑いながら、暖かい一杯を差し出す。大堂が疑うような眼差《まなざ》しを聖に向けつつ、茶を受け取る。

「今まで聖を方々の選挙事務所に貸したが、自信のない選挙のときは、そんな言い方はしなかった。そうだな、今回は本気で菊田が当選すると思っているんだろう。だが……」

しかし今までのいきさつを考えると、どうしてそんな自信を聖が持てるのか、大堂には分からないと言う。

菊田には元々強い地盤はない。これといった起死回生策は、無かったはずだ。竹本の盗み食いを突き止めた話は、大した集票には繋《つな》がるとは思えないと言いかけ……質問をしてきた。

「竹本さんの間食を、お前さんは突き止めた。その後どうしたんだ？　奥さんに言いつけたら、商店街の男どもの反発を買ったはずだ。何もなかったことにして口をつぐんだら、奥さんの疑いを招いて、女性らの反感を買った」

どちらに転んでも、商店街の組織票など当てに出来たはずもない。

「なのに菊田は当選するという。その自信、どこから湧《わ》いて出たんだろうなぁ」

大堂は聖に目をやり、それから菊田に視線を移す。本来緊張のただ中にあるはずの候補は、どう見ても今……笑いをこらえていた。

「おい菊田、俺に何を隠してやがる」

どうも口が悪くなってきた『風神雷神会』会長に対し、菊田候補が小さく笑い出した。

「いや、会長には今回のこと、話さないでいてくれと聖君に言われましてね」

コンビニでの買い食いに気がついた後、聖がどう行動したか、大堂に分かるかどうか。それを見てみたいと言われたのだという。

「間抜けにもオヤジが見抜けなかったら、ねだる商品券の数、倍にしようかなっと思ったんでね。ふーん、とにかく何かあったようだとは、気がついたんだ」

しゃあしゃあと正面から聖に言われて、大堂はうめいた。

「商品券の倍支払いだと！　聖、俺はお前を、そんな阿漕《あこぎ》な子に育てた覚えはないぞ！」

「オヤジ、俺がいつ、オヤジに育てられたっていうんだ」

二人のやり取りが、テレビから聞こえる選挙解説よりも大きく、事務所の中に響く。

皆の視線が、聖と大堂に集まっていた。くたびれるような結果を迎えた、商店街の三十男ダイエット問題は、ここにきてまだ終わっていないことを示していた。

「オヤジ、話す前に大盤振る舞いの商品券、先払い」

聖が差し出した手を、大堂が思い切りびしゃりと引っぱたく。

「欲を出しおって！　怒ったぞ。よって今回は、商品券はなし！」

「えーっ、オヤジ、そりゃあないよっ。菊田議員は当選確実だから、欲しがってた携帯電話の新機種を買ってやるって、拓にもう約束しちゃったんだ」

聖が、思い切り情けなさそうな顔つきとなる。肩を落とす。何ともしょんぼりしたその様子を見て、大堂が溜息をついた。釘《くぎ》を刺してくる。

「聖、お前さんたち兄弟は、聖の稼ぎで暮らしているんだ。弟に甘い顔ばかりしていると、出費に稼ぎが追いつかなくなるぞ」

「拓は、俺が節約って言わなくでも、いつも兄貴に遠慮ばかりしているよ。久しぶりにねだられた物だから、買ってやりたかったのに」

「やれやれ。こうしてお前を見ていると、元暴走族で、誰彼なしに切れまくっていた奴《やつ》とは、とても思えんよ」

大堂がもう一度ため息をつき、懐《ふところ》に手を入れる。分厚い封筒を取り出した。

「えっ、それはあんまり厚過ぎ……」

驚いた聖が、差し出された封筒を手に取る。堅かった。

「へっ？」

封を開けると、中から最新機種の携帯電話が転がり出てくる。

「おっ、かっこいい。メタルグレーだ」

聖が思い切り嬉《うれ》しそうに笑った。

「契約もこっちで済ませてある。拓に言っておけ。携帯依存症みたいな使い方をしたら、兄貴が甘い顔をしても、俺が契約を止める。ポルノサイトや出会い系も厳禁だ」

全くしょうもない甘い兄貴だと、大堂は聖に厳しい顔を向けている。だがそういう大堂自身、拓には結構甘い。毎月の電話代を払ってやろうと言うのだから、確かに甘い。

その出費に感謝してか、弟への約束が果たせることにほっとしたのか、聖は男のダイエットから始まった一件をどう処理したか、あっさりと話し始めた。

聖と大堂、それに菊田を取り囲むようにして、事務所の中に人の輪ができる。

事務所で働いていた者達は、この三ヶ月、選挙の追い込みで忙しかった。聖や議員達が商店街でせっせと動いたことは知っていても、詳細を知る余裕もなかったに違いない。開票が始まった今になってやっと、面白い話が聞けると思ったのか、皆興味津々《しんしん》の様子を見せている。

テレビでは政党の勢力図分析に余念がない解説者が、こちらも延々と区議選の状況について、意見を述べていた。

6

「竹本さんがコンビニで間食をしていたことまでは、話したよね。俺はそのことについては、事務所に奥さんを呼んで、真実を隠したりせず、きちんと話したよ」

当然の結果として奈美子は怒った。それでは太るのが当たり前だし、夫は奈美子の努力を踏みにじっているというのだ。

これも想像出来たことだが、その場で竹本は、買い食い禁止を言い渡された。竹本は見ていると哀れを誘うほどに、しおれていたという。そのままであったら、確実に商店街の男性票は、菊田には集まらなかったところだ。癇癪《かんしゃく》を起こしている奈美子が、菊田に一票を入れたかどうかも怪しかった。

ここで聖が動いたのだ。

「あの奈美子さん、一つお聞きしたいことがあるんですが」

「はい？」

「竹本さんへの間食禁止令は、ダイエットが目的ですよね？」

当たり前の問いに、奈美子は頷《うなず》く。聖は夫婦を事務所の椅子に座らせると、突然真面目《まじめ》な顔で、昨今のコンビニ事情を話し出した。

「竹本さんがコンビニに通っておいでだと聞いて、ちょいと調べたんです。今のコンビニでは、デザートに力を入れている所が多いそうです。特に、男性客が多く買っていく。店によっては男性による購買が、七十五パーセントにもなるとか」

コンビニなら買いやすいのだろうと言う。聖だとてそうだが、男一人、和菓子屋や洋菓子屋で一つ二つ注文するのは、何となく気が引けるからだ。その点コンビニは、一つからでも男でも、遠慮なく買える場所であった。

そのせいもあってか、最近のコンビニデザートは、開発に力が入っている。味も見た目もお買い得感一杯で、なかなか良いのだ。

「俺は竹本さんの買い食いに、拍車が掛かった原因の一つが、それらの新発売の甘味にあったと思ってます」

竹本に確認すると、おずおずと頷く。竹本はクリームのたっぷり掛かっているプリンや、ミルフィーユが好物なのだそうだ。

「高カロリーね。それで？」

話の先が飲み込めないのだろう、奈美子に突っ放すように言われ、ここで聖がにやっと笑った。

「竹本さんでも、甘い物を食べられるようにしませんか？」

奈美子に黙って睨《にら》まれた。

「あの、ダイエットさえできれば、食べたっていいんじゃないですか。おたくの薬局でも、美味《おい》しい○○ダイエットとか、一週間、ちゃんと食べてダイエットする○×とか、売れてるでしょう？」

そう言われて竹本夫婦が顔を見合わせた。

「コンビニの甘味の代わりに、ダイエット食品を食べろってことですか？」

竹本の問いに、聖は首を振る。

「竹本さんだけでなく、女性だって美味しい甘味を食べて、しかもダイエットが出来たら、嬉しいんじゃないかなと思ったんです。甘味だけでなく、食事も含めてサポートする態勢がどこかにあったら、楽で良いですよねえ」

自分でカロリー計算などしない、ずぼらな者でも簡単に、健康的にダイエットが出来る食べ物。しかもそれが、クッキーやジュースなど特別なダイエット食ではない、ごく普通の食事で、美味しくて、飽きないくらい選択肢が多く揃《そろ》っていたら。

「良いなと思いませんか」

「そりゃあ……でも、そんなものを売っているところは、ありませんよ」

奈美子も女性だからダイエットは経験者で、一番体に良いとされているバランスの取れた食事で、総カロリーを抑えるという方法を試したことがある。

「あれはちゃんとすれば、リバウンドも少ないし良いんです。けど、ゆっくりと痩《や》せなきゃいけないし、手間は大変だしで……またやりたいとは思わなかったな」

「じゃあ、その大変な部分……カロリー計算や、栄養バランスを整えるところを、商店街で引き受けたらどうかな」

「は？」

そうしたらその商店街へ行く客が増えるのではないかと言われ、奈美子は黙り込んだ。

「出来合いの品だけじゃなく、中食や、例えば野菜や肉など、素材から量と作り方とカロリーを示せたら、ごく普通に家で食事が作れますしね」

商店街全体で、コンビニ食品に付いているカロリー表示とは、ひと味違ったものが企画出来るはずだ。亭主のダイエットの話が、段々と商店街振興の話に化けてきているのを感じたのか、奈美子は戸惑った様子を隠せないでいる。

「あの、商店街の店全部が、ダイエットに関係する商品を売れるわけないと思うけど……」

「全店で揃って同じことをしようとすると、出来ることが限られてしまいます。商売が違うんですからね」

当たり前のことだ。しかし、商店街振興を考えるとき、これが結構ネックになる。

「この商店街に来れば、毎日に必要な一通りのものは買えるんです。まずは客を呼ぶ対策を考えつけば、そのためにやって来た客で、他店も潤《うるお》うと思いますが」

「ダイエットを売り物にするの？」

「健康で楽な生活を提唱するんですよ。八百屋、肉屋、総菜屋、甘味屋などが協力して、この商店街に来れば、手間を掛けずにバランスが取れた食生活を営める、老人食も塩分控えめも揃えてあるという。それなら商店街の売りに出来るんじゃないかな、と」

もっとも既に宅配業者などで、ダイエット食や病人食を届けているところはある。それに対抗し、地域の特色とまでするためには、地元密着型にし、各店が、山ほどの手間をかけなくてはならないだろう。

聖はここでひとまず、大きな、理想が入った話を止めた。それから商店街の端の方にあった空き店舗で、アンテナショップのようなものを始めることを提案した。これはと思うダイエットのアイデアや、日々の健康提案の商品を、まずその小さな店で客達に見てもらうのだ。

お客が品を気に入って、先々の売り上げがありそうであったら、その路線で商品を開発し、賛同する店を募り実際に金をかけるという、ぐっと現実的な提案であった。

「どうでしょう」

飛び出してきた話に、夫婦は顔を見合わせている。既に奈美子は夫に怒っている感じでは無かった。商店街の将来について話しているのだ。そんな場合ではないのだろう。

「かなり面倒くさいわよね」

「しかも商店街の全店に、同じように負担がかかるわけじゃないときている」

「しかもこんな案、結構誰でも考えつきそうじゃない？」

「でも実行しているって話は、聞かない……不公平感と負担感があるからかな」

夫婦がかわりばんこに、ぶつぶつと文句を言っている。しかし、どちらもばかばかしいからやりたくないとは、言わなかった。今商店街では空いている店がある。その一軒で試してみる分には、出来ないことはないからだ。非現実的な話ではない。

二人はもう一度、顔を見合わせた。これなら、街並みに金をかけなくともよい。有名漫画家もいらない。

「……皆で考えてみなくては」

その後、話は商店街へと伝わり転がっていった。この商店街には、何かやりたいと必死に考えていた連中がいたからだ。選挙日前に、活動は既に始まっている。シャッターが閉まっていた店が一軒、菊田の事務所に詰めていたボランティアの預かりという形で、開けられた。そこでまず各店で出来ること、小さなことから始めるつもりだという。

目標が出来ると、自然と活気が出てくるのだろう。まだ企画物の商品が店に並ぶ段階でもないのに、選挙当日、事務所に集まった店主らの顔つきは明るかった。

「成る程、小さな嘘《うそ》やダイエットよりも、本心一番気に掛かるのは商店街の未来、つまり毎日の生活のことか。そういうことなのか。そこを押さえれば、奥さんは今回の竹本さんの盗み食いで怒ったりしなくなる。商店街全体の票が、菊田のものになるわな」

この企画、本当に儲《もう》かるのかと大堂に聞かれ、聖は何事もやり方次第だと、しゃあしゃあと答えた。

でも商店街の売り上げが上がらないと悩んでいるだけ、愚痴を言っているだけでは何一つ良くはならないのだから、これでいいのだ。アンテナショップで試してみて、他に良い方法が見つかれば、そちらに較替《くらが》えしてもいい。要するに聖は、ことの起こし方を提案したのだと思っている。

「こういう話は、選挙区内の他の商店街店主にも伝わるんだ。同業者の付き合いがあるから。今はメールのおかげで、話が広がるのが早いよ」

商店街振興に、現実的な手を打てる候補だと、そう見なされれば他からも票が入る。今、選挙前の演説で、抽象論や総論など耳に快いことを言う候補は多い。だが、では実際何をどうしたらいいのかという話は聞こえてこないのだ。具体的な対処が語られることは、あまりない。それでは選挙が終わったら元の状態が続くだけであった。

聖は菊田事務所のボランティア達に、噂《うわさ》の広がりを確かめてもらった。そのうえで、当選確実の感触を得たのだ。

「普段の選挙活動からかけ離れた、荒業を行ったもんだな。まあ、菊田に吉と出そうだから良かったが」

今までに、およそ当選するためなら荒業、神業、様々な手段を実行してきた大堂が、済ました顔で言う。聖がわざとらしいようなため息をついた。

「オヤジ、俺に尋常な選挙活動をしろ、なんていうこと自体、おかしいって分かってる？　憶《おぼ》えてないかもしれないけど、俺はオヤジの事務所『アキラ』の事務員なんだけど」

早々に、事務仕事に戻らせてもらうと宣言すると、「ああ、そうだっけ」などと大堂はとぼけた反応をしている。

菊田がここで、妙なことを大堂に言い出した。

「聖君、今事務員と大学生を兼ねているんですよね。学生じゃ暫《しばら》くは忙しいかもしれないが……卒業したら、うちの事務所に貰《もら》えませんか」

声をかけた先は大堂で、聖本人ではないところが、理解出来ない。ところが大堂は当然といった様子で、勝手に聖の就職について仕切り始めた。

「聖は沙夜子と加納が、それぞれ貰いうけると宣言してるぞ。俺もあいつがいなくなると、不便なんだなあ。聖はキムチチャーハンが上手《うま》いんだ」

「衆議院議員二人がライバルですか。こりゃ参った」

大堂と菊田の会話も、よく聞いていると奇妙に嚙《か》み合っていない部分がある。しかし本人達や周りが、それを不可思議と思わないようなので、それで済んでしまう。

（やっぱり政治の世界は、何か妙だ）

政治の渦の中で過ごしていると、何だか……平衡感覚が崩れてきそうな、そんな変な気がしてくる。だから聖は大学の四年になる前に、早めに就職活動を始めようと心に決めていた。

頑張って地味で堅実なサラリーマンの将来を、手に入れなくてはならない。今時そのための就職活動は結構大変そうだが、努力するつもりだ。それが将来の幸せへ繫《つな》がる道のはずだ。

（それにしてもさあ、テレビで大騒ぎをするような、あんな選挙を毎回勝ち抜いて活動していくなんて、政治家ってタフだ！）

これは心から思う。

政治家は人の話を、熱心に聞かなくてはならない。他人に分かってもらうために、必死に訴えかけなくてはならない。当たり前のようでいて、これは結構難しいことだ。誰もが己の利になることを欲している。都合の悪いことを言われると、途端に聞こえなくなる耳を皆持っている。厳しい顔を向けてくる。

政治家だって時々、こんな職業などやってられないと、そんな思いを持つに違いなかった……。

そう思ってちらりと政治家二人を見てみると、確かに大堂も菊田も精力的で、しかも打たれ強い。

（そういうところは、素直に凄《すご》いと思うんだけどね）

そのとき、テレビを見ていた者達から、わっと歓声が上がる。

菊田が大きく笑った。

案件の五

親父とオヤジとピンクの便せん

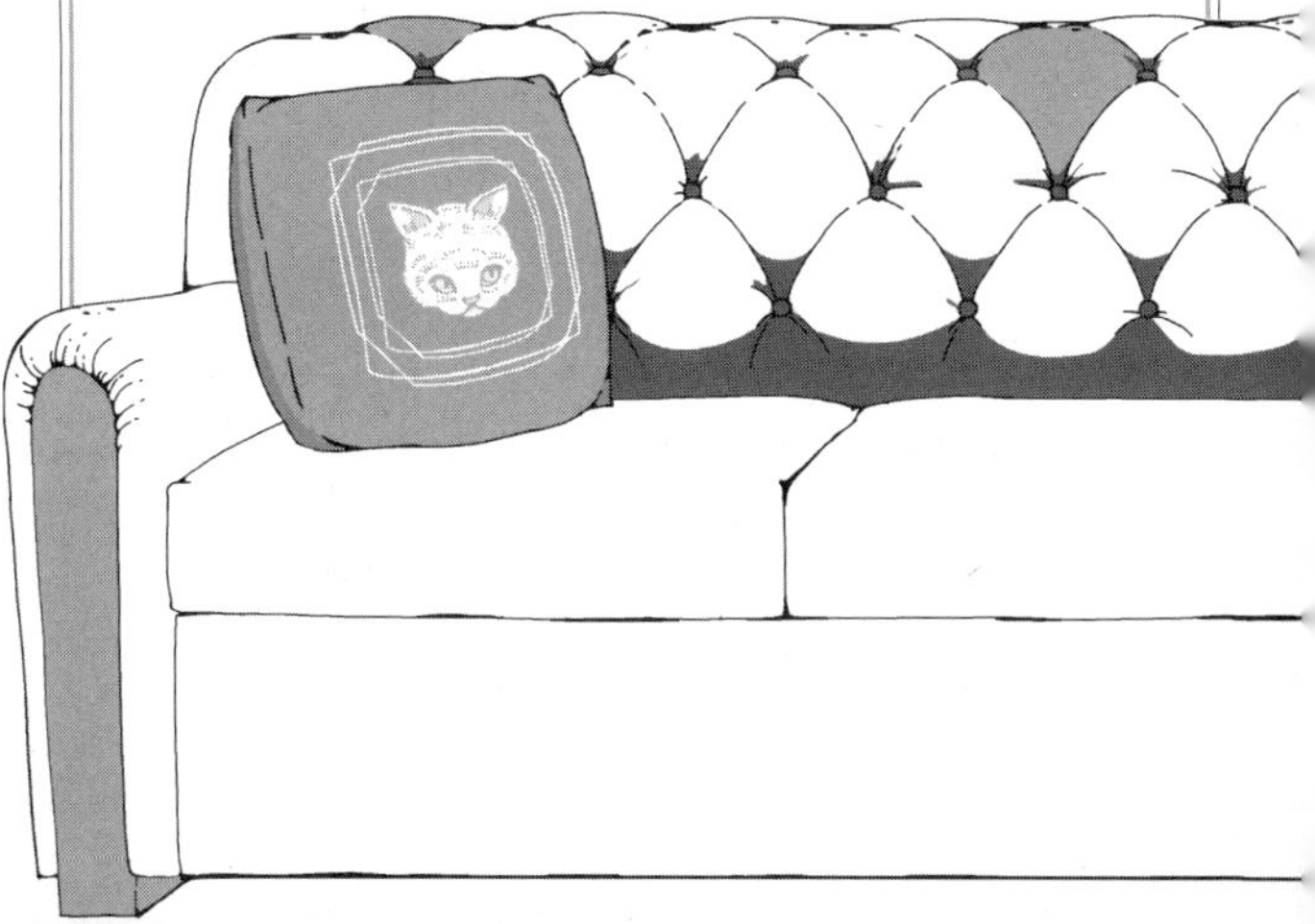

1

ある日の早朝、佐倉聖の心臓は、五秒ほど止まった。

後で弟の拓にそう話したら、数秒間死人だったのかと、嫌みっぽく言われた。大げさな物言いだと思ったのだろう。だが、とにかくそれが事実なのだから仕方がない。

何の予兆や警告もなかった。その日も、いつもと似たような朝であった。朝起きて身支度し、聖が寝ぼけ顔でアパートの台所に顔を出したそのとき！　どきりと一つ大きく打った後で、聖の心臓はしばし休止を決め込んだのだ。

ずっと行方が知れないでいた父親が、百年前からそうしていたかのような顔をして、目の前に立っていた。

「……俺は寝ぼけているのか？」

己の額に手を当て、考えてみた。この推論は結構当たっていそうだ。何故《なぜ》なら父、佐倉謙《けん》が聖の前から消えたのは、聖がまだ六つのときのことだ。あれから十五年が経《た》っているわけで、父親の顔を憶《おぼ》えているという自信など、聖には全くなかった。

なのに、目の前の細身の男が父だと一目で分かるなんて、おかしいではないか。

なのに、なのに、なのに！

「おはよう、聖。でかくなったな。みそ汁の具、豆腐と葱《ねぎ》だが、飲むか？」

十数年の時間を経て、父親から聞いた言葉は、豆腐と葱のことであった。その間中、心臓が動いてくれていない気がしていた。

「兄貴、おはよう。今日は早出だよね。最近忙しいから、帰りも遅くなるの？」

弟の拓の声が横からして、胸がまた、どきりと鳴った。どうやら永遠に止まっている気はないらしく、心臓が反応を始めた様子だ。そして今度は思い切り速く、打ち始めた。

聖がゆっくりと振り向くと、拓は小さなダイニングテーブルを拭《ふ》いていた。いつもの朝と同じような光景だった。落ち着いている。母親が長期入院となった後、中学生の拓を引き取らず、聖のところに送りつけた父親が急に現れたというのに、落ち着きすぎている！

聖は拓に向かって厳しい顔を向けた。

「……拓、この人が何で、家の中に居るんだ？」

「この人なんて言い方……お父さんじゃないか」

やはり父を部屋に入れたのは、拓のようであった。勿論《もちろん》、家には聖と拓しかいないのだし、だから部屋の鍵《かぎ》を開けたのは、拓に違いないのだし、拓は当然、父親の顔を知っているし……。

聖は馬鹿《ばか》みたいに台所の端に突っ立ったまま、唇を噛《か》んだ。急に、今日この日まで拓と、父についてじっくり話し合ったことがないことに気がついた。

(何で今頃、こいつが現れるんだ?)

聖の父と母が離婚した後、母の方は大層早くに再婚したと聞いている。おそらく別れたときには、既に相手がいたのだ。そして聖は、その母でも父でもなく、伯父に引き取られた。それには、大人同士にしか分からない理由があったのだろう。幼かった聖が、何か意見を言えたわけではない。父にも言いたいことは、あったかもしれない。

しかし。

この〝父親〟が、聖が成人に至るまでとんと連絡を寄越さなかったのは、厳然たる事実であった。息子には関心がなく、別の人生を過ごしているのだと思っていた。ところがそんな父親が去年、大した説明も付けずに、弟の拓を聖のアパートに寄越したのだ！　確か、今は一緒に暮らせないので、弟をよろしく頼む。そんな伝言があった。

おかげでその時から、まだ二十歳を過ぎたばかりの聖は、二人分の食い扶持《ぶち》を稼ぐのに追われることになった。弟の将来が、突然己の上に降ってきたことに呆然《ぼうぜん》としていた。

(一体あの父親は！　子供を作るだけ作っといて、後のことを考えないのか！)

呆《あき》れるばかりではないか。ろくに憶えてもいない父親へ、軽蔑《けいべつ》と、とまどいと、むかつきを感じた。弟だけは、自分と同じような思いを味わわせないようにしようと、そのとき決めた。とにかく暮らしてゆかなくてはならない。努力してきた。

なのに！　今までこれだけ好き勝手してきた男が、今日あっさりと聖の目の前に現れたのだ。おまけに当然のような顔をして、アパートに入り込んでいる。みそ汁の話題なんかが、第一声ときた！

その上、その上……一番引っかかっていることは、拓がこの驚くべき展開を、嫌がってても怒ってもいないということだ！

拓と父親が、まるで百年前から毎日そうしてきたかのように、朝食を作ってテーブルに並べている。みそ汁を椀《わん》に入れ、飯をよそっている光景は、見事なばかりに違和感がなかった。

でも……それは聖が入り込めるものではない。

（チクショウ……）

くるりと踵《きびす》を返し、部屋で鞄《かばん》をひっ掴《つか》むと、聖は黙ってアパートから出ていった。言葉が出なかった。一体、何を言えばいいのだ？

仕事場である事務所『アキラ』へ向かった。はっきり言って、逃げたのだった。

2

『アキラ』は、元大物国会議員である大堂剛が、オーナーである事務所だ。表向きは大堂が所有する会社の関連事務所という、訳の分からない位置づけがされている。

ではその実態はというと、宝塚ファンの大堂が劇場に通い、仲間である女の子のファン達と集う根城だと、聖は思っている。だから『アキラ』は、宝塚劇場に近い日比谷の、雑居ビルの一室にあるのだ。

もっとも『アキラ』には、宝塚ファンよりも多く顔を出す輩《やから》達が、いることはいる。元大物政治家の大堂は、現役の頃から『風神雷神会』という、若手政治家の勉強会を主宰していた。今では結構な人数が集まっているのだ。大堂の仕込みが良いせいか、その金とご威光のおかげか、多くが選挙を勝ち抜き議員バッジを付けていた。

またその『風神雷神会』には、普通の人も結構顔を出している。一般の人にもっと政治への関心を持ってもらおうと、会では独自の議員インターンシップ制度を設けているからだ。

高校生でも、退職後のサラリーマンでも主婦でも構わない。政治家の事務所を手伝い、日頃縁のない政治の世界を体験したい人を募っていた。老若男女を問わないというのが、『風神雷神会』インターンシップ制度の特徴だ。

要するに善良で奇特な方々を、『風神雷神会』がボランティアとして政治家の事務所に紹介しているのだ。金欠な所が多い事務所にとっては、ただで手伝いをしてくれる、ありがたい戦力であった。

その人達も、『アキラ』にやってくることがある。会長である大堂の事務所が、会の中心地点のようになっているからだ。

（しかし何で義務でもないのに、政治家事務所の仕事をしたいのかね。体力勝負の雑用だぞ）

「聖」

募集する側であるにもかかわらず、聖は時々そんなことを思ったりする。来て下さる方々は、思わず拝みたくなるような善男善女だと思う。

「聖、ちょっといいか」

もっとも、やってくる者の中には、インターンシップ制度を間違えて考えている者もいる。有名政治家、特に大堂へのコネを作る気で来る人がいるのだ。

「聖？　聞いているか」

全くどこにでも、自分本位な人間というものはいるものだ。

（今日突然帰ってきた、あの父親だってそうだ。それにしても、あいつと……これか

らどう接したら良いものやら）

いや、弟の拓のことを、先に考えるべきかもしれない。

（いや、それより……）

聖はあれこれ考え込み、目の前に何が迫ってきているか、気がつきもしなかった。

突然！　ぺしっと頭をぶたれた。

「えっ！　ええっ？」

思わず目を見開く。眼前に『風神雷神会』の『王子様』と言われている、加納議員の整った顔があった。

「うわっ！　男のどアップ！」

「なあに驚いてるんだ？　さっきから話しかけてるだろうが。なのに返事もしないで」

「へっ？」

周りに目をやった。大堂やその妻、旧姓小島沙夜子議員、第一秘書の小原、沙夜子の秘書真木などが、ソファに座ったまま、聖の方へ顔を向けてきている。揃《そろ》っていぶかしげな顔をしていた。

（そうだ、勤務中だった……）

今日は加納も含め何人かの議員が、『風神雷神会』のインターンシップに応募してきた人を、『アキラ』に連れてきていた。ここで、これから行ってもらう政治家の事務所を決め、調整を行うためだ。だから朝から準備で忙しかった。聖もそのことを心得ていたのに……ぼうっとしていたらしい。大堂が笑っている。

「どうした、聖。今日は珍しくも、心ここにあらずって感じだな」

「あ……ごめん」

慌《あわ》てて謝る。顔が熱くなってきた。

「おやあ、いつになく素直だな。オヤジさん、聖は体の調子でも悪いんですか」

加納は首をひねっている。

「今日はまだ私と喧嘩《けんか》になっていないし、真木とも言い合いをしていないんですよ」

憎たらしいことを、からかうように言う。それから自分が連れてきた、インターンシップ参加の学生二人を、聖に紹介した。

「多田《ただ》君と東山《ひがしやま》君だ。こう言っちゃなんだが、インターンシップに参加してくれた学生さんの中では、ぴかいちの学歴を誇る二人でな」

要するに大堂、沙夜子、加納と同じ大学ということらしい。期待の新人というわけだ。

「長期参加を希望だから、何カ所かの事務所を回ってもらおうと思う。聖が予定を立てて、各事務所へ連絡をつけてやってくれないか」

「うん、分かった」

『風神雷神会』の要《かなめ》である大堂の根城『アキラ』には、色々会の雑用が回ってくる。長期のインターンシップを希望する者のために働くのは、事務員、聖の役割であった。区議から衆議院議員の所まで、多くの議員に連絡をつけるなど、細かく気を配らねばならない。

ところが聖を紹介され、ただの事務員だと聞いた学生二人は、ちょいと渋い顔をした。

「あの、俺たち、政治家さんか……少なくとも秘書の人に、面倒をみてもらうわけには、いかないんですか?」

「俺、将来政治家の秘書ってのも、選ぶ職業の一つに考えているんですけど。事務員さんじゃ、体験談を聞けないんだけど……」

だから事務員ごときではなく、もっと偉い人に、対応して欲しいというわけだ。

加納は笑い出すかと思うほどに口元をひくつかせ、さっと聖に視線を走らせてくる。なめたことを言うボンボン達に、聖が拳固《げんこ》の一つも見舞わないかと、一応心配なのだ。聖が元不良で元暴走族で、今もってなかなかに喧嘩が強いことを、承知しているからだろう。

しかし当人はうんざりした顔をして、こう述べただけであった。

「秘書でも議員でも、今、目の前に一杯いるじゃないか。だから聞きたいことがあるなら、今、さっさと聞けよ。ホント、最近の若いモンの考えることは、理解出来ないや」

まだ二十一で、二人の学生と同じ年の聖が、思い切り爺《じじ》むさいことを言う。大堂が今度こそはっきりと眉《まゆ》を顰《ひそ》め、聖に声をかけた。

「どうも今日は大人しいというか、何かおかしいな。聖、本当に熱でもあるのか？」

だんだんと本気の心配顔になってくる。大堂は情報通だ。つても山ほど抱えている。黙っていても、いずれ今朝家で何があったか、ばれてしまうだろう。聖は仕方なく正直に、朝の出来事を白状した。

「オヤジ、俺の父親、佐倉謙が現れたんだ。今、アパートで拓と一緒にいるよ」

『アキラ』の中が、さっと静かになった。皆、兄弟だけで暮らしている聖の家族のことは、承知していたからだ。沙夜子と秘書の真木が会話を止め、顔を見合わせている。二人のインターンシップだけが、訳が分からずぼうっと立っていた。

「……驚いた。父上がご帰還かね」

「オヤジ、父親が帰ってきたという言い方は、ある意味変だよ。今のアパートを借りたのは俺だし、赤羽に住むようになったのは、拓と暮らし始めてからだ」

父親はあの場所を知らないと思っていた。なのにちゃんと心得ていて、わざわざ押しかけてきたのだ。

「拓君が以前住んでいた場所の学校や、世話になっていた人には、連絡先を知らせてあるんだろう？　そこから調べてきたんだろうな」

加納に言われて……頷《うなず》いた。冷静に考えれば、直《す》ぐに考えつくことであった。そんなことも思い浮かばないほど、今回聖は頭の中が煮えていたのだ。

「それにしてもお父様がやってきたご用って何？　拓君を引き取りに来たの？」

真木にあっさりと言われた言葉で、がつんと殴られた気がした。己の表情が強《こわ》ばるのが分かる。

「今更、引き取るって、何でさ？」

「聖、真木に怖い顔を向けても始まらんぞ。どうした、父上と話し合っていないのか？」

オヤジに言われ、下を向く。

「通勤直前に会ったものだから。済みません」

そもそもこの問題は聖の家庭内の話だ。『アキラ』で話題にするようなことではない。帰ったらちゃんと話をして、結果を報告すると言ったら、大堂は頷いている。しかし、気遣わしげな視線はそのままだった。

（今日は長い一日になりそうだな）

とにかく話を終え、仕事に戻った。こういう日に限って、くそ生意気なガキの世話をしなくてはならないとはついていない。

とにかく多田と東山の事務手続きを、さっさと済ませることにした。配属先の希望や、やってみたいことを机で書いてもらっていると、聖は加納に袖《そで》を引っ張られた。さりげなく部屋の隅に連れていかれる。加納は声をひそめるようにして、聖に内緒話をしてきた。

「何だか家の方が大変みたいで、こんなときに言うのも、気が引けるんだが」

聖に伝えておくべきことがあるという。机の方を指差した。

「多田君と東山君、どちらも若いだろう？　またまたオヤジの息子じゃないかって、噂《うわさ》があるんだ。聖はどう思う？」

あっさりと言うと、加納はにやにや笑いを浮かべている。聖は驚きと共に、改めて机で書き物をしている二人を見た。どこかオヤジに似ているところが、あるのだろうか。

（何だか驚くようなことばかり起こる日だ）

酷《ひど》くくたびれた気がする。疲れでまた心臓が止まっていないか、聖は左胸に手を当てて確かめてみた。

3

政治の世界には二世議員が多い。某大政党だと、三割ほどがそうだと言う。権力も金もありそうな者達が、子供に後を継がせたいという職業が、傍目《はため》にも余程魅力的に映るのだろう。『風神雷神会』のインターンシップに参加する学生の中には、時々聖に苦笑いをさせるような希望を述べる者もいた。

「大学四年の春頃までに、秘書として就職の内定が欲しいんです。どこぞの政治家事務所へ、紹介してくれませんか」

などと、平気で言う。就職先として、どうして政治家秘書などという不安定な職業を選びたいのか、聖にはとんと分からなかった。議員が落選すれば、己の身分も不安定になる。そのまま議員が引退、なんてことになれば、あっさりと失業だ。

（秘書にやりがいを求めているのかあ？　それとも先々、議員先生になりたいのかしら）

聖は、己が元政治家大堂の事務所に勤めていることを棚に上げ、この希望を聞くと、しかめ面《つら》になってしまう。何故《なぜ》なら『風神雷神会』の会員らのように、若手議員と呼ばれることがいかに厳しいかを、日々見て聞いて良く心得ていたからだ。

（加納さんみたいに、苦労もなく国会議員になったように見える人が、いるからいけないんだろうな）

それに万一奇跡が起こってなれたとしても、議員という職業は、見た目ほど楽でも華やかでもない。

確かに議員といっても、上の特上議員で総理大臣にでもなれば、注目されるし権力だって持てるだろう。しかしほとんどの政治家は、総理大臣に生涯なれはしない。

ごく一般的な政治家の日々の仕事は、地味で目立たないものがほとんどだ。漫画やドラマに時々出てくるような、汚職して金を貰《もら》ってふんぞり返っている者にすら、聖は会ったことがない。議員というのは大概、もっと煩《わずら》わしくて細かい仕事や陳情への対処を、延々と続けている。

例えば、夏祭りの後のごみが酷い。このままだと祭りの中止も考えなくてはならない。改善策はないか、とか。

カラスよけのネットをしていても、カラスがごみをあさってしまう。地域でもっと有効な対策が取れないか、とか。

温暖化防止の意識向上に向け、小学生と打ち水をする会への、出席をお願いしたいとか。

一つ一つは短い時間で済むことでも、駆け回って用を片づける日が続くのは、結構大変だ。以前聖は議員と暫《しばら》く一緒に行動して、呆然《ぼうぜん》としたことがある。

（ホント、一見馬鹿《ばか》みたいに見えることですら、議員先生は、せっせとこなさなきゃならないもんな。まあ、たまに秘書が代わるけどさ）

その気力の持続は、凄《すご》いものだと思う。これは聖の真剣な感想だ。体力も大いに必要だ。なのに、政界は今も昔も、人気の就職先なのであった。世の中は不可思議に満ちている。

「佐倉さん、ちょっといいですか」

『大学四年の春頃までに、就職の内定を』希望者の一人、多田が、そろそろ事務所も終わるという五時過ぎに声をかけてきた。

「おや、まだいたんだ」

もうインターンシップで来た者達は、皆帰ったかと思っていた。沙夜子ら他の議員達も、とっくに次の用件のため、移動している。大堂と加納も先程出かけたところであった。聖は一人ソファ周りの後片づけをしていたのだ。

「あの、政治家に必要なものって、何ですか？」

大上段にいきなり質問をされ、咄嗟《とっさ》に言葉に詰まった。

「それは……政治家それぞれに、違う意見があるんじゃないかな」

正直なところを口にする。この質問の答えが、一言で片づくものとも思えない。だが多田は唇を僅《わず》かにとんがらせる。後ろに東山も姿を見せ、これもがっかりした顔になっていた。
「知りたいのは、大堂先生の意見なんです。それをインターンシップ期間中にずばり
と言い当てたら、『風神雷神会』所属の好きな先生の所に、秘書として推薦してやる
って言われたんで」
「はあ？　オヤジがそんなことを言ったの？」
　東山も頷いている。どうやら二人は秘書になりたくて、聖が二人から離れている隙《すき》
に、大堂と直接交渉していたらしい。それにしても質問に答えられたら秘書にする、
などという話を聞くのは、『アキラ』に来て初めてのことであった。聖は顔をしかめた。
（オヤジときたら、妙な遊びを始めたもんだ）
　宝塚の贔屓《ひいき》の組が公演を終えたので、大堂は暇になったのだろうか。
（それともこの二人が、息子かもしれないって噂を聞いて……特別扱いを始めたのか
な）
　明らかに他のインターンシップ参加者と、対応が違う。しかしこんな、様々なパタ
ーンの答えがありそうな質問をして、どんな返答を期待しているのだろうか。
「この質問が就職試験なら、俺に聞いちゃまずいんじゃないの、多田さん」
「人に質問するなとは、言われていません」

言われてないことば、何でもやってみるつもりらしい。聖はため息をついた。

「確たる答えがあるとは、思えないなあ。オヤジにからかわれているんだよ、きっと」

「答えはあるんですよ。大堂先生がちゃんと紙に書いてうす茶の封筒に入れ、和紙の封印をしてました。それを目の前で金庫にしまったんです」

しかもこの質問がされたのは、初めてではないらしい。昔、加納がこの質問に正答して、当時は現役だった大堂議員の秘書にしてもらえたのだという。東山がそう言って目を輝かせている。自分も答えを言い当てて、秘書になろうというのだ。

加納のように若くして国会議員となる日すら、さっそく思い描いているのかもしれない。

「加納さんが、答えを知っている？」

これは初耳で驚いた。『王子様』の立身出世物語だ。聖は口をひん曲げる。

「なら加納さんに聞くべきだな」

「正解を知っているので、自分は答えないと最初に言われました」

質問が出されたとき、加納は大堂と共に、その場にいたらしい。

「残念でした。俺には分からないよ」

そう突っぱねた。事実だ。

「やれやれ、佐倉さんは大堂先生の側《そば》にいつもいるっていうから、知っているかと思ったのに」

二人は答えを探り出せなかったので、不満そうだ。共に質問を繰り返すだけで、両の手は空いていて暇そうでもあったが、聖の後片づけを手伝うことはしてくれなかった。

「つまり、オヤジが紙に書くとき思い浮かべた言葉を、二人は当てなきゃならないわけだ」

何だかフェアだかどうだか、分からない話であった。しかし確かに答えが金庫に入っている以上、就職先を勝ち取るチャンスはあるわけだ。

「ま、がんばんな」

聖は二人に気の入らないエールを送ると、掃除を続けた。がっかりして帰る姿が、目の端に見える。だが聖は今日これから、帰ってきた父親との話し合いが控えており、オヤジの暇つぶしに関わっている精神的余裕がない。それに。

(何か、妙なんだよなあ)

どうもいつものインターンシップと勝手が違う。やはり子供かと言われている相手には、大堂の態度が違うせいだろうか。

確かに大堂は大変女性が好きだし、見てくれが良いせいか金持ちであるためか、もてる。そして妻の沙夜子との間には、子供がいない。

そして物凄く、子供好きだ。

(だから万が一、自分の子が生まれると言われたら、直ぐに本当の話か調べる気がする。実の子だったら沙夜ちゃんと喧嘩《けんか》してでも、放ってはおかないよなあ)

大堂の子ではないかと、今まで何人もの名前を事務所で聞いた。だが、いつもそこで話は終わりだ。誰も大堂の姓を名乗った者はいない。もう何回、そんなことがあっただろう。結構な人数の名を聞いた気がする。

聖の中で何かが引っかかっていた。しかし言葉になってまとまらない。

その内聖は、頭を一つ振ってこの問題を頭から追い出した。今は、それどころではなかったからだ。

(アパートに帰ったら、父親に……まず何て言おう)

こっちが先決問題であった。帰宅するときが迫っていた。今度こそ、あの父親と真正面から話し合わなくてはならない。

(拓をどうする気なのか、まずこれは聞かなきゃ駄目だな)

拓はまだ十三なのだ。本来なら父親が保護すべき子供であった。今は聖が保護者になっているが、まだ余りにも若い。おまけに聖ときたら仕事と学業が忙しく、家にいない時間が長い。拓は時々『アキラ』に顔を出し、聖と事務所で、夕食を取ってゆく始末だった。

おかげで拓が大堂や加納にまで、目をかけてもらえるようになったのはありがたい。しかし他人が見たら、良き家庭環境とは言わないだろう。謙が今までの素行を反省して、子供を引き取ると言った場合、その意見が通りそうな気がする……。

（拓は、あいつ自身は、これからどうしたいと思ってるんだろう）

とにかく二人に胸の内を聞いてみなくては、話が始まらない。聖は事務所を出た。もし拓のことがなかったら、過去から突然復活した父親となど口をきくのも嫌だったが、とりあえず今はそんなことも言っていられない。

聖は足が重いように感じつつ、とにかく赤羽のアパートに帰り着いた。玄関の鍵《かぎ》を開けるとき、何となく変な感じがした。鍵を開けてみて……直《す》ぐにその原因が分かった。

部屋が暗かったのだ。

「何だ？　二人して飯でも食べにいったのかな？」

それにしては、こういう場合いつもテーブルの上に置く決まりの、拓からの伝言メモがない。ちょいとダイニングキッチンの隅を見ると、朝方父親が持ち込んできていた、黒い大きなバッグもなかった。

拓の部屋に入った。いつも使っているボディーバッグが見あたらない。それだけでなく、修学旅行用に買った鞄《かばん》が消えている。

「はあ……？」

立ちすくんでしまった。

謙と拓は、揃《そろ》って出ていったようであった。聖一人、アパートに残して。

今夜とか明日帰ってくるとは、到底思えなかった。

4

ゴンと、鈍い音がした。

直ぐに額がじんじんと痛みだす。聖は顔をしかめた。ぼうっと歩いていて、事務所『アキラ』の柱に額をぶつけたのだ。

拓と父親が消えてからこの方、世の中はちょっと姿を変えたらしい。地面もコンクリートも妙に柔らかくなったみたいで、どうもふらふらとする。

「……痛ってえ」

思い切り顔をしかめたが、それでも持っていたお茶は何とか無事だった。ソファに座った大堂と真木、それに多田の前にさし出す。三人はさっきから、思い切り嚙《か》み合わない話をしているところであった。

今日、真木が『アキラ』にやってきた原因を作ったのは、聖だ。家族問題で学生のお守りまでする余裕のなくなった聖が、二人を早々に他の事務所に放り込んだからだ。多田は衆議院議員大堂沙夜子の事務所へ行った。おかげで彼の世話は、沙夜子の秘書真木がするはめになっている。

ところがこの学生ときたら、どうもその処遇に不満があるようであった。どうでも大堂と直接話したいと真木に無理を言い、今日、『アキラ』に訪ねてきたのだ。

「いやあ多田君、国会議員の手伝いがしたいとの希望が叶《かな》って、良かったな。なのに、どうしたね。何か上手《うま》くいってないようだが」

大堂が多田に、優しく礼儀正しく丁寧に尋ねている。

（うへえ、オヤジらしくない）

聖も真木も、大堂からこの百万分の一も愛想良く接してもらったことがない。つまり今日の大堂の対応は、政治家としての対外的な態度であり、聖たちはそのことをよく心得ていた。

しかし多田は、『風神雷神会』一番のボスである大堂の丁寧な言いようが、ただ嬉《うれ》しかったようで、勢い込んでいる。

「先生、俺は本気で政治に興味を持っているんです。世の中の役に立ちたいと、思っているんですよ。そのつもりで『風神雷神会』のインターンシップ制度に応募したんです」

「それは偉いねえ」

「だから沙夜子先生の事務所でも、役に立てて下さいって言ったのに。でも何だか、お手伝いみたいな仕事ばかりで……」

多田の不満を大堂は優しい顔で、にこにこと笑って聞いている。真木と聖は、揃って黙り込んだ。

(俺なら、今みたいなオヤジに何か言うなんて、ごめんだな)

癇癪《かんしゃく》を起こしているときと、仏のような顔のときと、どちらの大堂がより厄介か、判断に迷うところだ。政治家は表情を瞬時に作る。特に大物と言われ、年季の入った狸《たぬき》の親類達は、上手くやる。またそれくらい出来ないようでは、政治の世界で駆け引き一つこなせないだろう。これで大堂は、国政を動かしてきた人物なのだ。

「まあまあ多田君、インターンシップに来たばかりなんだ。最初は見習いからだよ。どんな世界でもそうだろう?」

(うへえ、何て優しい言い方をするんだろう。聞いてると、じんま疹《しん》が出てきそうだ)

聖が仕事の愚痴を言おうものなら、「うるさいわ、青二才!」の言葉と共に、気晴らしのカウンターパンチでも繰り出してきかねない大堂だ。しかもそうなったら、聖はただ攻撃を避けるだけでなく、鮮やかに反撃しないと大堂の機嫌が悪い。真木も義理の伯父について、色々思うことはあるのだろう。何やらぴりぴりとしている。そのとき大堂の方から、多田に質問があった。

「ところで私が先日出した問いの答え、もう分かったかな？」

途端、多田のお喋《しゃべ》りが、ぴたりと止まった。『政治家に必要なものは何か』。勿論《もちろん》多田なりの意見ならば、山と抱えているに違いない。しかし政治家秘書への切符は、紙に書かれた大堂の意見を当てることだ。まだ見当がついていないようであった。

「それは、もう少し時間が欲しいと……」

「なんだ、大して長い言葉じゃないぞ。この研修後に秘書になりたいのなら、早々に答えて下さいな」

益々《ますます》優しげに笑いかけたあと、大堂はそう言ってから、すっぱりと話を切り上げた。それで今日の話は終わりとなった。愚痴を聞いてもらっただけで、多田や真木は帰ることになる。もう夕刻だったので、大堂も事務所から引き揚げたが、帰り際《ぎわ》にさっと憎たらしい素の顔に戻り、聖に小声でこう言ってきた。

「どうした、嫌っていた父親やお荷物の弟に出ていかれて、大分まいっているみたいじゃないか」

「誰もまいってなんか、いないよ！」

「いつもの仕事のように、さっさと対処しろや。話し合いを持って、結論を出すんだな。いつまでも〝私は傷ついてます〟なんて顔、してるんじゃないぞ」

その一言と一緒に、ぱしっと指先で聖の額をはじくと、帰ってしまう。聖の方には、優しいアドバイスはなしだ。手助けをしてくれるとも言わない。

「出て行った奴《やつ》らと、どうやって話せって言うんだ？」

額を押さえつつ、後ろ姿に思わずそう言う。しかし……聖は不意に自分の意見を変えた。

「驚いた……俺、自分で対応出来るかも」

大堂の言う通りであった。いつも『アキラ』でこなしている、陳情の仕事だと考えたらいいのだ。己が今までことにどう対応してきたか、直ぐに思い出した。

「頼まれて家出人を捜したことだって、あるじゃないか。こういうときは、まず……」

聖は急いで手帳を捜しに、自分の鞄を置いてある部屋へ向かった。家に帰っても、食事を取らずに待っている弟はいない。今日は以前よくやったように、この『アキラ』に泊まって、用を済ませることにした。

「はい、ありがとうございます。本当にお手数をおかけしました」

五人目にかけた電話を切る。

学校の先生、お坊さん、リタイアした会社員、専業主婦、看護師さんと連絡をつけた。その後聖は、資料室謙臨時の泊まり部屋として使っている小部屋で、深く椅子《いす》にもたれ掛かって腕組みをしていた。

大堂の事務所でも、臨時に貸し出されることの多い政治家事務所でも、聖は持ち込まれる様々な相談事に対処してきた。考えてみれば、政治家の秘書や、大堂の事務員をこなすということは、雑用処理のエキスパートになるということではないかと思う。

思わぬハプニングへの対応は、聖の日頃の仕事の中では、いつものことだったのだ。

自分のことでも、いざ対応してみれば何のことはないと思ったほどに、聖はさっさと二人の足跡を摑《つか》んだ。父親が聖の住所を探り出したであろうルートの、逆を辿《たど》ったのだ。つまり、前に拓が通っていた学校やアパートの関係者をあたった。

思っていたとおり父も、赤羽のアパートの住所を知るため、以前拓が世話になった人に会って、拓の話を聞いていたらしい。そして佐倉謙は、そのときどうして父親が息子の消息を知らないのか、自分の現在の状況を相手に語らないわけにはいかなかったのだ。

おかげで色々な情報を聞けた。やっと聖にも、二人が今どうしているかが摑めてきた。

「何だか俺、探偵事務所にだって就職出来そうな気がしてきた」

更に新たに手に入れた番号に、電話をかける。聖自身の伯父にも、久しぶりに連絡を入れることになった。

暫《しばら》く後、聖は天井を向いて椅子に腰掛けたまま、ため息を漏らしていた。あちこちから聞こえてきた話は、一見繋《つな》がらないものや、意味が分からないものもあった。

(でも、親父《おやじ》の言ったことを鵜《う》呑《の》みにせず、事実だけを繋げていったら……答えはそこにあった……)

何故《なぜ》弟たちが、伝言も残さずアパートから消えたのか、その訳が何となく見えてきたのだ。あの二人にしろ、聖に何と言ったものか分からなくて、とにかく出ていったのかもしれない。

(だけど真実を突き止めて、自分はこの後、どうするのだろう)

こちらがどう対処するのか、決めておかなければならない。そして聖は迷っていたのだ。

しばし考え込む。何故なら……。

その時、静まりかえっているはずの、事務所の居間の方から音がした。

(何だ?)

眉間《みけん》に皺《しわ》を寄せ静かに立ち上がる。足音を殺してそっと居間に戻った。居間とはいうが、大堂が事務仕事をして、接客をし雑務をこなす、『アキラ』では一番使われている部屋であった。ドアの外に立つと、電気を消してある部屋から、僅《わず》かに光が漏れてくる。

（懐中電灯か）

ドアに耳を当てると、小さな音が絶え間なく続いている。音が聞こえてくる方向が分かると、それはそれは気をつけて、聖はそっとドアを開けた。光の方へ顔を向ける。日頃大堂が使っている机の脇《わき》に、しゃがみ込んでいる人間がいた。

ちょうど金庫が置いてある辺りであった。だが既に政治の世界から引退した大堂の個人事務所の金庫には、大した金が入っているわけではない。（つまり……）聖はにやっと笑うと、さっさと近づいて、いきなり声をかけた。

「金庫、開けることが出来た？」

「うっ、わわっ！」

頓狂《とんきょう》な声がした。途端、懐中電灯を蹴飛《けと》ばしたのだろう、光源が大きく揺れる。聖は壁のスイッチを入れ部屋を明るくした。目を大きく開けた顔が、こちらに向いていた。

「佐倉さん！　どうしてまだ事務所にいるんです？」

びくついた顔の多田が、何だか責めるように聖に言う。閉まったままの金庫と多田を見て、聖は大きくため息をついた。

「そいつはこっちが言うことだよ。今日『アキラ』にわざわざ質問に来たのは、事務所に居残って封筒を手に入れるためか。不用心に音を立てるから、俺に見つかっちゃったじゃないか」

金庫の扉は堅く閉まったままだ。何やら針金のようなものが、鍵穴《かぎあな》に差し込まれている。

「そのやりようじゃ、朝まで粘っても開けられないんじゃないの？　止《や》めとけ。くたびれるだけだよ」

「俺は秘書になるんです。これは乗り越えるべき難関です」

多田は金庫破りを見つかったというのに、まだ粘ってくる。高学歴な割には、やり方がお粗末だが、気だけは強いようだ。

「多田さんはさあ、秘書の仕事自体好きじゃなさそうじゃん。他の仕事を選んだ方が、精神衛生上いいと思うけどな」

聖はそうアドバイスした。多田の行っている大学なら、他からの求人が山と来ているはずだからだ。

「俺は最終的に、秘書を目指しているんじゃないんです」

つまりは政治家になりたいのであって、秘書に適性があるかどうかは考えないいつもりらしい。

（でも秘書が全《すべ》て政治家になれるわけじゃないんだけどなあ）

そしてその秘書から推薦され、先生と呼ばれる身分に登っていく僅かな人達は、当然ながら秘書の仕事で光るものを見せ、周りに認められた者なのだ。

「ねえ佐倉さん、考えてみれば、ちょうど良いところで会ったんだ。金庫の鍵、持っていませんか？」

多田の問いに、聖は二度目のため息をついた。まだ議員にもなっていない前から、法律違反を厭《いと》わず己の欲望を優先しているようでは、先が思いやられる。『風神雷神会』から将来汚職議員を出すなんて、考えたくない可能性だ。

「あのなあ、盗み見して秘書になろうなんて、情けないやり方だとは思わないわけ？」

「政治家は結果を出さないと、評価されません。格好良いことばかり言っていたって、現実が伴わなければ、ありがたくないし」

何だか正論なのか暴論なのか、分からない自説を唱えてくる。聖はここで妙に優しげに笑った。

「俺は金庫番じゃないよ。鍵を持ってるのは、第一秘書の小原さんとオヤジだけだ」

だけど、と、言葉を継いだ。

「本気で中を見たいのなら、内緒で金庫を開けてやってもいい。ただし盗み見したら、オヤジにはばれると思うよ。オヤジは嫌いだよ、そういうこと」

「開けてくれるんですか？　どうやって？」

聖の忠告など、聞いていない。とにかく金庫が開くのなら、何でもＯＫなのだ。

「どうなっても知らないからね」

そう念押ししてから、聖は大堂の机の引き出しを探り、ひょいと細い金具を見つけ出した。この事務所には、『風神雷神会』の面々が運び込んだ道具が、あちらこちらに転がっている。選挙用の七つ道具もある。何に使うのか分からないものも多い。金庫を開けるのなら、針金とかではなく、もっと専門の品が必要だと聖は言った。

「多田さん。俺はさあ、あのオヤジが欲しがっている者の目の前に、答えをぶら下げておくとは、とても思えないんだけど」

慣れた手つきで、金属の道具を差し込みつつ、聖は正直なところを述べた。だが多田は、余りにも手慣れた聖の手つきに、不信を込めた目つきを向けてくるだけだ。聖は笑った。

「ああ、以前鍵について色々、教えてもらったことがあるんだ。後々鍵屋に就職出来るかもしれないだろ？」

「鍵屋……ですか？」

聖は、金庫を開ける方法を教えてくれたのが、『風神雷神会』の一員だったとか、大堂は聖のこの特技のことを承知しているようだとか、余分なことは言わなかった。

金庫はやや古くて、一般的な汎用品《はんようひん》だ。程なくあっさりと扉が開いた。

「やった！」

多田が直《す》ぐに首を伸ばしてきた。奥に幾つか小袋が入れてある。手前にうす茶色の封筒が一通、ぺらりと置いてあった。

「これですよ。俺たちの目の前で、大堂先生が便せんに文字を書いて、中に入れたんです……」

急いで中を改めようとすると、簡単に封が剝《は》がれた。聖がさっと眉間を寄せる。多田はそれには気がつかず、急いで中身を取り出した。出てきたのは可愛《かわい》いピンク色の紙だった。二つ折りになっている。

「おやあ、オヤジったら、随分と可愛い便せんを使うようになったんだな」

「えっ、あのときはこんな色じゃなかった気がするけど」

多田が慌《あわ》てて便せんを開き……首を傾《かし》げて黙り込んだ。聖に見せた無地の四角い紙には、三日月のような絵が一つ、描かれていた。言葉はどこにもない。

「何のことなんでしょう。封筒に入れた時は確かに字が書かれていた。ちらっと見えたんです。どうしてこんなものが、入っているのか……」

意味が分からない様子だ。聖は一つ息をつくと、多田からその紙を受け取り、向きを変えてもう一度見せた。

「多分、これが正しい向きだ」

大堂の性格は心得ている。これは、まともな方法で答えを出そうとしなかった者への、メッセージであった。

「……笑っている口、ですか」

三日月を横にすると、そう見える。ずるをした者へ。やーい、答えはここには隠していないぞ、というわけだ。さすがにこの絵の意味は、多田にも分かったらしい。顔が引きつっている。

「これしきのオヤジの悪戯《いたずら》に、顔を強《こわ》ばらせているようじゃ、あんた、あのオヤジとは付き合っていけないよ」

大堂だけでなく、政治家というものは海千山千なのだ。聖にそう言われ、多田は今度こそ体から力が抜けたように、机の横に座り込んでしまった。直ぐに別の行動に移ろうとは、考えられないらしい。

(うーん、根性なし。とてもオヤジの血を引く男には、見えないよなあ)

多分、いや間違いなく違うだろう。一つ結論が出て、聖は息をついた。

しかし、あの〝オヤジの子〟という噂《うわさ》を伝えてきたのは加納であった。実際今までに何度もこの噂は、『風神雷神会』で囁《ささや》かれてきたのだ。聖の知らない頃からだ。噂自体に意味がないとは、思えなかった。

〝大堂先生の子供が現れたらしい〟

この言葉を聞くと、『風神雷神会』の先生方は落ち着かなくなる。加納もかつて疑われた。聖にも疑惑の目が向いた。

そして今度の二人も噂に上った。だが……いざ近くで、噂の主と個人的に接してみると、どう考えても大堂の息子とは思えない。

（この落差を、どう考えたらいいのか）

聖はピンク色の紙をもう一度見ると、顔をしかめ、しばし考え込んだ。

5

翌日、多田はインターンシップを辞めてしまった。未来に繋がらないことはしたくなかったのか、ピンクの紙に書かれた笑う口が怖かったのか。両方かもしれない。

もう一人の大学生、東山の様子が気になって、聖は新橋にある加納の東京事務所に顔を出した。

「ふーん、働いてるね」

「これは佐倉さん、こんにちはっ」

歩きながらの返事が、直ぐに遠のいていくほどに、東山は事務所であれこれと使われていた。だが多田とは違って、何とか続けている様子だ。

「へえ……」

しかし、加納が自らこき使っているわけではない。事務所内に姿がなかった。

(成る程)

聖がぐっと唇の端を上げ、声もなく笑い出す。そのとき不意に頭の後ろを、軽くぺしりとはたかれた。

「おい聖、気味の悪い笑い方、するんじゃない」

振り向くと、加納の整った顔が目の前にあった。外から帰ってきたところらしく、嫌みなほどにきちんとした格好をしている。

聖は懐《ふところ》から四角いピンクの便せんをとりだし、加納の顔の前でひらひらとさせた。短く「報告に来た」と言うと、加納はにやっと笑って、余人のいない小部屋に聖を通してくれた。金庫に封筒を入れたとき、加納は大堂と一緒にいたのだ。事情は分かっている。

「勿論《もちろん》オヤジにも報告したよ。けど、多田さんを俺に頼んだのは加納さんだから、話しとくね」

聖は小ぶりのソファに座って、夜、多田が、金庫を攻めたときからの経緯を説明した。

「おやあの学生、辞めたのかい。長期と言っていたのに早かったもんだな」

加納は、笑う口の描かれたピンクの紙を見た。何だか楽しそうな様子だ。

「金庫を開けたのは、どっち？　多田君？」

「ううん、俺」

「やっぱり、聖の方かあ」

何となく、苦笑のように見える笑みを浮かべている。加納に聖が小声で質問した。

「ところでさぁ、これで今回の〝オヤジの子供〟の噂は消えるのかな。あの噂の意味、やっと分かったんだよ、俺」

「ほう」

「あれは文字通りに、オヤジの隠し子が見つかった、ってことじゃないんでしょう？」

加納は眉《まゆ》を上げただけで、返事をしない。聖は遠慮せず、考えついたことを更に口にしていった。

「あの言葉は一種の隠語、『風神雷神会』のメンバーにだけ通じる、符丁みたいなものじゃないのかな」

多分一番最初は、大堂に隠れた子供がいるのではないかという噂が、本当にあったのだ。しかし大堂が期待する若手に、何度か疑いがかかり回数が増してゆくと、意味が変わっていったに違いない。

つまり〝本当に血が繋《つな》がっている子供〟という意味から、〝大堂が後継者として期待する人物〟という意味へ、ずれていったのだ。

大堂が期待する若手、という事実は、ニュースバリューがある。大きな票を生む。それゆえに生まれた符丁であろう。今は妻の沙夜子に受け継がれているが、夫婦に子供がいない以上、いずれは他の者が、大堂の地盤を継ぐ。新人は、その事実にも期待出来る。

だから以前、若手の『王子様』と言われるほど人気のある議員加納が、〝大堂の息子〟として名を挙げられた。大堂が大学へ通わせている聖のことも、会の面々は気になったに違いない。今回の二人が噂になった理由は、インターンシップの中でも最高学歴の学生だったからだろう。

「でも多田さんは早々にリタイアしちゃった。東山さんも、お眼鏡にかなわなかったみたいだね。加納さん自身が、彼の行動を見ていないもん。そうでしょう、加納さん」

はっきりと言うと、じきに加納が少しずつ声を出して笑い始めた。どうにも我慢が出来ないらしい。

「参った。こうもあっさり隠し子の噂に、決着をつけてくれるとはね。聖は弟と二人暮らしだったしなあ。もしや大堂先生が本当の親か、なんて、メロドラマみたいなことを考えたりしたら、傍から見ていて面白いかもって思ったのに」

実に人好きのする笑い方をしながら、えぐいことを、加納はあっさりと言う。何だかんだと言いながら、加納には実力がある。大堂の後継者として名が挙がっているに違いない。大堂が新たに目をかけてる聖には、釘《くぎ》を一本刺しておきたかったわけだ。

「やれやれ」

事の確認は終わった。

（やっぱり……人に言われたことを、そのまま鵜呑《うの》みにしちゃあ、駄目だな。毎日の生活のことでもそうだ。つまり今回のことは……拓のことは、そういうことなんだろう）

聖はわざとらしいほど、大きなため息をついた。ソファから立ち上がり、そろそろ帰ると加納に告げた。

「あのさ、もうあんまりアホなことを、俺に仕掛けてくるなよな。今度そんなことをしたら、インターンシップで来た人の中で一番の問題児ばかりを、加納さんの事務所に回すよ」

「おいおい聖、そりゃあ権力の乱用というもんだぞ」

加納はにやにやとしていたが、直ぐに訝《いぶか》しげな顔つきになる。どう見ても聖が、大して怒ってもすねてもいないことが、分かったかららしい。

「……どうした？　今回はやけに大人の対応をしてるというか、物分かりがいいというか」

いつもと違うと言う。

「何だよ、あれこれ文句を言って、俺に絡《から》んで欲しいのかい？」

加納には何度か世話になって、感謝している。だから今回は、これで終わりにすると聖は言った。すると加納は益々《ますます》疑い深げな表情になる。

どうにも、考えていた展開と違うのだろう。聖をからかったのだから、パンチや蹴《け》りの数発、繰り出されると踏んでいたのかもしれない。

だが聖はさっさと頭を下げると、加納の事務所から帰ってしまった。この後加納は忙しい中、妙に大人しかった聖の態度の理由について、暫《しばら》く考え続けるはずだ。加納のことだから絶対にそうだ。つまり聖は、加納の仕事の邪魔をすることになる。

これはまあ、ほんのちょいとした意趣返しというものであった。

聖が電車を降りたのは、新都心と言われている地域であった。

駅前には新しいビルが建ち並び、都内に出ていかなくても、買い物も娯楽も、その場で楽しめるように整備されている。どこまでもどこまでも続く東京のような街の規模は無いが、目眩《めまい》がしなくて良い。家族連れの多い人波を縫って、二階にある改札口からタクシー乗り場へ降りていった。

場所が分からないので、聖は腹をくくってタクシー代を奮発し、目的地に向かった。まず、拓の元いた学校へ。弟の恩師と面会し、それから病院の場所を教えてもらった。ずっと入院していて、面会もままならぬと聞いていた、拓の母親がいる先であった。

入り口近くでタクシーを降りると、少しばかり古びた病院の外観が目に入った。近在の医療拠点であるらしく、結構大きく混んでいる。外来入り口付近の案内で、入院患者の病棟を確認する。

緑色がやや斑《まだら》になっている病棟の廊下には、何色かのラインが引かれていた。その内、黄色のに添って進んでいった。

「おや……聖！」

しばらく行くと、目当ての病室に顔を出すまでもなく、父の謙と出会った。

拓に会う前に、父親と会えたのは都合が良かったかもしれない。父は少し驚いているよう見えた。慌てているようでもあった。

「どうしたの。拓のお母さんのお見舞いに来たんだよ」

途中で買った花を差し出す。リンゴにしようかとも思ったが、拓の恩師から母親の病状が重いと聞いたので、食べ物は控えたのだ。

「先日俺のアパートに突然現れたのは、入院しているお母さんの容態が悪くなったんで、拓を迎えに来たんでしょう？　子供が母親を見舞うのは当たり前のことだよ。なのに何で俺に内緒にして、二人で消えたのかな」

父が困ったような顔になって、廊下にある簡素なソファに座り込む。

「よく、この病院を突き止められたなあ」

「自分だって、今回俺のアパートを探し出したじゃないか。しかも引っ越してたのにさ」

「拓の以前の学校がどこか、知っていたからな。ああそうか、お前も逆に辿《たど》ったんだな」

何だか悪さを見つかった子供のように、落ち着かなげな様子だ。父の謙は母と離婚している。だから再婚しようが拓という子供がいようが、問題のない話であった。なのに聖が拓の母親の見舞いに来たら、困った顔をしている。父の態度は妙であった。

そして今日は、そのことについて話さなくてはならない。

「親父《おやじ》、一年前、拓が突然俺のアパートに来たとき、俺は本当に驚いたんだよ。何しろ弟がいたなんて、知らなかったんだから！」

母親が入院し、一緒に暮らす者が必要になったから、兄貴の所へ来たと言う。父はどうしたと聞けば海外だという。母親は面会出来る状態ではないらしい。聖は一応あちこちへ確認の電話を入れたが、事実のようであった。

それ以来、拓は聖と暮らしているのだ。

もっとも思い返してみれば、拓から父と共にいたときの話は聞いたことが無かった。拓は幼い頃は、母親と祖父母といたという。後に祖父母が亡《な》くなった後は、母と二人暮らしだったのだ。

父は二度目の縁も、直《す》ぐに駄目にしたのだろうか。それを気にして態度が変だったのか。

少なくとも今度のことで、当時拓がした話が本当であったと分かった。

「一つ残った疑問は、一年前、何であんたが拓と一緒に暮らさなかったか、だ」

聖は父親の真正面に立った。今日こそ、その口から全《すべ》て白状させる気であった。

「訳を拓から聞かなかったのか？　俺はフリーのカメラマンで、海外の自然や動植物を撮って歩いている。あまり日本にはいないんだ。拓を育てられる状態じゃなかった」

「聞いてるよ。子供を放りだす理由にゃ、ならないと思ってる」

聖は父親を睨《にら》み付ける。

「拓はもう十三だ。大学生になりゃ、一人暮らしも出来るさ。ほんの五年ほど、日本国内で稼ぐカメラマンとしての仕事が、なかったたっていうのか？」

「……済まん」

思い切り脱力するほどに、謙があっさりと謝った。大の男が、情けなさそうな顔になっている。一寸《ちょっと》、謙は黙り込んだ。何か考えているようであった。

大きく息を吸い、吐く。そろりと聖の方を向くと……言いにくそうに話し出した。

「本当のことを白状するとな、子供と二人で暮らすと、また殴るんじゃないかと不安だったんだ」

「殴る？　また？」

これは予想外の答えだった。病院の廊下で、聖は呆然《ぼうぜん》として立っていた。また、とはどういうことなのだろう。

「お前の母親と離婚話が起きたとき、もうあの人には別に恋人がいてな。俺はそれに腹を立てて、殴った。お前も殴った。まだ小さかったが」

「へえ……」

憶《おぼ》えていなかった。小学一年にはなっていたはずなのに、全く記憶にない。憶えていたいことではなかったからかもしれない。

だがそのことで、両親の離婚は一気に決まったようだ。母は恋人と早々に新しい人生に踏み出したが、聖の方は、両親どちらにも引き取られることにはならなかった。父親の暴力を理由に、伯父が引き取ったのだ。

（これが、親父が俺の前から消えた訳か）

未《いま》だに伯父は、父を好かないでいる。余程当時の父の暴力は、酷《ひど》かったに違いない。

「離婚と家庭崩壊と、暴力男だという自己不信が重なった。あれ以来、俺は誰かと暮らすのが怖いんだよ」

それでも母親が倒れてしまった拓には、保護者が必要だった。海外で連絡を受けた謙は、息子聖が成人していることを思いだした。それで数年の間、拓を兄に預けることにしたのだ。

「よくもまあ、簡単に……！　俺はまだ二十一だぞ。二人の生活を支えられるほど、収入がなかったら、どうする気だったのさ」

奇跡的に何とかなっている。だが拓には日頃から、贅沢《ぜいたく》をさせてはいなかった。余裕がないからだ。

ところがここで父親は首を傾《かし》げた。

「あれ、金はまとめて送っただろう？　着いていないのか？」

いささか呆然とした顔で言う。聖はこの時初めて、この親を殴ってやりたくなった。ここは病院だから、直ぐに手当をしてもらえる。都合が良いではないか！

「一体、どこの国から、どの口座へ送ったんだ！　貰《もら》ってないぞ！」

　聖が大きな声を出したものだから、廊下にいた看護師達が、不審げな顔を二人に向けてきた。聖はぐっと口をつぐむと、親など放って、一人で廊下を歩き出した。

　各部屋入り口のドアの横に、名前のプレートが入れてある。昨今は情報を守るとかいって、病室に番号しか掲げていない病院もあるそうだが、ここは違った。

『安岡きみよ』

　電話でお坊さんから聞いた名を見つけた。

（姓、佐倉じゃないんだよな）

　部屋のドアを開ける。中にはぐるりとクリーム色のカーテンで囲まれたベッドが、四つ置かれていた。

「……兄貴！」

　ベッドの横に置かれたパイプ椅子《いす》から、拓が立ち上がる。聖は近づくと、いささか呆然としている拓の額を、軽く小突いた。

「出かけるときは、ちゃんとメモを置いていけ。約束しただろうが」

　そう言ってから、聖は病人の方へ目を向けた。ベッド脇《わき》の点滴の袋から、静かに液がしたたっていたが、他に動きはない。拓の母親は、既に意識がないようであった。

「もう何日か、こんな調子だ」

父親が後から入ってきた。

「この人と、どうやって知り合ったの？」

「ああ、幼なじみだ。どうにも頼りない奴《やつ》でな。昔から色々庇《かば》ってやった仲だ」

己の不品行は棚に上げ、謙が偉そうに言う。

「佐倉姓じゃないのは、離婚したの？」

「籍は入れてないんだ。あまり……ほとんど一緒にいなかったから」

「そうなんだ」

点滴を打つため、安岡きみよの手が布団《ふとん》から出ている。聖はちらりとそれに目をやると、小さく頷《うなず》いた。

「親父、暫くは拓といるんだろう？」

「ああ」

多分……二人はきみよが亡くなるまで、付き添うのだ。まだ硬い顔をしている拓に必要なものがないか確認し、聖はベッドに向かって一つお辞儀をすると、そのまま病室を出た。

多分拓の母に会うのは、これで最後になるだろうと思った。

6

三日、休みを取った。忌引きだ。

拓の母親の葬儀は簡素に済ませた。それでも初めてのこととて、分からないことだらけであった。だが、大堂と『風神雷神会』が手を貸してくれたので、若い兄弟と日本に居慣れない父親は滞りなく、初七日まで済ませた。

元々地元密着型の政治は、冠婚葬祭とは縁が深い。会の面々は慣れており、それで聖達は、無事きみよを送ることが出来たのだ。まさに大堂のおかげであった。

その後、元々糸の切れた凧《たこ》である父親は、いい加減期限が迫っている仕事を片づけるために、早々に日本から消えた。聖は出国前に空港へわざわざ見送りに行き、今度こそ拓の口座に金を振り込むよう、出発前の父親に丁寧に念押しした。

今度未成年を放っておいたら裁判所に訴えて、クライアントが支払う金を差し押さえると、そう言い渡したのだ。

「……まだ若いのに、とんでもないやり方を心得ているな、聖」

「政治家の事務所に出入りしていると、世事への対処に長《た》けてくるんだよ、親父」

「お前、わざわざきみよの見舞いに来てくれたが……出発前に言うことは、それだけか？」

「それだけだよ。他にいって欲しいことがあるわけ？」

「ならば……いい」

凧は飛んでいった。

拓は赤羽のアパートに戻ってきて、また前と同じく、学校へと通いだした。聖もいつもの毎日に戻り、まず『アキラ』の居間で大堂に礼を言い、一連の出来事を報告して頭を下げていた。

今日の『アキラ』には、宝塚ファンはおらず、『風神雷神会』の面々も来ていなかった。秘書の小原は出ている。珍しくも大堂と二人切りで、聖がお茶を淹《い》れたところであった。

「まずはお疲れさん」

大堂が言う。こういうときは優しいのだ。

だが直ぐにちょいと首を傾げると、居間のソファから、湯を足している聖の方へ身を乗り出し、こう尋ねてきた。

「ところで聖、報告はそれだけか？　まだ聞いていないことがあると思うんだが」

「？　何か言い忘れてるっけ？」

聖が首を傾ける。大堂が少し唇を歪《ゆが》めて、聖に指摘した。

「だから、拓とお前の父上は、どうして黙って家を出たりしたんだ？　こっそり逃げるようなことしなくても、きみよさんだっけ、拓君のお母さんの見舞いだと言えば、それで済んだ話だろうに」

　きみよは、かなり体調を悪くしていたのだから。聖が見舞いを止めるわけもなかった。

「オヤジってば、細かいこと気にするんだなぁ」

「聖、隠し事はするなよ」

「オヤジは、プライベートってもんを考えないの？」

「聖！」

　最後はちょいとばかりびしっとした声で言われて、聖は白状する気になった。オヤジは知らないことがあるのが、酷く嫌いなのだ。まあ、政治家の性《さが》だろう。

　それにあの糸切れ凧の父親は、平素海外にいる。聖が万一交通事故か何かで突発死したら、拓が頼れるのは、このオヤジくらいなのだ。オヤジには何もかも正直に話して、味方になってもらわねばならない。

　聖は腹をくくった。

「拓と親父が黙って病院に行ったのは……多分、俺が一緒に見舞いに行くのが、嫌だったからだろうな。拓も俺に母親の入院は告げてたけど、面会出来ないと言っていたし」

「どうしてか、もう理由が分かっているか？」

「あの父親がそう言えって、拓に言ったからだろうな。どう説明をつけたかは知らないけど。でも拓ももう、理由を感づいていると思うけど」

聖は一息ついて、大堂を見ながら言った。

「きみよさんの手には、入院患者がよくしているような、リストバンドが付けられていたよ。名前や、あれこれ書いてあるやつだ。血液型も書いてあって、あれがまずかったんだと思う」

聖はO型、父親も同じ。拓はB型で……きみよはA型であった。

「つまり拓君は、聖の父上の子ではないのか。きみよさんが体を壊して、以前から入院していたのなら、血液型を父上は知っていただろうからな。……そう、拓君のことは、父上も承知のことらしいね」

それはずっと以前、拓が生まれるときに父親ときみよの間であったことで、聖は関与しない話だ。昔あの父親は、血の繋《つな》がりのない拓を、息子として受け入れたのだ。多分そのとき既に、父親ではないと承知の上で。

糸の切れた凧男だから、子供を籍に入れるだけなら、いいと思ったのかもしれない。ほとんど拓の母親と一緒に暮らしたことがないと言っていた。もしかしたら……全くなかったのかもしれない。あの父親らしいという気もする。いい加減だとも思う。

だがあの父親は、そのことを聖には内緒にしたかったらしい。

「拓を俺に押しつけるにあたって、実の弟でなきゃ、ちょっとまずいと思ったのかな」

どちらにせよ、聖は父親の籍に入っているのだし、拓は法律上聖の弟だ。そういうことになっているのだから、そうなのだ。

だが父親は血液型を気にし、拓は父よりもっとぴりぴりとしていた。やれやれだ。

「聖、お前はそれでいいのかい？」

大堂に冷静に問われ、聖は頷いた。今ではもう、聖は拓を弟として受け入れている。

「今更、家族ではないと言われたって困るよ。だって、拓は拓で、弟だもんな」

しかし。

ここで聖は首を傾げた。眉《まゆ》をひそめる。大堂に、ぐっと自分の顔を近づけた。視線を合わせる。

「何か妙だな。オヤジ、奇妙にもこの話に、あんまり驚かないね。拓と俺が、血が繋がっていないって告白しているのに」

こんなにもメロドラマチックな展開を聞いたのに、吃驚《びっくり》しない。面白がる様子すらない。冷静だ。何だかいつもの大堂らしくない。

（まるで、まるで……）

聖の頭の中で、光が点滅した。疑いがむくりと湧《わ》き上がる。そう……まるで大堂は、既にこの事実を、承知していたかのようではないか！

「……オヤジ、いつから知ってたの？」

もしかしたら否定されるかもとは思ったが、一応言ってみた。だが大堂は両の手を腹の上辺りで組み、やはり落ち着いたままでいる。暫《しばら》く顔を見続けていたら、やっと答えた。

「拓君が聖のアパートに来た後、あの子のことを調べた。直《す》ぐに血液型が合わないと分かったので、更に詳しく調査したよ。拓君の実父の名も、もう分かっている」

聖は事務員とはいえ、大堂剛の事務所『アキラ』に勤めているのだ。誰か腹黒い者に、聖を通して仕掛けられてはかなわない。大堂は聖の家に入り込んできた弟が何者か、知っておきたかったらしい。

「そんな重大なことを、一年も俺に黙ってたの？　オヤジって、オヤジって……」

何と言えば適切なのだろう。疑り深い。しかし、口は堅い。

「オヤジって、狸《たぬき》だ！」

「こら、雇用主を捕まえて狸とは何だ！　調べてもプライベートな問題があっただけで、取り立てて、私が何か言う必要はなかった。だから、ちゃんと黙っていただろうが」

「だって一年も、秘密を抱えたままでいたなんて。狸で不満なら、妖怪変化《ようかいへんげ》だ。全く、政治家って奴は！　信じらんないや」

　聖の言葉に、大堂がようやく表情を崩し笑い始めた。何となく、狸と言うよりは、気まぐれな土地神様のようだ。いつもの大堂に戻ってきていた。

「聖、お前さんだって、もう似たところがあるだろうが。今回の調査の手際《てぎわ》は、なかなかだったじゃないか」

「変なこと言うなよ！」

　聖は自分の顔が、赤くなってきたのを感じた。全く、全く、本当に政治家なんて、妖怪のいとこに違いない！　信頼して良いのか、あきれるべきか、全く分からないではないか！

　聖は気を落ち着けるために、自分にもお茶を淹れた。すぐに大堂も、お代わりを欲しがる。お茶の葉をかえながら、聖は決心を、またまた新たにした。

（おかしな世界とは、早めにさよならしなきゃな）

とにかくこうと分かったからには、やはり早めに堅い就職先を見つけなくてはならない。大学三年の内には、きちんとした企業から、何としても内定をもらうのだ。

だがそう考えたところで、聖は急須《きゅうす》を持つ手を止めた。

（でも、待てよ）

ここで不安になった。拓がまだ、十三歳だからだ。少なくとも大堂は、頼りがいのある人間だ。それだけは本当であった。

（拓が成人するまで、オヤジのところで働いていた方がいいのかな）

普通の企業では社員に何かあっても、その家族の面倒など見てはくれない。

しかし拓が成人するまでには、あと七年もある。待っていたら聖は二十八になってしまう。その年になって、こういう特殊な個人事務所から、堅い職場に替わるというのは、難しいのではないか。

（でも、しかし）

この仕事場は忙しいのは事実だが、結構面白い時もある。そこは問題ないのだ。

聖が何だか悩んでいる様子を、大堂がお茶を飲みながら、面白げに見ている。そこに予定外の来客があった。『風神雷神会』のメンバーが、また変な相談事を持ってきたらしい。加納もやってきていた。

こうなると聖の急ぎでない悩みなど、後回しとなる。また時間が、物凄《ものすご》い勢いで回り始めた。いつもこうして過ぎてゆくのだ。

政治家の事務所とは、そんなものである気がする。聖が新たなお茶を淹れて、客人達に出していると、大堂が何気なく聖に声をかけた。

「全く、今日くらいはゆったり出来ると思ったのに、政治家ってえのは忙しいな。そんな政治家に必要なものは何か。聖、お前さんならどう答える？」

以前大堂が、インターンシップの学生にした質問だった。軽く聞かれたので、聖も軽く本音で答えた。本職の政治家先生方に言ったら、馬鹿馬鹿《ばかばか》しいと笑われそうな答えであった。いつも事務所や出張先で口にしている言葉。答えはこんな単純なものではなかろうが、でも構わないではないか。この問いには、何か褒美《ほうび》が掛かっているわけではないのだから。

「政治家に必要なのは、気力、体力、時の運だな。ついでに腕力もあると、加納さんとやり合うときには、都合がいいね」

一寸の静けさの後、大堂と加納が大きく笑った。正解だとも外れだとも言わない。まあ元々正しい答えなど、あってなきが如《ごと》き問いではあるが。

その後、さっと話題は客達が持ち込んできたものに変わってしまった。何やら面白そうな話で、聖もソファの後ろから、しっかりと話に聞き入っていた。

そうして話が盛り上がり、一区切りついた頃、何故《なぜ》だか加納が懐《ふところ》からそっと、いつぞやのピンクの便せんを取りだした。紙に描かれた口が笑っている。

大堂がちらりとそれを見て、何故だか満足そうに笑い返している。

(何だろう、今度は何があるのかな)

聖はぶるっと身を震わせると、何故だかその紙を破きたくなっていた。

閉会

選挙速報と小原和博

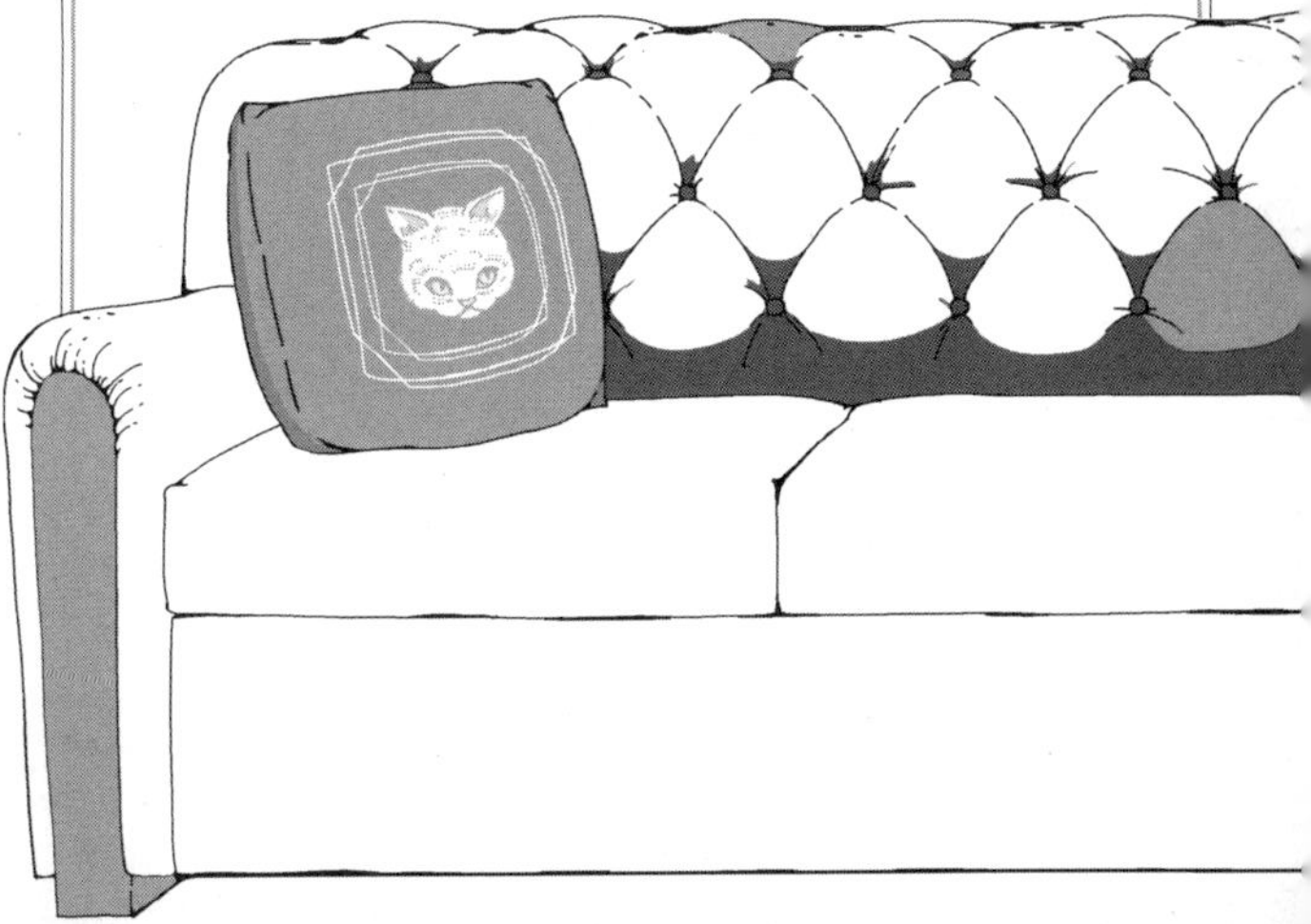

歳《とし》を取ってゆくと、年々時間は早く過ぎるようになる。それは年寄りならば誰でも知っている、隠された秘密であった。

都議会選挙での当選を目指し、半年間頑張ってきた小原和博候補の選挙事務所では、世間一般より、更に時間が短く感じられていた。選挙・戦というくらいだから、まさに戦いの日々であったのだ。事務員もボランティアも、一日の時間がいつもの半分くらいしかないと文句を言う者が多かった。

まさに怒濤《どとう》の六ヶ月！　だったのだ。

しかし選挙運動が出来るのは、公示日に立候補の届け出をしてから投票日の前日まで。当日になれば、候補が出来ることは己へ一票を投じることだけだ。午前七時から午後八時までの投票時間中、報道機関などは出口調査をしているはずだが、投票への影響を考え、一切ニュースとしては流れない。

それでも小原和博候補の事務所内では、テレビがつけっぱなしにされ、投票状況を伝えていた。その横で、今まで共に選挙戦を戦ってきた者達が、選挙が終われば閉じることになる事務所内の整理を始めていた。だがまだこの事務所には、最後の用が残っている。

もし小原候補が当選したら、ここは華々しい祝いの場に化けるのだ。支援者達が集まってきて、万歳三唱が沸き起こるはずだ。達磨《だるま》に目が入れられるから、墨と筆の用意が要る。その場には花もなければならない。椅子《いす》や飲み物の手配も忘れてはいけない。選挙戦最後の一日には、それなりに特別な用があるのだ。

しかしそんな雑用は、当落の結果を待っている議員候補自身の仕事ではない。小原は己の秘書と、師匠である大堂の事務所から派遣されてきた佐倉聖に、事務所隅にあるソファに追いやられ、大人しく座っていた。

近くの小学校で投票を済ませた小原は、今まで支援していただいた方達に礼を言い、今回の選挙について語らっている。それくらいしか、小原にはすることがないのだ。

（あと半日ほどの間、小原さんは気が揉《も》めるだろうなあ）

聖は熱いお茶を淹《い》れ小原達に出しながら、ちらりとそんなことを思った。

多くの選挙に協力してきたためか、聖は結構当落を見極めるのが上手《うま》い。当選確実間違いないと思えば発表前に、一緒に盛り上がる準備をしておく。投票日になっても劣勢を挽回《ばんかい》出来なかったと思えば、腹をくくって後の対処を考える。今まではそうやってきた。

（しかし今回は……）

正直、分からなかった。

当選するか落選となるか、小原はぎりぎりのところにいるのだ。

（さて、どうしたものか）

今度は折りたたみの椅子を事務所に運び込みながら、聖は眉間《みけん》に皺《しわ》を寄せていた。小原は元々聖の雇用主、大堂の秘書であった。その縁で、聖と小原は長い付き合いなのだ。だから今回、聖には心密《ひそ》かに計画していることがあった。

（もし当選出来たら公的な挨拶《あいさつ》の後、苺《いちご》の載った生クリームケーキを出して、奥さんやみんなと一緒に祝ってやりたいなあ）

三段重ねくらいの大きい奴《やつ》がいい。小原はあのケーキが大好きなのだ。

小原の子供の頃、ケーキと言えば苺の生クリームケーキだったのだそうな。誕生日の思い出やら、合格祝いやら、あの紅白のケーキには、小原の今までの目出度《めでた》い思い出が、砂糖よりも沢山詰まっているらしい。聖はここでそのケーキにもう一つ、思い出を追加しようと思っていた。

しかしそういう大きな苺ケーキは、ケーキ屋に注文して作ってもらうことになる。都議会選挙は即日開票だが、当落の発表があるのは投票が終わった夜の八時以降。接戦となれば結果が分かるのは夜遅くなる。そんな時間からケーキを注文することは出来ない。

（どうする？）大分迷ってしまった。しかし事務所に顔を見せてきたボランティアに礼を言い、電話をかけ、夕飯の手配をし、雑用をこなしていると、あっという間に時間が経《た》ってゆく。外が暗くなってきた。早くケーキ屋に電話をしなくては、注文を受けてもらえなくなってしまう。

（今回は止《や》めておくか？　でもなあ、当選したら今日は、小原さんにとって一世一代の晴れの日になる。明日じゃ駄目だ。ケーキ贈るなら今日だよなあ）

仕方ない。聖は腹を決めた。もし不幸にも要らなくなったら……お金だけ払って、ケーキ屋の方で食べてもらおう。

（要らぬ出費になりませんように）

聖は注文の電話をかけるため、事務所からこっそり外の道に出た。街路灯の下で店に事情を話し、当選したら小原の選挙事務所に苺ケーキを持ってきてくれるよう頼むと、ケーキ屋は快く承知してくれた。奮発して大きなサイズを頼んだ。

（これで良し）

ほっと息をつき、事務所に戻ろうと振り返って仰《の》け反《ぞ》った。小原が事務所のドアから半分体を出して、表にいる聖の方を見ていたからだ。

「驚いた。どうしたの小原さん」

戻って小原に聞く。パイプ椅子の一つに座り込んだ候補から、いじけた声が返ってきた。

「聖……お前さん今日はずっと、表情が暗いよなぁ。眉間に皺を寄せて」

小原の方が余程落ち込んだような顔をしてそう言う。暮れたばかりで投票はまだ続いている。選挙結果が出るのはこれからだった。落選確実というわけでなし、まだ気分を暗くする理由はないはずであったが……。

しかし小原はいい加減、気持ちが切れかけていた。

「ひょっとして俺が落選すると思っているのか？　聖は前から議員候補の当落を当てるのが上手いから……」

その弱気な言葉を聞き、事務所内にいた者達の視線が候補に集まる。聖は唇を噛《か》んだ。

「違うってば！　俺は……当選祝いの品のことを考えてたんだよ」

事務所内は、一応公的な場所なのだ。だから議員候補がここで泣き言を口にしてはいけない。受験ではないが、滑るや落ちるを口にするのは御法度《ごはっと》であった。ましてや議員候補が自ら口にするべきではない。そんなことをしたら、選挙活動で共に頑張ってくれた仲間達が、がっかりする。

だが小原は情けない言葉を止めなかった。

「そりゃ俺にはそう言うしかないよな。もしかしたら腹ん中で、もうこいつ駄目なんじゃんと思ったって、口には出来ないよな」

「小原さん、よしなよ。くたびれてるんだろうけど、当落はこれから決まるんだから……」

「はっ、随分とオブラートでくるんだような言い方をするじゃないか。そうだよな、だよな、だよな。俺の当落なんて、お前の生活には根本的に関係ないもんなぁ」

ここで聖の我慢が切れた。大体聖は小原の秘書でも事務員でもない。小原の師匠である大堂が寄越した支援要員なのだ。なのに！　ママに甘えているような、このふざけた言い様は何だ！

そう考えたら、思い切り腹が立ってきた。

「いい歳をして、なぁに甘えてんだよ！」

言うなり！　聖は側《そば》にあった花瓶の水を、中の花ごと小原の頭の上でぶちまけた。ついでに啖呵《たんか》を切る。

「まだ結果は出てないだろうが。ごちゃごちゃ下らねえこと言ってんじゃねえっ」

「……やったな」

普段の小原なら、元不良で暴走族で、殴り合いの実戦経験豊富な聖に喧嘩《けんか》を売るようなことはしない。しかし、何といっても今日は特別であった。

あっという間に聖に掴《つか》みかかってきたから、事務所の中は大騒ぎになった。小原の秘書は真っ先に、事務所の入り口のカーテンを閉めるという大変冷静な対応を取った。まだ選挙結果が出るまでに時間がある。訪問者は少ない。事務所内での喧嘩を、余所《よそ》に知らせる気はないのだ。面白おかしく言いふらされてはたまらないのだろう。

「どうせ、どうせ俺はっ」

「黙れ！　三流！」

「何だとっ、痛てっ。殴ったな」

「物凄《ものすご》く遠慮してやってんだろうがっ」

小原はなかなか聖に摑みかかるのを止めないし、聖は聖で、これから支持者に挨拶をすることになる議員候補を、本気でのし烏賊《いか》の親類には出来なかった。おかげで喧嘩は長引き、なかなか止まらない。

その内誰か客が来たらしく、外から声がかかった。秘書が必死に事務所内を見せないようにしながら、対応に出る。だがあっという間に中を覗《のぞ》き込まれ……いきなり客が、手に持っていたステッキを投げつけてきた！

「痛てっ！」

声を上げたのは聖であった。

頭を抱えしゃがみ込む。小原が横で呆然《ぼうぜん》として尻餅《しりもち》をついている。二人の前に訪問客が仁王立ちをした。

「お前ら何やってんだ？　選挙日当日に」

二人を見下ろしてきたのは、弟子の選挙事務所に顔を出した、元大物国会議員で小原の師匠、大堂であった。

とにかく事務所は片づけられ静かになった。開票が始まっていた。もう大分経っている。しかし都議会選挙では、総選挙のようにテレビ番組が特番を組んで、放送するわけではない。それでもテロップなどには当落が出るから、テレビはつけっぱなしであった。

聖は瘤《こぶ》を作り、噛《か》みつかれた跡を三つつけ、物凄く不機嫌になったまま、黙って事務所の隅で座り込んでいる。

小原は、明日になれば痣《あざ》があちこちに出来るだろうが、少なくとも今、顔は無事であった。もっとも大堂にたっぷりとお説教を食らい、益々《ますます》落ち込んでソファに座り込んでいる。

大堂は早々に退屈した表情を浮かべていた。聖の予想通り、小原候補の当落がなかなかはっきりしなかったからだ。

九時となり十時を回る。多くの議席が決まり、テレビ越しに万歳をしている光景がニュースで映し出されている。大堂が軽くため息をつくと、小原が益々身を縮めた。

そのとき。

事務所に来客があった。秘書が急いでドアを開ける。すると、大きなピンクのリボンが、入り口を塞《ふさ》いでいた。

「は？」

秘書が呆然としていると、聖が立ち上がって財布を取った。リボンの付いた箱の横から顔が出てきて、値段を告げる。支払いと引き替えに貰《もら》った箱は、何故《なぜ》だか三つあった。

「売れ残った品で悪いけど、今日作ったケーキだからこれも食べて下さい。サービスです」

二つの箱の中には、チョコレートケーキとモンブランが入っていた。残りの大きな箱には、勿論《もちろん》苺ケーキが鎮座している。

「聖、これは？」

大堂に聞かれては、答えないわけにはいかない。仕方なく白状した。

「当選祝いのつもりで頼んだ品です。小原さん、苺ケーキが好きだから。当確が出たら、ここへ届けてくれるようにお願いしてあったんですが」

当落の結果が出ないまま、遅くなってしまった。ケーキ屋も閉店時間になったのだろう。仕方なく届けに来たのに違いない。

そうと聞いて、なかなか結果の出せない小原の顔が赤くなっている。大堂が大きくにやりと笑った。ところがそのとき、のんびりと聖の言葉を否定する者がいた。

「あれ、まだ見てなかったんですか？」

「何を」

事務所の中の顔が、一斉にケーキ屋の方を向く。

「今ついているのと別のチャンネルで、さっき当確の知らせが出てましたよ。小原議員の」

余りにも淡々と、あっさり言われた。

「えっ？　……えっと、確認！　確認しろ！」

秘書が慌《あわ》てて電話を手に取る。その時別の携帯電話が鳴り出した。祝いを言ってきた支援者からであった。

「本当に？　あの……」

呆然としている小原の横で、聖が急いでチャンネルを幾つか替える。その内、欲しい情報が目の前に現れた。

「おや本当だ……俺、当選している」

小原が、ひたすら驚いた表情を浮かべていた。突っ立ったまま、ただただテレビ画面を見入っている。今まで半年以上頑張り、待ちくたびれ、おまけに聖と喧嘩して、精も根も尽き果て、まともに反応が出来ないのかもしれない。

「おめでとう」

さすがに大堂は当選の場面に慣れている。落ち着いて祝福するのだが、小原は師匠の大堂に握手をされても、まだ本当かどうか疑っているみたいに見えた。

「やれやれ、注文しといて良かったぁ」

聖がにかっと笑うと、小原の前に大きなケーキを差し出した。苺がたっぷりと乗った、赤と白の目出度いケーキ。小原の大好物だ。

ナイフを持たせて「切れよ」と促す。ケーキと飲み物を配り、盛大に万歳をするのだ。小原はナイフを手にとって切ろうとした。

だが。

その手がすいと止まる。小原は静かに事務所の皆を見回した。半年にわたって小原を支えてきた面々が、そこに集まっていた。

「あの、やっぱり先にお礼だけは言っておかなきゃ……切れなくて」

見れば手が少々震えている。皆がにこにことしている。

「あの、遅くなりましたが、当選の報を頂けたようです。その……その……」

ゆっくりと大きく頭を下げた。膝《ひざ》に付かんばかりに深く頭《こうべ》を垂れる。

「ただ皆さんのおかげです。ありがとうございました。ありがとう……」

言いかけた言葉が涙声になって消えてゆく。その肩を大堂がぽんと叩《たた》く。秘書からなかなか議員候補として立てなかった男が、当選の報に、身を震わせていた。言葉が出ないまま、小原の顔は涙でくしゃくしゃになってゆく。奥方まで泣き出していた。

「やれ、これじゃあケーキはうまく切れんな」

仕方がないなぁと言って、聖や秘書が手を添え、小原に最初の一刀だけ入れさせた。その後二人で三つのケーキをさっさと切って、皆に渡してゆく。飲み物が回され、何とも甘い匂《にお》いの漂う万歳三唱となった。大堂が手短に一席祝いを述べたときも、小原はまだ涙を浮かべていた。その内に口の周りが、クリームだらけになっている。

事務所に花や人が集まり始めていた。

【参考文献】
○選挙制度研究会編『地方選挙の手引』（ぎょうせい）
○三浦博史著『選挙立候補マニュアル』（ビジネス社）
○都議会報・区議会報
○東京都議会ホームページ
○議員及び秘書の方々のホームページ
○東京都議会議員（取材当時）　高木けい事務所様。突然の取材に応じて下さり、ありがとうございました。
（著者）

思い出した……

特別収録

1

「もう沙希《さき》は死んでいるの？」

その声を聞いたとき、私は自宅にいた。白とレースを基調にした居間に響いた声は、親友の真紀子《まきこ》のものだった。十年来のつきあいである真紀子。

（土曜日の今日、来るという約束は無かったはずよね）

思いも掛けない急な来訪だ。

しかし、私は声が出ず返事が出来ない。昼食の後猛烈な眠気が襲ってきて、私は今、イタリア製の白いソファの前に転がっていた。長い髪が顔の前に掛かってきていて鬱《うっ》陶《とう》しかったが、何故だか指一本動かせない。

「生きているよ。沙希は睡眠薬の入ったワインを、半分も飲んじゃいない。アルコールと一緒に取ったから、効き目が早かったんだろうが……この量じゃ死なないだろう」

次に聞こえてきたのは、夫、秀夫《ひでお》の声だった。いつ聞いても深みのある、ぞくりと腰に響いてくる声だ。新婚半年の夫。大学生の頃から、私はずっと彼に片思いをしてきた。結婚した今でも、その切ない気分を思い出すときがある。いや本当にまだ、私が一方的に焦がれているだけかもしれない。

「だから薬では無理だと、言ったじゃないか」

「しかたないわね。最初の計画どおりにしなくちゃ駄目みたいね」

二人の声は、私の足元から聞こえてきている。計画とは何のことだろうか。私は聞いていない。

（ちょっと、二人だけの秘密なんて、酷《ひど》いじゃない。私にも聞かせてよ）

あげようとした抗議の声は、口から出てはくれなかった。本当にどうしたというのだろうか。薄い膜が頭の中に、ゆるりと幾重にも掛かっている気分だ。

そのとき足首がひやりとした。

「秀夫、沙希の肩を抱えてちょうだい」

真紀子の声と共に、体がふわりと浮き上がる。悪くない感覚だった。

思い出されたのは結婚式の後、秀夫が教会前の階段を、抱えて歩いてくれたことだ。恥ずかしさはあったけれど、周りから羨《うらや》ましげな友達の声が聞こえてきて、花畑の上を歩いているような良い気分だった。その映画の一シーンのような思い出が、今の私には一番の宝物だ。

いつも優しい秀夫。あの時は照れたような顔をしていたけど、私が「特別にお願い」とねだったら、その通りにしてくれた。断れない人なんだと思う。

どん、という音と共に、考えが途切れた。やや乱暴に体が床に下ろされたのだ。どこなのだろう。眠くて目が開けられないので、自分の生まれ育った家なのに、場所が分からない。足元が冷たいから、絨毯《じゅうたん》が敷かれている部屋の内ではない。上半身が何かで支えられて、起こされる。手が垂れ下がった。

これだけ頭も体も揺れ動いているのに、一向に目は覚めなかった。足元のスカートが太股《ふともも》までめくれている感じがして、何とも恥ずかしい。真紀子が側にいる気配がする。友達なのだから、服を直してくれればいいのにと思う。

手が不意に、冷たい水に濡《ぬ》れた。柔らかく降りかかって、指先の方へ細い流れを作って落ちてゆく。

（シャワーだ）

それで風呂場に居るのだと分かった。亡くなった母が特に気に入っていた、広々とした窓のついた浴室。覗《のぞ》かれないように、窓の先は小さな囲いの付いた中庭になっている。

このお風呂は夫の秀夫も気に入っていて、二人で時々一緒に入っては、ふざけっこをする。秀夫は子供みたいなところがあるから、私は彼が――。

（ひっ！　痛い！　い、痛あぁぁぁいっ！）

不意に襲ってきた激痛に、私は転げ回り喚《わめ》き散らしたかった。しかし体が、唇が動かない。何も出来ない、表情一つ変えられない故に、頭を内側からおろし金で削られている気分がする。ずりずりずりずりと、すり下ろす。ざりざりざりりりと、削り取る。何を？　しつこくいつまでも終わらない。

何故《なぜ》だ何故だ何故！

その内に、もぎ取られそうに熱く感じているのは、濡れている左手だと気が付く。余りの痛みに感覚が戻ってきたらしい。頭が少しだけ晴れ、夫の顔が浮かんできた。私がただ一人心の底から恋しいと思った人。

「……でお」

やっと他人のもののような、かすれた声が口から押し出された。右手がわずかに動く。今の声は夫に聞こえただろうか。彼は近くに居るのだろうか。

「何よ、意識が戻ってきたわ」

頭の横で聞こえたのは、おびえを含んだ真紀子の声だった。

（あの人はどこ？）

悪いが、今聞きたいのは、友達の声ではない。

「血管を切ったんだ。じきに指一本、動かせなくなる。ほら、風呂の中を見ろ」

（ああ、側にいた）

秀夫の声を聞いて、私はほっと息をついた。では私の声が聞こえたに違いない。これで大丈夫だろうか。微《かす》かに動いた右手が、すぐにまた動かなくなる。体を不意に男のがっしりとした手が摑《つか》んだ。

（秀夫。分かってくれたの？）

「もう動けないようだ。今度こそ決着がついた」

夫の声は静かだ。続いた真紀子の声は、甲高く風呂場に反響して耳に痛かった。

「まったく最期まで、面倒くさい人ね」

真紀子の気配が少し遠ざかった。

「大丈夫ね。じゃあ、行くわよ」

急いだ様子で風呂場から出て行く。驚いたことに、夫もそれに続いて去って行く。

（私を一人にするの？　秀夫っ）

声にならない叫びでは届かないのか、あっという間に取り残されてしまう。がちゃりと癇《かん》に障る金属音がして、風呂場のドアが閉まる。

もう一度だけ微かに開けた私の目に、鮮やかな色が飛び込んできた。それは窓から入る光に透き通り、心をわしづかみにするほど美しい、風呂桶の中の真っ赤な水だった。

2

大学を卒業して二年目、この自宅の居間で、秀夫は突然プロポーズをしてきた。そのとき私は言葉に嘘が入り込んでいる事実、彼が自分を愛してくれていない事を知っていた。

何しろ彼がずっと交際している相手は、私の一番の親友、艶《あで》やかな真紀子だったから。

「私、知っているの。あなたが今、誰とつきあっているか……」

だから、そんな心の底をくすぐるようなことを言って、私をかき乱さないで。私は白いソファの上で、ちょっとばかり恨めしげに顔を逸《そ》らせた。

「うーん、正しい指摘だ。沙希は優しいから、友達のことは気になるよなぁ、やっぱり」

ふんわりと笑い、秀夫は真紀子と交際中なのを隠しもせずそう言うと、私の隣に座ってきた。横にずれて体を離したけど、大して距離は置けなかった。だって、ソファの長さには限度があるから。だから……。

「沙希は、真紀子の将来の夢を知っているか？」

「え？　そりゃぁ、外資系の会社に入って、出世して。いつかは費用会社持ちで留学したいんじゃなかったっけ」

私は隣から急に言われて面食らった。優秀な真紀子の夢は、今では半分叶《かな》っていて、唯《ただ》のあこがれでは無くなってきている。

「友達には一応、そう言っていたな。だけどあいつの本音、どうしても叶えたい夢は、専業主婦になることだ」

「えっ、真紀子が？」

私があまりに驚いた顔をしたからだろう、秀夫が「ふふふっ」と、こらえきれない様子で笑っている。

「あいつに女らしい発言は似合わないよなぁ。初の女首相になると言われた方が、まだ納得できる気がする。そうだろ、沙希」

軽く恋人のことをけなすその様子が、長年連れ添った妻のことを謙遜《けんそん》しているみたいで、私はせつなかった。秀夫はそのことには気が付いていないみたいだ。

「ただ、今時ずっと専業主婦でいるのも、結構大変なんだそうだ。周りを見てみろよ。結婚後、子供の手が離れれば、皆パートをして家計を支えている。さもなけりゃ、専業主婦とは名ばかりで、親の介護をしているとか」

「そうね……」

「もちろん沙希の亡くなった親父さんのように、高収入があって、しかもアパートなんか持っていた人なら、奥さんは専業主婦でもＯＫさ。しかし、そういう裕福な家の者は、似たような家から嫁を貰《もら》うことが多いんだな」

　真紀子も秀夫も、金銭的に裕福な家の出ではなかった。真紀子は早くに父親を亡くしている。秀夫の実家は夫婦で小さな印刷所を経営しているが、時々会社をたたもうかという話が出ると言っていた。

「だからあいつは夫選びには慎重だ。確かに俺たちは恋人同士だけど、お互い結婚相手には向かないのさ。俺にも夢があるけど、それはサラリーマンじゃないからなぁ」

　秀夫は硝子《ガラス》を使った芸術で身を立てたいと思っているのだ。学生の頃から発表してきた一連の万華鏡の作品群など、虹のようにきらめいて、私には秀夫の魅力そのものに思えた。

　しかし芸術は、時間とお金を食うモンスターだ。秀夫にはその両方が無くて、彼は今、硝子工芸の小さな会社で働いている。私はそれも次善の道で良いと思うのだけど、本人にとっては、我慢できないことらしい。

「はっきり言うよ。俺は裕福な妻が欲しい。俺の夢を後押しできるだけの、資産がある女性と結婚したいんだ。俺の周りにいる人で、そんな独身女性は、親から遺産を受け継いだ沙希しかいないからな」

これ以上ないくらい、はっきりとお金が問題なのだと言われて、私はソファの上で戸惑ったし、惨《みじ》めだった。しかし、しかし……どうしよう、それでも私は秀夫が好きだったのだ。己を馬鹿だと思い、心内であざ笑いつつも、他の人は考えられないくらいに。

（この機会を逃したら、私は死ぬまで結婚できない）

そう分かっていた。

ソファの隣に座った恋しい男は、優柔不断かと思うくらいに優しいし、本人も希望している通りの、ゆったりとした生活が似合っている。私と結婚すればそんな生活も、その一部である私のことも、きっと好きになってくれると思った。ゆっくりと、少しずつ。

「結婚したら大事にしてくれる？」

恐る恐る聞いてみると、大好きな笑顔が目の前にあった。私の手を取って、包み込んでくる。温かい。

「死ぬまで沙希を、一番の宝物にするよ」

夫は嘘を付く気はなかったようだ。今日この日まで、彼は優しかった。

3

（まあ、あの真紀子が私たちの新婚夫婦ごっこを、長い間許しておくわけがないわよね）

一人きりになってしまった風呂場で、私はぼんやりと考えていた。他に何も出来なかったからだ。聞こえてくるのは、流れる水の音ばかり……。

（結婚してからも二人はつきあっていた……）

真紀子としては、自分から秀夫を捨てることはあっても、捨てられることなど我慢ならないだろう。

秀夫は元々、覇気のあるほうではないから、私との生活に慣れ、私という妻に馴染《なじ》んでしまえば、もう真紀子の言うことを聞かなくなる恐れがあった。

だから、新婚半年で動いた……。元々の恋人ふたりで、お金を手に入れる為に。

（それにしても、テレビドラマで何回も見たような、そんなやり口よねぇ）

夫に結婚前からの愛人がいて、裕福な妻は新婚半年で一服盛られ、風呂場で殺される。自殺に見せかけて。意識のない妻が廊下を、二人によって抱えられてゆく場面など、想像するとバックミュージックが聞こえてきそうだ。

（そう言えば最近、保険証を見かけないことが、何回かあったたっけ）

私を自殺に見せかける為に、暫《しばら》く前から夫と真紀子は協力して動いていたのだ。

（真紀子ってば私になりすまして、精神科にでも掛かっていたかな）

医師に思い切り鬱を訴えておけば、後々の言い訳に使える。眠れないと言い立てて、睡眠薬を貰うことも可能だ。多分相棒である夫、秀夫も、折に触れ職場や近所の人たちに、妻が精神的に不安定だと話しているのだろう。

「最近奥さんの様子が変で、不安なんだ」

そしてある日、私は自殺することになる。身近な人たちには、ああそういえばと思い出す、エピソードが用意されている。完璧な死に方。拍手が必要かも知れない。

（陳腐で、どこにでもありそうな話よねえ）

ただ、無理矢理死ぬほど大量には、睡眠薬を飲ませられなかったので、風呂場で手首を切ることとなった。それが唯一の不満だろう。

（そういえば学生時代だったたっけ。ビデオを見ていたとき、殺人の方法について話をしたことあったたっけな）

秀夫と友人たちを呼び、この家で開いたビデオパーティーだった。その時真紀子は聞いただろうか。居間に車座になって何人かで推理物を見た。犯人があまりにどこかで聞いたような殺し方をしたので、オリジナリティーがないと私が文句を言ったのだ。

その時秀夫が笑って、別の意見を延べた。

「いやこれは映画、すなわちエンターテイメントなのに、リアリティーを追求しすぎたんだと思うね。だってさ、もし本当に人を殺す気になったら、密室殺人なんて変わったものを考えると思うかい？　それこそ警察に、これは人殺しですよと、大声で叫んでいるようなものじゃないか」

「よく知っている、身近な方法がいいと言うわけ？」

「事故扱いされるのが、一番だと思わないか？　殺人事件そのものがなければ、調べられることはない」

「でもどうやって、殺したい相手に事故で死んでもらうんだい？」

　この質問に、秀夫はあっさりと答えた。

「強制的に事故を作りだせばいいじゃないか。無理矢理首つりを強いる。手首を切らせる。別の薬だと思わせて、死ぬほどの量の睡眠薬を、本人に飲ませる」

　あの時の意見に、皆が驚いたような顔を見せていた記憶がある。秀夫は平素優しげだから、意外だったのだろう。私は彼のそういう頭の良いところにも、惚《ほ》れていた気がする。

「おっとりとした顔をして、秀夫は怖いなぁ。本当に殺されそうだ」

「ばぁか。理論と現実は違うよ。言った通り上手くいくものなら、殺人が増えて困っているさ」

「あら、本当に事故扱いになっているから、分からないだけじゃないの？　人殺し、やりたい放題かも」

誰かの明るい声で、その場の雰囲気が和んだ。まだ夕方前だったのに、次のビデオを見る前に、真紀子がワインの栓を抜いたので、慌ててチーズを切ったのを思い出した……。

（ああそうだ、あの日真紀子もここにいたわ）

自分の恋人に、私がうっとりとした目を向けているのを、彼女は見ていたはずだ。本来なら競争相手になるはずもない、真紀子が明らかに見下していた女友達。見てくれなら三割は差がある。頭の中身は勝負にならない。人は真紀子の周りに集まり、会話は彼女を中心に回ってゆく。なのに。

なのに、真紀子には親が残してくれた遺産がないのだ。アパートや株券、国債、預金、広い自宅。それはちょっとばかり名の通った会社に入ったくらいでは、埋まらない経済力の差となって、真紀子の穏和な恋人の顔を時々私の方に向かせていた。

その事実が真紀子の腹の奥底に、怒りの火を灯《とも》した、暗い彩りの花を芽吹かせたのだろうか。大きく育ってしまった赤い花。数を増やしいつの間にか、風呂場に引きずられた私の手首から、流れ落ちている……。

4

不意に頭の中がぐるぐると回り出した。世界が伸び縮みして、私を揺らしているのだ。

(何も見えてないのに、何故そんな風に感じるんだろう)

驚いたとき私は花畑の中に立っていた。

秀夫が作った万華鏡のように、とりどりの色が集まった花の奇跡。

(わあ、どこまでも続いている……)

うっとりと微笑んで、私は花の香りの中で腕を広げていた。久しぶりに指先まで安らいで、ほっとした気持ちに包まれる。花の中に、先へ続く細い道があるようだったが、私の足は止まったままだった。別に花畑以外の場所に行きたいとは思わなかったからだ。ずっとこのまま、花の中にいたい！

そう思った瞬間、麗しい光景が百万の硝子片となって吹っ飛んだ。

(何があったの？)

慌てて周りを見る。色が消えた後に現れたのは、室内だった。見慣れた風呂場だ。

良く知っている女が、足の先、二メートルほど下に横たわっていた。私は宙に浮いて、それを見下ろしていたのだ。

（あらまあ。あれは私だわ）

風呂の中には、多くの赤い筋が見える。どうやら出血多量で死んだらしい。

（じゃあさっきの光景は臨死体験という訳か）

死にかけた者が必ず見るという、あの世に繋《つな》がる花畑。人を恐れからも哀惜《あいせき》からも引き離し、どこかへ、未知と無へ導く。

（なら何でここに、戻って来たのかしら）

生き返ったという訳でもない。

（死体の近くにいて、自分を見ているのよね。私、幽霊になったのかな）

ふっと、何やら忘れていることがあると思った。その思い出せない心残りがあるから、風呂場に戻ってきたのだ。

（なんだっけ）

分からない。死人は生前のようには、頭が働かないのかもしれない。それとも死にたてだから駄目なのだろうか。

手首を切られた己の死体を見下ろしながら、しばらくの間宙を漂いつつ、私は手持ちぶさたで時間を持てあましていた。思い切ってドアを突き抜けられるかどうか、試してみれば良いのだろうか。しかし外に出られたとして、行きたい所も思いつかなかった。

風呂場の窓から見える中庭が徐々に黄色味を帯び、夕暮れの様子を見せ始めた時、夫たちが家に帰ってきた。真紀子も一緒に戻ってきたのには少しばかり驚いたが、彼女はきっと、私の死を確かめずにはおれなかったのだろうと納得した。

「うわぁっ、何これ、たまらないわ」

風呂場に夫と共に踏み込んできた真紀子が、盛大にしかめ面を作った。私を殺した当人が、死体に驚いた訳ではない。締め切られた部屋に漂っていた濃密な血の臭《にお》いに、気分が悪くなったのだ。

「だから薬を致死量飲ませた方が良いって、言ったのに」

急いで窓を開けようとする手を、秀夫が止めている。自殺した親友を見つけた友が、真っ先に窓を開けるのは、奇妙な行動だからだ。第一指紋が妙なところに残る。夫はため息をついて真紀子に文句を言っている。

「沙希は錠剤を飲むのが苦手だったんだ。友達はみんな知っていることじゃないか。それなのに両手から溢《あふ》れるほど睡眠薬を飲んだって話が伝わったら、一発で俺が疑われる」

「そうだっけ。まったく沙希は面倒くさい人だわ」

真紀子が眉《まゆ》をつり上げて怒っている。

（やだぁ。真紀子ったら、本当に私が錠剤苦手なこと、忘れてたの？）

真紀子とは十年来の友人、無二の親友なのに。何か腹が立った。

（ちゃんと憶《おぼ》えていれば、医者から睡眠薬を処方してもらうときに、カプセルなり水薬なりを希望出来たのに）

つまり私の最期がこんなに血まみれの光景になったのは、真紀子のミスなのだ。それなのに、嫌がることはないだろうに。夫はしかめ面を浮かべつつ、しゃがみ込んで私の口元に手を当てた。慎重に死んでいる事を確認すると、携帯電話を手に取った。

「もしもし、一一九番ですか。妻が、家に帰ったら妻が手首を切っていて……」

住所を告げる秀夫の声は緊張で強《こわ》ばっていて、何ともこの場にふさわしかった。風呂場の内に響いて、余計に妙に聞こえる。それから救急車が来るまでのわずかの間、二人は打ち合わせておいたらしい約束事の確認を、短く交わした。

「今日の午後、俺と真紀子は銀座で落ち合って、沙希への誕生日プレゼントを選んでいた、と決めたよな」

「デパートで購入したのはこのスカーフ」

真紀子がバッグから、あらかじめ買っておいたらしい花柄の包みを取りだし、それを見た二人は頷《うなず》いている。

「私たちは連れだってこの家に来た。それから沙希が自殺していたのを、風呂場で見つけたと言うわけね」

（上手《うま》い考えだなぁ）

二人を天井から見下ろしつつ、私は本心、感心した。

（下手に別々に家に入ったなどと嘘を言ったら、後で苦しい言い訳をするはめになりかねないものね）

近所の鋭い目に、一緒の所を見られているかもしれないからだ。

死体を先に見つけたのは秀夫という設定。もっとも真紀子もほとんど同時に死体を見たことにしてある。もちろんその後には、私が最近鬱だったという、真紀子と二人でこしらえた、用意周到な言い訳が控えていた。

リハーサルは完璧だと、私は思った。

5

だが、しかし。

救急車で駆けつけてきた人たちは、私の様子を確認すると、秀夫たちに喋《しゃべ》るいとまも与えずに、警察に電話をするよう指示をしてきた。

（これは予定外だったみたいね）

当の警察が駆けつけて来たときには、私のことを説明する夫の口調が、すっかり堅くなっていた。

（秀夫はちょっとばかりあがり症なのよね。だから顔は良いのに、学園祭でやるお芝居では美術担当ばかりだった。）

だが大丈夫だ。態度が怪しげだからといって、いきなり逮捕されたりはしないのだから。真紀子の方はやたらとしっかりとしていて、よどみなく己の役割をこなしている。

「つまり奥さんは、最近ふさぎ込んでいたと言うわけですね」

「鬱気味で精神科に通っていました。でもそれをあまり知られたくなかったようです。私以外の友達には内緒だったみたいで」

警官の質問に彼女はてきぱきと、私が通院していたことになっている病院の名前を告げた。睡眠薬を貰っていたことも、さりげなく付け加える。

そこまでは絶好調。しかし程なく他の警官が到着し、鑑識らしい人たちなどが目につき出すと、彼女の体もぎくしゃくとしてきた。

「あの、自殺なのに何で、こんなに……調べたりするんですか？」

風呂場の入り口に立った秀夫の声が不安げだ。今、盛んに私の体は写真に撮られているのだ。今日は軽くしかお化粧をしていないのに、恥ずかしい。最初警官は制服姿の二人しかいなかったのに、いつの間にやらとっかえひっかえ新しい顔が現れ、風呂場で倒れている私の側で動いていた。

面白いことに、私が風呂場から動かされる前に、体の線に沿って、チョークのようなもので白い線が描かれた。ポップアートか子供の落書きのように見える。

風呂場の中をのぞき込んで居る子供の影のようなその形を、秀夫は見たくない様子で、目を逸らしている。

驚いたのはここからの展開だ。何と私は解剖されることになったのだ。

（冗談じゃないわ。私、刃物は嫌い。見ているだけで、貧血になるから）

幽霊が貧血になれるものだろうか。まだ試したことがないのでわからない。しかし何としても己が切り刻まれる所に行きたくなくて、秀夫にくっついていたら、以外と簡単に、家から運び出されていく死体と離れられた。つまり、己の体と同じ場所に居る必要はなかったのだ。

遠ざかっていく私の遺体を、秀夫は食い入るように見ている。不安らしい。

夫はミステリーファンで、知識豊富だ。警察に疑われないよう、私の腕にはちゃんとためらい傷も付けてある。私は薬で眠っていたから、抵抗の跡もないし、血が流れた跡も自然な形をしているはずだ。

完璧な仕事をしたのだ。なのに何故、あんなに秀夫の目が泳いでいるのだろう。

玄関の方を向いていた夫の顔が、不意に一層強ばって白くなった。

(限界まで堅くなっていたみたいに見えたのに、まだあれ以上緊張できたんだ)

視線を追うと、廊下の端に見慣れた顔が現れていた。頑固そうな顎《あご》、太い眉毛。死んだ二親《ふた》の頃からお世話になっている弁護士岡島《おかじま》氏が、思いがけずもそこに立っていたのだ。

(どうやってこの騒ぎを嗅《か》ぎつけたんだろう)

夫が弁護士事務所に連絡を入れる訳がない。五十がらみのこの弁護士は、秀夫にとって天敵に等しい人物なのだ。

まず、私と秀夫との結婚に大反対だった。秀夫のことを金目当てのろくでなしと決めつけ、大金を手にする為には、どんなことでもやりかねない奴と警戒していた。要するに大変人を見る目があって、頭も勘も冴《さ》えている。この人ならたとえ今までは知らなくても、一目見ただけで真紀子と夫の中を、察してしまうかもしれなかった。

夫の本音としては、今は誰よりも顔も会わせたくない相手ではないだろうか。だがこうして家に駆けつけて来たというのに、彼を放っておくのも、夫の立場では不自然だ。

「岡島さん、沙希が自殺してしまったんです。今連絡を入れようと思っていたんです
「えっ？　あ……」

が。早かったですね」

　秀夫が渋々声を掛けている。岡島弁護士が、ゴキブリを見つけて殺虫剤を欲しがっている時みたいな顔をして、振り向いた。

「隣家の方に、何か異変がありましたら事務所まで連絡をいただけるよう、お願いしてありましたんでね」

　敏腕弁護士は言外に、夫からの連絡を待っていたのでは、来年になりかねなかったと言っている。

「沙希ちゃん、こんなに早く亡くなることになったなんて」

　そう言うと深いため息を一つついた。岡島弁護士は私のことを、子供の頃よりそれはかわいがってくれていたのだ。

　弁護士はそれきり夫を無視して、顔馴染みらしい警官を見つけ、何やら話しだした。程なく白目がちな目を、さっと廊下の奥にいた真紀子の方へ向ける。目つきが弁護士とも思えないほど、物騒なものになっている。

（凄《すご》い。やっぱり真紀子は早々に目を付けられたな）

　誰も腹の内を語らない無言劇を見ているようで、私は興奮してきた。岡島弁護士は顎に手をあてて、何やら考え込んでいる。

　程なく彼は、責任者とおぼしき警官を見極めると声を掛けた。勝手知ったる家の、一階の小部屋を開けて一緒に入っていっていく。どうも秀夫に内緒の話がある様子だ。

(ああやだ、秀夫ったら、思い切り顔色を青くしているわ)

真紀子は廊下で腕を組みながら、あんなに図太く構えているのに。

(でも今は不安だからって、真紀子と二人で内緒の話をすることも出来ないわね)

家中に警官がいるのだから。だからといって二人でどこかに消えるのも不自然だ。

今は真紀子とは離れているしかない。

秀夫は岡島弁護士が入っていった部屋が気になるらしく、廊下でうろうろしている。その時また玄関のドアが開いて、今度はひょっこりと小柄な医師が入ってきた。

六十近くて温厚なこの医者に、私は掛かったことがあるが、秀夫は面識がない。どういう話になっているのか、医者は早々に例の小部屋に姿を消した。また爪弾《つまはじ》きにされた秀夫は、予定外、想定外、考えの外、という状態に、いらいらが止められないらしい。先ほどから見ている携帯電話を、乱暴に扱っている。

何をやっているのかと、宙に漂いながら画面をのぞき込むと、何とそこには葬儀屋の連絡先が並んでいた。

(あらまあ、早々に私の葬式の手配?)

画面を見入る秀夫は真剣な顔つきだ。彼の本音としては早く葬儀を出して、私を燃やしてしまいたいのだろう。己の罪の証である死体と、永遠に決別したいのだ。

（燃やされて体がなくなったら、私は今度こそ極楽へ行けるのかな）

この命題に私が首を傾《かし》げていたとき、不意に小部屋のドアが開いて、先に見た責任者らしき警官が外に出てきた。秀夫がさっと振り向く。真紀子の顔も表情が変わった。

警官はその二人に構うことなく、部下を手招きして何やら話している。すると男たちが集まり、ゆっくりと外へはき出され始めた。

（あらら、何があったのかしら）

その思いは、秀夫たちも同じだったのだろう。驚きと疑問を顔にぶら下げたまま、帰ってゆく警官たちを見つめている。

「ちょっとよろしいですか」

その声に、玄関に向いていた秀夫の体が、宙まで飛び上がりそうになった。背後に、小部屋から顔を出した警官がいた。

（彼、今日一日で、何キロか痩《や》せたみたい）

かろうじて地に踏みとどまった夫の足は、声の主に促されて、例の小部屋の方へ入っていく。その後ろから、別の人に伴われた真紀子の姿が続いた。

6

「皆さんに、話しておくべき事がありまして」

部屋に皆が揃うと、小柄な医者が最初に口火を切った。

小部屋は私の父が、書斎として使っていたところで、現在は書庫と化している。元からある机の周りに、別の部屋から持ち込まれた使わない椅子がたくさん置かれていた。父のお気に入りだったワイン色の革張り肘掛け椅子《いす》も当然ある。私はこの部屋では、大きなビクトリア朝風の椅子がお気に入りだった。

窓際のテーブルの向こうに、岡島弁護士と医師が陣取っている。好きな椅子に座れと言われて、秀夫と真紀子が弁護士と向かい合う。背後には警官が二名、控えていた。

医者は話を続けにくそうだった。

「この件を今まで伏せていたのは……亡くなった沙希さんの希望によるものです」

「沙希が私たちに、何かを隠していたの？」

黙っていられなくて、思わず尋ねたのは真紀子だ。私が真紀子たちに秘密を持っていた、ということが意外らしい。目を見開いている。

（はい、私は隠し事は苦手です。いや、でした）

それでも事情によりけりだ。嘘をついたことがないわけではない。

「実は高野《たかの》沙希さんは、癌《ガン》にかかっておいででした」

「はあ……？」

今度は夫が、間が抜けた声をあげた。言われたことが、直ぐには脳みそに届かないかのようであった。医者が先を続ける。

「私が主治医です。沙希さんはまだ若かった。癌の進行も早かったんです。半年前結婚を控えた時期に、後一年持たないと申し上げた」

「俺と結婚した時には、もう先がないって分かっていたと？」

秀夫の声が震えている。これに返事をしたのは岡島弁護士だ。

「沙希さんが、助からないものなら一度、人並みな新婚生活をしてみたいと言いましてね。そう言われたら、望みを叶えてあげるしかないじゃありませんか」

「そんな……後半年の命だったなんて」

「もちろん夫のあなたに黙っていたことは、悪かったと思います。しかし沙希さんはあくまで普通の結婚生活をしたがっていた。病人扱いされたくなかったんです。まあ、こう言ってはなんですが」

そこで岡島弁護士は話を切って、じろりとすくい上げるような視線で秀夫を眺めた。

「あなたは結婚一年もしないうちに、妻から大きな遺産を受け取ることになるわけだから、悪い話ではなかったのだし」

秀夫と真紀子の顔に、(そんな……)と書いてある。二人の顔色が変わっていた。

ただ後半年大人しくしていれば良かったのだと思うと、面白くないのかもしれない。

(無駄な努力をしたことが我慢出来ない?)

でもまだ、ちょっとばかり予定外の作業をしただけだ。二人の計画は狂ってはいない。未来に描いた夢も、そのままだ。

だがここで弁護士は、更に別の件を言い出した。

「実は話はもう一つありましてね。沙希さんは独り残される夫の秀夫さんのために、ビデオを家に取り付けたと聞いているのです。新婚生活の様子を、思い出に残していきたいからと。ビデオのことはご存じですか?」

「へっ?」

間の抜けた秀夫の声がして、弁護士は答えを聞くよりもはっきりと、事情が分かったようだ。

「ご存じないですか。やはり沙希ちゃんから何も聞いていなかったんですね。我々も、ビデオがどこにあるのか分からないんですよ」

弁護士は大仰にため息をついている。

(ビデオカメラ!)

　思い出作りの為ならもちろん、日常がよく映る場所にセットしてあるはずだ。秀夫の目が、斜め上を向いている。頭の中で必死に仕掛けられた場所を考えている様子だ。

「警察にそのビデオのことを話しましたら、是非にも見たいということでした。うまく映っていれば、自殺だと確認できますからね」

「それは……カメラは一つだけなのですか？」

　また口を挟んできたのは真紀子で、彼女も気が立った顔をしている。何となく今日は、化粧ののりが悪いみたいだ。ファンデーションが白く浮いて見える。

（二人をパニックに陥《おとしい》れるつもりで置いたんじゃないんだけどな）

　だがそんなものがあると聞けば、夫たちが心配するのは当然だ。何が映っているか分かったものではないからだ。例えば秀夫が私のワインに、砕いた睡眠薬を入れた所とか、二人で私を抱えて風呂場に運んでいる場面とかは、警察に見られたら大いに不味《ま》い《ず》と思う。

　ましてや私の手首を切っている、決定的な場面が録画されていたら……。

「正直申しあげて、私は今回の件は、きっちりとした捜査が必要だと思っていました。しかし、亡くなられた方が不治の病だったのでは……確かに自殺ということも、大いにあり得る話ですな」

　会話を継いだのは、責任者らしい警察の人だった。岡島弁護士と同じくらいの年齢だ。

『きっちりとした捜査が必要だと思っていた』

彼がそう切り出したとき、私の目から見てもはっきりと分かるほど、またも秀夫が動揺した。これでは一件が落着するまで、彼の心臓が持たないかもしれない。一体何がいけなくて警察に目を付けられたのだろう。

「あの……自殺ではないという……何かがあったんでしょうか？」

聞いてみずにはおれない様子で、おずおずと秀夫が口を切った。その目を警察の人が、真っ直ぐ突き通すほどに見つめ返してくる。

「ためらい傷ですよ」

「はあ？　自殺の人には、そういうものがあると聞いたことがありますが」

言わないでもいいことだと、私は思う。警察官はやくざとどう違うのか悩むような、凄味のある笑みを夫に返してきた。

「普通のためらい傷はね、あんなにずばずば切れていたりしないんですよ。自分を切り刻もうっていうんですよ。痛くてためらうから、誰もが一度で切りきれないんですよ。ところが、奥さんのは何て言うか……」

元々私自身が付けた傷ではないから、大胆かつ、妙なものになっていたらしい。夫も真紀子もきっと、手首を切って死んだ者を実際に見たことはないのだろう。本当に事故や自殺に見せかけたかったら、物事にはリアリティーが必要だという教訓だ。

「まあ、どうやら奥さんは自殺らしい。まだ、らしい、ですがね」

どうもこの警官の口調が、夫の体調に良くない様子だ。

「ビデオが見つかったら、そのまま触らずに警察に知らせて下さい。それに何も映っていなければ、この一件は完全に終わりですよ」

警官のこの言葉に返事を返したのは、岡島弁護士の方だった。

「いくら広い家だからって、皆で探せばすぐに見つかりますよ。私も手伝いますから、きっと明日までには見つけ出して……」

この言葉に秀夫が、珍しくも食ってかかった口調で応じた。

「いい加減にして下さい。これから家捜しですって？　妻が死んだばかりなのに。少しの間、独りになれもしないいんですか？」

椅子から立ち上がって、弁護士を睨《にら》み付けている。さすがに弁護士も警官も、彼に悪いと思ったのか、すぐに意見を引っ込めた。

「これは失礼しました。確かに一秒を急ぐ話ではないし」

今日は珍しくも岡島弁護士が、秀夫の言葉に素直に従う。とりあえず帰るからと警察に言われた時は、秀夫は明らかにほっとした顔を見せていた。

気がつけば弁護士らが立ち去った玄関の外は、既に真っ暗だった。事件が起こってから、既に数時間が過ぎていた。

7

「彼女は俺が後で送りますから」

その口実の元、家に残った真紀子と秀夫は、二人きりになると、必死に善後策を話し合う事となった。

「ビデオ！　沙希ったらいけ好かないことをしてくれて！　早く探さなきゃ」

邪魔者がいなくなると、真紀子が早々に捜索を開始しようとする。その腕を、厳しい顔つきの秀夫が摑んで、玄関にまで引っ張ってゆく。周りを確認した後で、酷く気を遣った小声で話し出した。

「待てよ。これは……本当の話だと思うか？」

「何が言いたいのよ」

「沙希は隠し事の出来ない女だった。底が浅いというか、考えが手に取るように分かるというか。それなのに半年間も、俺たちはビデオの存在を知らなかったことになる」

二人の視線が粘っこく絡んだ。

「本当に沙希のビデオはあるんだろうか。いや、今、この家のどこかにはビデオがあると思う。だがそれは、沙希が設置したものだとは限らないぞ」

「二人でこれから……あのことを話しながら家中探していたら、その姿や声が今日あの警官たちや、弁護士の手によって仕掛けられたビデオに映る。そう言うことがあるかもしれないってこと？」

「俺たちはあの小部屋でずっと話していた。その間に弁護士の関係者か警察が、ビデオを調達して部屋に設置したかもしれない。チャンスは、いくらでもあったはずだ」

「それって……違法かも」

「あのいけ好かない弁護士なら、気にしないかもな。沙希が置いたと言い張ればいい」

　真紀子はそれを聞くと、薄気味悪そうに家の中を見渡した。弁護士や警察がビデオを仕掛けたという確信があるわけではない。しかし、もしその罠《わな》が作られているのなら、二人を監視し、破滅へと追いやろうとしている機械の目は、一つではないかもしれない。

「でも……放っては置けないわよ。万が一本当に、沙希自身がビデオを取り付けていたら大変だわ」

　ぐっと低く小さくなった真紀子のしゃべりに、秀夫は頷く。

「もちろん。だから俺たちは事件のことなど、何も知らない夫と親友として、ビデオを探さなくてはならない。分かるな？」

「なるほどね。お芝居が必要と」

やっと打ち合わせが済んだ二人は、不味い映像が撮られている可能性が一番高い、居間に乗り込んだ。

「あった！」

探し始めて二分とたたない内に、真紀子がテレビ横の箱の中に入れてあった一台を見つけ出す。

「ここにもある」

秀夫は造花で作った花籠の中から、二台目を取りだしていた。程なくＤＶＤラックやチェストの中からも同じものを見つけ出す。

「高いのに、一体何台買ったのよ！」

真紀子が腹を立てて、思わず声を荒げる頃には、居間だけで十二台も出てきていた。部屋中のビデオは間違いなく集め、スイッチを切ったので、二人はやっと普通に話せるようになっていた。

（だって私は、両親が残してくれたお金を、ほとんど使わないまま、もうすぐ死ぬ予定だったのよ。最後にビデオくらい、沢山買ってもいいと思わない？）

「無駄遣いだわ！」

真紀子の言葉は冷たくて、私は少々むくれた。しかし眼下の二人は、次々に出てきたビデオの団体に、本当に困っていらついている様子だ。だから言葉が荒くなっているのだ。

「どうするのよ。早送りしたって、これ全部見て、沙希を殺したシーンが映っていないか確認するのに、ずいぶん時間がかかるわよ」

もたもたしていて朝になってしまったら、あの弁護士が来るかもしれないと、真紀子が不安げな声を出した。第一、居間以外にもビデオはあるかもしれない。

「もっと出てきたら……どうしよう」

その震える声を、秀夫が遮った。

「大丈夫だ。これなら対処出来る！」

「どうするの？」

夫の目が輝いている。やっといつもの格好の良い秀夫に戻ってくれて、私は嬉しかった。「このビデオの数を見ろよ。十二台。おまけに全部同じ機種で、まだ新しいものばかりだ。これは警察や弁護士が調達した物じゃない。金に不自由しない沙希が隠した物だよ」

「だから？」

「あの弁護士は、ビデオの設置場所を知らないと言っていた。つまり幾つ置かれたのかも分かってないんだ。この中から殺しが映っていない無難な一台を取りだして、それだけを元の場所に置いておけばいい」

「残りは……私が今日帰るときに、持ち出すのね。任せておいて。帰ったらビデオはうまく処理するわ」

格安なら出所の怪しそうな物でも、買ってくれる人は見つかるだろうと真紀子は言う。家に隠しておくより、どこかの店に中古として売るより、見ず知らずの個人にさばいてしまう方が安全だとの意見だ。どこで売るんだろうと、私は興味を覚えた。

「そうと決まったら、ビデオが居間以外にも残っていないか、確認しなくては」

二人は部屋から出ていって、あと十二台のビデオを見つけてきた。切りよくちょうど二ダースになったので、多分これで全部だろうと、居間のテーブルの上に機械を積み上げた秀夫が見当をつける。

「寝室にあったビデオなら、確実に何も映っていないから」

そういう理由で、秀夫は二階の夫婦の部屋にあった一つを、残してきた。

(多分夫婦の夜を、真紀子に見られたくないという気持ちも、あったのよね)

私は勝手に想像する。私たちは仲の良い妻と夫だったし。

秀夫が持ってきた紙袋にビデオが入れられ、上から私の誕生日プレゼントとして買われた筈のスカーフが掛けられた。思ったよりも地味な品。私の好みではなかった。

二十三台もカメラが入った紙袋はさすがにかなり重そうだ。それを手に、玄関に向かっている真紀子の眉間から皺《しわ》が取れないのも、その重量のせいかもしれない。

（でも、もう少しで終わりだものね）

残った一つのビデオに、あっけらかんとした二人のセックスしか映っていないと確認すれば、警察は秀夫への疑いを解くだろう。その後二人には私からの遺産が、つまりは楽して暮らせる生活が待っているのだ。

もう真紀子は彼女より馬鹿で無能な上司を我慢しなくても良い。夫は念願だった万華鏡作品の個展を開くだろう。

（あと少し……）

外の闇に人気が無いのを確認してから、秀夫のベンツに二人は乗り込んだ。この車は結婚したときに、私から夫に送ったものだ。

（ドライブに連れて行ってね）

そう言ったら、本当にあちこちを回ってくれた。優しい、心底好きだった……今も好きな夫。私は誰よりも彼が好きなのだ。

8

そのとき。誰もいない筈の木陰の闇が、固まったかのようであった。それは人の姿となって出てくる。その人数は一人ではなかった。

秀夫も真紀子も声もない。彼らは真っ直ぐに近寄ってくると、何とも満足げな笑みを車中の二人に向けてきた。

「そのビデオ、こちらに頂きましょう。何とも早くに見つけられましたね」

車のドアに手を掛けているのは、帰ったはずの、あの警察責任者だ。数人の部下が背後にいる。その横に、弁護士の岡島さんの姿まであった。帰るためのタクシーが捕まらなかったのだろうか。この辺りは住宅地だから、流しの車は少ないのだ。

「これは……私の荷物で……」

真紀子が紙袋を抱えて、あくまで抵抗する姿勢を見せている。秀夫が運転席で声もなくいるのは、きっと袋の中身がビデオだと、そのものズバリと言われたせいだ。本来なら分かるはずもないことを、目の前の警官は知っているのだ。

「実は居間の窓が、少し開いておりましてね。カーテンに隠れて見えなかったかもしれませんが。外にいるわれわれの所にも、声が漏れて来ていましたよ」

夫の視線が思わず窓に向く。警察が、あるはずだと分かっているビデオを、探しもしないで帰る筈がなかったのだ。秀夫の声が、呆然としていた。

「こんな簡単な手に、引っかかるなんて……」

そして彼の部下は、こっそりと窓を少しばかり開けてから、外に出た。全くもって単純で、どこにでもある手口！

「岡島弁護士が、仕事でたまたまレコーダーを持っておいでしてね。お二人の会話、ちゃんと取れていますよ」

警察は始から二人を疑っていた様子だ。だが狙っていた証拠は、ビデオテープではなかったのだ。

欲しかったのは、秀夫たちがビデオカメラを集め終わってほっとした後に、思わずといった感じで喋ってしまった会話！

「秀夫さんが新品のビデオの山を見て、警察の物ではないと推理したのは、全く正しいです。警察にはそんな金はありませんから。いやぁ、さすがはミステリーファンだ」

そう話している間に、真紀子の手からビデオが回収される。そこに何が映っているかは、私でも分からない。しかし、こっそりと処分しようとした行為そのものが、既に疑わしいから、救いようがない。

角度の問題もあるし、ビデオにはきっと決定的な場面など映ってはいないと思う。凶行が行われた風呂場には、ビデオは設置していなかったし。蒸気で曇って何も見えないだろうと思ったのだ。

秀夫たちは高価な外車から降ろされ、「話を聞きたいから」と、連行されてゆく。夫には妻殺しの疑いがかかっているのだ。私は残念でならなかった。

(彼は白状するだろう。気の弱いところがある人だし。真紀子の話と合わせて、大体真実に近いものを、警察は摑むに違いない)

宙で見ていた私の口から、思わず声が漏れた。誰にも聞こえない声。本音が！

(畜生っ‼)

我慢できなかった。このままでは夫は、妻殺しで何年かを刑務所で過ごす事となる。

(もっと私を切り刻んでくれればよかったのに！)

そういう場面がビデオに映ってくれる事を願って、あんなにも沢山のカメラを、家中に取り付けたのだ。罪が発覚して裁判に掛けられたとき、人が思わず目を背けたくなるほどに、私をめった刺しにし、長い時間をかけて、拷問《ごうもん》のようなやり口で殺してくれればよかった。爪を一枚ずつはがし、悲鳴つんざく中、皮膚に煙草《たばこ》で模様を描いてくれていれば。恐怖の表情を浮かべたままの惨殺死体の前で、真紀子と遺産が手に入ることを祝って、ワインでも飲んでいれば良かったのだ。

そうすれば、死刑になったかもしれない。あの人を今度こそ、独占出来たのに！

（ああ、彼が警察に連れられてゆく）

結婚後が夫は真紀子と切れるはずがない。もしかしたら、二人で私を殺すかもしれないと思った。だから何としても、真紀子にも私が病気だとは知れないように気を配ったのだ。

（秀夫と一緒に居たい！）

ああ、ああ、何で、何でこの気持ちを汲んで、殺し方を考えてくれなかったのか。だから殺される直前に、ビデオの存在を彼に知らせたのに。罠があったと悟り、かっとして私を切り刻むことを願って。

だが彼はか細い私の声を、『ビデオ』ではなく、自分の名だと思ったみたいだった。あれは自分に助けを求める妻の声だと。人は本当にいつも、馴染みの考えにすがるらしい。秀夫の言っていた通りだ。

（私を殺したあのやり方では、死刑になるのは無理よね。死んだのは私一人だし。かわいそうな秀夫。もう私の遺産は貰えないわ）

夫は警官に挟まれる形で、一台の車に乗り込んだ。真紀子には別の車が用意されている。彼女が連行されるのを見て、私の唇に笑みが浮かんだ。

（ああ、思い出した……）

死んだとき私が忘れていたもの。それが目の前にあった。

(私はこの女の、破滅が見たかったんだわ)

もう外資系企業のキャリアウーマンではいられない。金持ちと結婚して生涯専業主婦でいるという選択肢も、これで望みなしだろう。

ずっとさげすみ、笑ってきた女を殺したせいで、彼女は何もかもを失ってゆく。当分、いや秀夫の性格を考えれば、もうこれっきり、秀夫とも会えないはずだ。

そのことを確認した私の体は、すうっと軽くなってきた。どこまでも、何よりも軽快になる。周りの世界は明るさを増し、風さえ光を含んで白く輝く。私は空気の泡のように、上に向かって弾けてゆく。

(全く女って……おぞましい……)

まるで人事のように、ふと思った。

私はやっと、本格的に死ぬ時を迎えたらしかった。

本作品は、小社より二〇〇六年一月に単行本、二〇〇八年二月にJノベルコレクション、二〇一二年三月に新潮文庫として刊行されました。
今回の小社版文庫化に際して、「思い出した……」（初出　月刊ジェイ・ノベル二〇〇三年四月号）を収録しました。

本作品はフィクションです。登場する人物、団体などは実在のものと一切関係ありません。

（編集部）

実業之日本社文庫 は131

アコギなのかリッパなのか　佐倉聖《さくらせい》の事件簿《じけんぼ》

2023年6月15日　初版第1刷発行

著　者　畠中《はたけなか》 恵《めぐみ》

発行者　岩野裕一
発行所　株式会社実業之日本社
〒107-0062
東京都港区南青山 6-6-22 emergence 2
電話 [編集]03(6809)0473 [販売]03(6809)0495
ホームページ https://www.j-n.co.jp/
印刷所　大日本印刷株式会社
製本所　大日本印刷株式会社

フォーマットデザイン　鈴木正道(Suzuki Design)

ISBN978-4-408-55814-1（第二文芸）